VERLAG 34

Anne Maybury

Die Tür zur Nacht

Roman

Verlag Vierunddreißig

CIP-Kurztitelaufnahme der Deutschen Bibliothek

Maybury, Anne
Die Tür zur Nacht: Roman/Anne Maybury
Aus dem Englischen von Lydia Dewiel
München: Verlag Vierunddreißig, 1980
Einheitssacht.: The Moonlit Door ‹dt.›.
ISBN 3-88406-009-0

Aus dem Englischen übersetzt von Lydia Dewiel.
Die Originalausgabe erschien unter dem Titel
THE MOONLIT DOOR

ISBN 3-88406-009-0

Lizenzausgabe mit Genehmigung des Schneekluth Verlages, München
Gesamtherstellung: Freiburger Graphische Betriebe, Freiburg i. Br.
Printed in Germany 1980

1

Ich war sechs Jahre alt, als meine Eltern mich nach Issandre brachten. Jetzt bin ich dreiundzwanzig, doch ich erinnere mich noch sehr deutlich an diesen für mich so folgenschweren Tag.

Mir war damals sehr jämmerlich zumute, als ich zwischen meinen Eltern im Auto saß – auf der einen Seite mein schwerer, massiger Vater, auf der anderen meine hübsche, rundliche Mutter, die selten aus der Fassung geriet. Ich starrte durch die Windschutzscheibe in die heiße provenzalische Landschaft und war wie eine kleine gefangene Katze – wachsam und sprungbereit. Ich hatte keinen anderen Wunsch, als mich in das geliebte, häßliche Haus am Wandsworth Common zu flüchten.

Als wir in London zu unserer langen Reise starteten – das Gepäck war schon im Kofferraum verstaut –, schaute mein Vater, als er den Motor anspringen ließ, noch einmal zu dem Haus hinauf, in dem ich geboren war. Zufrieden sagte er zu meiner Mutter: »Ja, Nan, dieses Haus werden wir nun nie wiedersehen!«

Sie sagte glücklich: »Nein, nie mehr!« legte einen Arm um mich und drückte mich an sich. »Du wirst deine neue Heimat lieben, Rachel.«

»Ich werde sie hassen.«

Sie blickten sich an und lachten in geheimem Einverständnis. Was blieb mir anderes übrig – ich hatte keine andere Wahl, als mit ihnen dorthin zu fahren. Niemand hatte mich danach gefragt, ob ich in dem Haus mit dem seltsamen Namen leben wollte – Issandre. Ich konnte ihn noch nicht einmal richtig aussprechen.

Als wir drei Tage später, nach einer Nacht in Paris, dort ankamen, hatte sich meine Stimmung immer noch nicht gebessert.

»Schau, Rachel«, sagte meine Mutter. »Siehst du das Haus dort? Da hab' ich als kleines Mädchen immer meine Ferien verbracht. Jetzt wird es deine Heimat sein. Es gibt hier keine Hausnummern und keine Straßennamen wie in London. Das Haus heißt ›Villa Daphnis‹.«

Es war lang und niedrig und aus unbehauenem Stein erbaut, und das Dach zeigte ein ungleichmäßiges Rosa. Über die Veranda kletterten Weinranken. Später, als ich älter war, lernte ich die Namen der Bäume kennen, die das Haus umgaben: schwarze Zypresse, Pinie, Olive und dazu ein Walnußbaum, der in der Mitte eines niemals geschnittenen Stücks Rasen stand. Der Garten war verwildert und von Unkraut überwuchert, doch immerhin gab es Blumen in Hülle und Fülle.

Aber es fehlten die vertrauten Omnibusse, die durch die Straßen rollten, die Kinder, die, wie am Wandsworth Common, auf den Grünflächen spielten, die dicht aneinandergedrängten Häuser. Ich haßte Villa Daphnis auf den ersten Blick.

Mein Vater hielt den Wagen an und deutete zurück. »Schau mal da hin! Siehst du die Türme dort? Das ist ein französisches Schloß, Château Sonnengarde.«

Ich schaute gehorsam zurück und sah vier riesige Steintürme, die in den Himmel ragten und mich an unser kleines graues Porzellansalzfäßchen erinnerten. Dann entdeckte ich dahinter zerklüftete Felsen und ein altes Gemäuer und sagte: »Dort oben ist noch ein Schloß.«

»Ja, aber es ist schon lange verfallen«, sagte meine Mutter. »Heute sieht man fast nichts mehr davon. Es heißt Maladieu.«

Ich weiß nicht warum, aber als sie das sagte, brach ich auf einmal in Tränen aus.

Als ich älter war, erfuhr ich, daß meine Mutter die Villa Daphnis von einer Tante geerbt hatte. Mein Vater hatte in London in einem Zeitungsverlag gearbeitet. Nach dem Erfolg seines ersten Buches, einer Biographie Heinrich IV., die er während langer Nächte in fünf Monaten geschrieben hatte, gab er seinen Job auf und widmete sich ganz dem Schreiben.

Dann, als meine unbekannte französische Tante Amélie starb, wurde das Haus in Issandre zum Verkauf angeboten. An dem Tag, als der Brief des Immobilienmaklers aus Avignon mit einem Kaufangebot bei uns in London ankam, regnete es gerade heftig. Es wehte ein schneidender, kalter Wind, das Dach war undicht, und mein Vater war schlechter Laune.

»Verdammt«, sagte er, zerknüllte den Brief, den ihm meine Mutter gegeben hatte und warf ihn ärgerlich zu Boden. »Wir sind ja verrückt, wenn wir das Haus verkaufen. Nein, wir werden selbst dort einziehen.«

In den ersten achtzehn Monaten nach unserer Ankunft änderte sich meine Gemütsverfassung nicht – ich haßte das neue Haus zutiefst. Ich war allein, die Kinder, die ich jeden Tag in der Schule sah, hatten ungewohnte Namen und sprachen eine fremde Sprache. Sie waren freundlich und neugierig, doch ich blieb scheu.

Dann, am zweiten Weihnachtsfest, kam Francis zu uns.

Er war drei Jahre älter als ich, ein blonder, freundlicher kleiner Junge, stämmig gebaut, mit langen, schönen Wimpern und blaßblauen Augen, auf die ich damals neidisch war, denn er konnte viel weiter sehen als ich. »Seemannsaugen« nannte es mein Vater.

Als er ankam, sagte meine Mutter zu mir: »Francis hat

gerade beide Eltern verloren, deswegen haben wir ihn adoptiert. Sei nett zu ihm, mein Liebling.«

Ich hatte einen Zahn verloren und war stolz auf meine Zahnlücke. Ich grinste Francis mit breitem Lächeln an, und er grinste zurück. Von dem Augenblick an fand ich das Leben in Villa Daphnis schön.

Ein Jahr nachdem Francis zu uns gekommen war, erschien Elise. Sie war damals fünf und wurde von einer großen Engländerin gebracht, die ein Tweedkostüm anhatte. Elise stand in unserem Wohnzimmer in einem Kleid, das viel zu lang für sie war, und umklammerte einen großen braunen Handkoffer. Sie hatte gelocktes Haar von unbestimmbarer Farbe und ein ausdrucksloses Gesicht; ständig zog sie die Mundwinkel nach oben, so daß sie immer glücklich aussah.

Man hat mir nie gesagt, was mit Elises Eltern geschehen war. Aber das war auch gar nicht wichtig. Wichtig war, daß wir mit Elise ebensoviel Glück hatten wie mit Francis.

Als schließlich Lucia zu uns kam, hatte ich mich allmählich damit abgefunden, daß jedes Jahr ein neues Kind adoptiert wurde. Mein Vater nannte uns »Nans Zirkus«.

Lucia war nicht ganz sieben, durch und durch französisch und so hübsch, daß ich sie am ersten Tag nur anstarren konnte. In ihrem dunklen Haar spielten rötliche Lichter, und ihre Augen waren veilchenblau. Sie war sehr feingliedrig und bewegte sich so leise, anmutig und flink wie ein Reh. Sie kam aus einem Armenhaus in Vals, besaß aber als Kind schon eine Sicherheit, über die wir alle staunten. Wir hätten sie gerne geliebt, doch sie war nicht bereit, sich lieben zu lassen. Sie behandelte uns mit Verachtung und wehrte sich dagegen, Englisch zu lernen, obwohl wir alle nur Englisch sprachen.

Francis sagte einmal: » Man kann nicht einmal behaup-

ten, daß sie ein kleines affektiertes Scheusal ist, das immer Mammis Liebling sein möchte. Nein, sie benimmt sich, als sei sie Gast in unserem Haus und warte nur auf die Gelegenheit, endlich wieder fortzukönnen.«
Und genauso war es auch.
Nachdem Lucia gekommen war, schien Mutter mit ihrer Familie zufrieden zu sein. Der einzige Neuankömmling der nächsten Jahre war Peppina. Ich erschrak zuerst über die, weil sie genau wie eine Hexe aussah. Sie war eine Bäuerin aus der Camargue, hatte ein geniales Kochtalent und sollte Mutter im Haus helfen.
Als sie ankam, hatte sie einen riesigen Kleiderkorb bei sich, einen überdimensionalen Schirm und einen alten Porzellankrug, der, wie sie sagte, eine Arznei gegen Gicht enthielt. Sie hatte häßliche schwärzliche Zähne, den Hals einer unterernährten Henne und kleine schwarze Augen. Es dauerte lange, bis wir Kinder merkten, daß sie immer auf unserer Seite war, wenn Vater sich über uns ärgerte, daß sie niemand fürchtete und die herrlichsten Bonbons machte, die sie immer in hohen Glasgefäßen aufbewahrte.
Ich war zwanzig, als die Nachricht von dem schweren Erdbeben in Agadir kam. Einige Wochen später erschien der fünfjährige Nicki bei uns. Er war halb Franzose, halb Algerier und nach seiner Rettung nach Frankreich gebracht worden.
Es schien ziemliche Schwierigkeiten zu machen, ihn zu adoptieren, doch meine Mutter kämpfte wie eine Löwin, um ihn zu bekommen, setzte alle Hebel in Bewegung und fuhr sogar nach Paris, um sich mit den Behörden zu streiten. Schließlich bekam sie ihn.
»Unsere erste Aufgabe«, sagte sie, »ist, ihn zu mästen«.
Doch es half alles nichts, jeder Knochen unter seiner zarten milchkaffeebraunen Haut blieb zu sehen. Er hatte

sehr große Augen, und seine Handgelenke und Knöchel waren so dünn, daß ich immer Angst hatte, sie würden abbrechen. Seine Hände waren zart und schmal, seine Fußsohlen aber hart wie Leder, denn er hatte, bevor er zu uns kam, nie Schuhe getragen.
Sein Gesicht war so ernst, sein Lächeln so selten und so bezaubernd, daß wir alle uns bemühten, ihn zu verwöhnen. Alle bis auf Lucia, die ihn ignorierte.
Während dieser ersten Jahre in der Villa schrieb mein Vater drei Biographien, und alle waren außerordentlich erfolgreich. Er hatte sich am Ende des Gartens, hinter der Bougainvillea, ein Studio gebaut, das Francis »Platos Palast« nannte.
Vater war ein geselliger Mensch und brauchte immer viel Leute um sich. Daher baute er am anderen Ende des Rasens, in der Nähe der Straße, vier kleine Gästehütten. Unser Haus wurde zu einem Mekka für arrivierte und angebliche Schriftsteller und für andere Leute, die sich den Literaten wie Läuse in die Kleider setzten.
Ich hatte immer Modezeichnerin werden wollen, und als ich alt genug war, ging ich zum Studium nach Paris. Das Entwerfen von Kleidern und Stoffmustern faszinierte mich, und so verbrachte ich zwei herrliche Jahre an der Sorbonne.
Der plötzliche Tod meiner Mutter änderte mein Leben vollständig.
Mein Vater hatte uns bisher immer nur als amüsanten Familienanhang betrachtet. Nun, da meine Mutter nicht mehr da war, entdeckte er, daß seine Kinder für ihn wichtig waren. Wir waren eine Familie und mußten beisammen bleiben. Zum erstenmal in seinem Leben entwickelte er ein Gefühl für uns. Er ließ mich holen, und ich mußte Paris verlassen und heimkommen.
Sobald ich zu Hause war – teils glücklich, wieder da zu

sein, und teils unglücklich, weil ich mein ungebundenes Pariser Leben aufgeben mußte – berief Vater eine Familienkonferenz. »Wir müssen hier irgendeinen Betrieb aufmachen«, sagte er. »Etwas, was die Familie zusammenhält.«

Francis, der in einer Ingenieurfirma in Issandre arbeitete und dabei nicht sehr glücklich war, fragte interessiert, an was der Vater denke. Es gebe viele Dinge, die man betreiben könne, erklärte mein Vater ungeduldig.

Was denn zum Beispiel? Vielleicht eine Weberei?

Ich merkte, daß Vater diese Idee gefiel, doch ich nahm ihm gleich seine Illusionen. Ich hatte nicht die Absicht, handgewebt und kunstgewerblich einherzulaufen.

Aber was dann?

Ich hatte mich in Paris mit einem jungen Mann von der Sorbonne befreundet. An einem Frühlingsabend machten wir zusammen einen Stadtbummel, kauften Äpfel an einem Obststand in der Nähe der Fontaine Medici und lehnten uns, während wir aßen, an eine Ziegelmauer. Dort erzählte er mir von seinem Hobby, der Mosaikarbeit.

Jetzt erinnerte ich mich an dieses Gespräch und sagte ohne lange zu überlegen: »Mosaiken. Wir könnten Mosaiken machen und sie verkaufen.«

Ich erklärte, daß dies etwas sei, womit wir uns alle beschäftigen könnten. Es sei zwar eine kostspielige Sache, und man könnte auch keine Reiseandenken für ein paar Francs machen. Aber größere Objekte würden lohnend sein – Wandverkleidungen für öffentliche Bauten oder schöne Tischplatten für Privathäuser. Eines Tages könnten wir sogar Aufträge für Kirchen bekommen.

Der Gedanke wurde sofort aufgegriffen, und wir beschlossen, Mosaiken zu machen.

An der Ostseite des Gartens, in der Nähe der Gästehütten, baute Vater eine Töpferwerkstatt mit allem, was wir brauchten – einem großen Brennofen, Regalen und Arbeitsbänken. In einem gesonderten Raum würden wir unsere Arbeiten ausstellen.

Francis, der praktisch veranlagt war und manuell geschickt, würde den Betrieb leiten. Da ich als Kunstexpertin galt, sollte ich die Entwürfe machen. Und die anderen sollten nach unseren Anweisungen arbeiten.

Monatelang befaßten wir uns mit römischen und byzantinischen Mosaiken, machten ständig Fehler, schnitten uns in die Finger und waren von oben bis unten mit Zement und Ton beschmiert. Als wir meinten, genügend zu können, öffneten wir unsere Werkstatt dreimal in der Woche für Touristen. Da bei der Mosaikarbeit jedes Stück mit der Hand geschnitten wird, manches aus Glas, manches aus Ton, verläuft der Herstellungsprozeß langsam und ist daher ziemlich kostspielig. Wir erwarteten nicht, mit den Reisenden große Geschäfte machen zu können, versuchten aber, ihnen etwas zu bieten. Zu unserer Überraschung hatten wir sofort Erfolg. Auf dem Weg nach Arles und Maladieu machten die Autobusse reihenweise bei uns halt, und ehe wir es uns versahen, gingen unsere Produkte nach England und Amerika.

Jahre hindurch hatten wir kaum Notiz vom Château Sonnengarde genommen, obwohl uns nur ein Olivenbaum, eine Zypressenallee und ein Weinberg trennten. Wir sahen den alten Einsiedler, der dort lebte, Graf Fabian d' Arachenne, nur selten. Und wenn, dann saß er gebeugt und mißmutig auf dem Rücksitz seines alten Mercedes. Ich glaube nicht, daß er uns überhaupt bemerkte.

Lucia verhielt sich allerdings anders. Während wir anderen vergaßen, daß neben uns ein großes historisches Schloß lag, stand sie immer wieder am Fenster und starrte angestrengt auf die Türme.

Eines Tages, als Francis wieder einmal mit ihr böse war, weil sie in der Töpferei kaum einen Finger rührte, rief er ihr zu: »Wenn du unbedingt da hinein willst, dann geh doch. Zu einer Schloßführung wird dich niemand mitnehmen.«
Sie sah ihn mit ihrem merkwürdigen kalten Lächeln an und sagte: »Ich kann auf eine Schloßführung verzichten. Ich weiß auch so, wie es in solchen Räumen aussieht. Ich bin in einem Schloß geboren worden.«
»Ja, wahrscheinlich in Chenonceaux«, sagte Francis trokken. »Und Katharina von Medici war deine Ahnin. Aber bitte, laß dir deine Träume nicht nehmen.«
Sie fuhr ihn wütend mit blitzenden Augen an: »Eines Tages werde ich nach Sonnengarde gehen, und zwar nicht als Touristin, sondern privat, auf besondere Einladung.«
Weniger als ein Jahr später sollte es jedoch mir vom Schicksal bestimmt sein, ein Schloß und einen Titel angetragen zu bekommen, obwohl ich mich nie solchen Träumen hingegeben hatte. Der Titel war der des Grafen Paul d'Arachenne, und das Schloß war Sonnengarde.

2

Ich war vierzehn Tage bei meiner Tante Solange zu Besuch gewesen, der Stiefschwester meiner Mutter, die in Paris lebte. Sie war eine große, stattliche Frau und hatte von ihrem Mann, einem Reeder, ein großes Vermögen geerbt.
Ihr Lebensstil hatte noch etwas von dem alten Glanz der *salons*, denn in ihrer Wohnung in der Nähe der Place de la Concorde trafen sich immer viele Musiker. Sie selbst war eine talentierte Pianistin.
Immer, wenn ich bei ihr war, traf ich Menschen, die in der Musikwelt eine Rolle spielten – Sänger, Geiger, Cellisten. Sie waren alle sehr nett zu mir, doch da ich nichts von Musik verstand, war ich nur »Solange Fontevallés kleine Nichte vom Land«.
An einem dieser Abende machte mich meine Tante mit einem jungen Mann bekannt. Ich stand gerade allein in der Nähe der Terrasse, von der aus man auf den Platz mit den beiden Fontänen und dem ägyptischen Obelisken sehen konnte. Es war ein Blick auf Paris, wie es ihn schöner kaum gab.
»Rachel, dies ist Monsieur Paul d'Arachenne«, sagte meine Tante. »Er hat darum gebeten, dich kennenzulernen. Sein Onkel ist dein Nachbar in Issandre.«
»Ja, natürlich, Sonnengarde.« Ich schaute auf zu einem schmalen Gesicht mit scharfem Kinn und fröhlichen Augen.
In diesem Augenblick wurde an der Türe ein Gast mit einem nahezu unaussprechlichen polnischen Namen angekündigt. Meine Tante sagte: »Mein Gott! Und er hat auch

noch seine unmögliche Frau mitgebracht.« Mit einer entsetzten Geste verließ sie uns.
Paul fragte: »Sind Sie eine kommende Pianistin? Oder singen Sie vielleicht?«
»Wenn ich es täte, würden hier sofort alle Gäste verschwinden. Ich treffe nie einen Ton. Und ich muß Ihnen auch gleich gestehen, daß ich Delius nicht von Delibes unterscheiden kann.«
»Wunderbar! Mir geht es genauso. Meiden wir also lieber die Nähe der Kenner!«
Er führte mich auf die lange Terrasse. Neben einem der eingetopften Büsche stand eine Minerva-Statue. Sie schien uns anzulächeln.
»In unserer Familie ist meine Mutter die Musikalische«, sagte er. »Doch heute geht es ihr nicht gut, und daher hat sie mich zu der Party geschickt. Sie hoffte, daß dieser Abend mich vielleicht bekehren würde. Aber das ist nicht der Fall«, fügte er hinzu und zog mich auf einen der tiefen Sessel. »Erzählen Sie mir von sich selbst. Ich habe Ihren Vornamen nicht verstanden.«
»Rachel. Rachel Helston.«
»Wie schön«, sagte er. »Aber ich werde Sie Mignon nennen, denn Sie sind klein und dunkel.«
Wir waren den ganzen Abend beisammen. Manchmal unterhielten wir uns englisch, manchmal französisch, und er war der erste von Tante Solanges Gästen, bei dem ich mich nicht schämte, daß ich nichts von Musik verstand.
Ich erfuhr an diesem Abend viel über die Familie d'Arachenne. Sie waren durch drei Generationen Bankiers gewesen. Pauls Onkel und zwei seiner Vettern waren Direktoren. Er selbst, sagte er freimütig, sei nur ein Angestellter.
»Mein Onkel Artois ist der Chef. Er ist natürlich sehr

reich, doch ich habe den Verdacht, daß er im Grunde ein Raubritter ist oder ein Pirat und Schiffe kapern würde, wenn er wüßte, er wird dabei nicht erwischt. Er hat in der Nähe von Issandre einen großen Besitz. Kennen Sie ihn?«

»Um Gottes willen, nein!«

Paul lachte und sagte vergnügt: »Ich bin in der Familie als arbeitsscheu bekannt und werde deswegen nicht sehr ernst genommen. Doch das ist mir gleich. Sie können nicht viel gegen mich unternehmen, denn meine Mutter hat seit dem Tod meines Vaters in der Bank eine zu starke Position. Und außerdem bin ich der einzige Sohn einer alternden Frau, bin verwöhnt und gehe gerne meinen eigenen Weg. Haben Sie etwas dagegen?«

»Ich? Warum sollte ich?«

»Weil Sie mich in nächster Zeit sehr viel sehen werden!«

»So?«

»Seien Sie nicht so dumm«, sagte er und küßte mich.

In meiner letzten Pariser Woche trafen wir uns jeden Tag. Wir tanzten und aßen in Lokalen, die mir bisher nur dem Namen nach bekannt gewesen waren.

Ich hatte mich noch niemals so gründlich im Spiegel betrachtet wie in diesen Tagen. Ich ging zum Friseur und ließ mir eine Farbspülung machen, weil ich hoffte, meinem Haar dadurch einen rötlichen Schimmer zu geben. Doch es blieb so dunkel wie es war. Der Friseur gab sich alle Mühe, die Haare so zu schneiden, daß sie weich am Kopf anlagen, doch die Spitzen standen immer ab. »Dein Haar tanzt, wenn du deinen Kopf bewegst«, sagte Paul.

In der Kosmetikecke der Galéries Lafayette riet mir ein charmantes schwarzhaariges Mädchen, die Farbe meines Lippenstiftes zu wechseln. »Dieser«, sagte sie und holte

mir einen zartroten heraus. »Der paßt zu Ihren grünen Augen. Sie können glücklich sein, Mademoiselle.«
Ich wußte, daß sie mir schmeicheln wollte, doch ich nahm das Kompliment gerne entgegen.
In dieser Woche schwankte ich ständig zwischen einem Zustand äußerster Seligkeit und tiefster Depression. Ich war in Paul verliebt, und er war sehr charmant zu mir, aber ich war nicht so töricht zu glauben, daß ich für ihn wirklich attraktiv war.
Jeden Tag wartete ich darauf, herauszufinden, daß die Angelegenheit einen Haken hatte. Ich kam schließlich aus einer ruhigen, ländlichen Welt, die er nur von ferne kannte. Ich konnte mir nicht vorstellen, daß Paul ein einfaches Leben führen könnte, selbst nicht in den Ferien. Im Grunde glaubte ich, daß er sich überhaupt nur für mich interessierte, weil ich so ganz anders war als er.
Ich ließ mir den letzten Abend in Paris nicht verderben, obwohl ich wußte, daß ich ihn vielleicht nicht wiedersehen würde. Der Sekt und Pauls ansteckende Unbekümmertheit ließen mich alles vergessen.
Wir hatten in einem Lokal in der Nähe von Passy getanzt und gegessen, und als wir aufbrachen, war es zwei Uhr morgens.
Paul ließ den Motor an, wendete und fuhr nicht nach Paris, sondern in die entgegengesetzte Richtung. Ich legte die Hand leicht auf seinen Arm. »Du fährst den falschen Weg.«
Er stoppte den Wagen unter einer Straßenlaterne, küßte mich und sagte sanft: »Ich weiß, wohin ich fahre . . . wohin wir fahren. Nicht nach Hause.«
»Es ist aber schon zwei Uhr – ich bin müde.«
»Das macht nichts. Wir werden zusammen übernachten. Ich habe schon alles geplant.«
Ich mußte an mich halten, um mir nicht anmerken zu las-

sen, daß ich nicht nur erschrocken, sondern auch aufgeregt war. »Es tut mir leid, wenn ich dir deinen Plan verderbe, aber ich will nach Hause.«

Er seufzte tief. »Wenn du so mit mir sprichst, langweilst du mich, deswegen höre ich gar nicht zu.« Er startete. »Wir fahren nach Fontainebleau. Ich kenne dort ein Hotel, in dem die Schlafzimmer schöne himmelblaue Seidenvorhänge haben und herrliche Kristallüster.«

»Sicherlich sehr romantisch, aber ich bitte dich trotzdem, umzukehren.«

Er fuhr nur noch schneller, so daß die hohen Bäume wie Riesen an uns vorbeiflitzten. Ich faßte nach dem Türgriff. »Eigentlich müßte ich hinausspringen. Aber ich kann dich doch nicht daran hindern, mich nach Fontainebleau zu fahren.« Meine Stimme war hart und pedantisch wie immer, wenn ich nicht wußte, wie ich eine Situation meistern sollte.

»Nein, Liebling, du kannst mich allerdings nicht daran hindern.«

»Das ist leider reine Zeitverschwendung. Ich werde das Bett nicht mit dir teilen. Ich fürchte, du kennst mich noch nicht genügend. Ich bin nämlich sehr eigensinnig. Wenn wir ins Hotel kommen – und ich schätze, das ist bei dem Tempo sehr bald –, dann werde ich den Nachtportier um einen Platz auf einem Sofa in der Halle bitten, falls die übrigen Zimmer belegt sind. Es tut mir leid, aber wenn du dich unbedingt lächerlich machen willst . . .«

Paul nahm das Tempo weg, fuhr an den Rand der Straße und hielt an. Er nahm mich bei den Schultern und drehte mein Gesicht zu sich. »Wenn du meinst, daß ich dir einen Heiratsantrag mache, während wir hier unbequem im Wagen sitzen –«

»Du sagtest – Heiratsantrag . . .?«

»Ja. Was glaubst du denn, was ich in den letzten beiden

Wochen sonst im Sinn hatte?« Seine Finger strichen sanft über meinen Hals.
Ich war so verwirrt, daß ich nur noch seinen Namen flüstern konnte.
Er küßte mich, und seine Hand strich über meinen Körper. »Ich laß dich nicht gerne los, doch ich muß. Wir wollen schnell dort hinfahren.« Wieder fuhr er an, in Richtung auf Fontainebleau.
Ich sagte zögernd und nicht sehr überzeugt: »Paul, ich kann die Nacht nicht mit dir verbringen. Ich bin nicht prüde, aber bitte versteh mich doch.«
Er gab mir keine Antwort und trat das Gas nur noch stärker durch.
»Paul, halt an!«
Ich hörte sein tiefes Lachen. »Stop – Los – Stop – Los! Wir machen allmählich den Verkehrsampeln Konkurrenz!«
Ich packte den Türgriff. Er reagierte sofort und sagte kalt: »Gut, wir werden heimfahren. Ich bin bisher niemand lästig geworden, und auch du sollst mir das nicht vorwerfen können.«
Ich lehnte mich an seine Schulter. »Wenn wir uns lieben, wird sich nichts ändern. Es wird viele tausend Tage geben . . .«
»Doch die vergangenen kommen nie zurück«, sagte er traurig. Ich ärgerte mich über mich selbst. Wie recht er hatte. Was kümmerten mich diese verdammten tausend Tage, die noch kommen würden. Nur die Gegenwart zählte: heute. Heute nacht. Und ich hatte mein Glück einfach weggeworfen. Und warum? Wem würde ich denn wehtun, wenn ich diese Nacht mit Paul verbrächte? Wen würde ich verletzen?
Doch auf einmal wußte ich, warum ich mich gewehrt hatte. Ich wußte, daß ich mich selbst verletzen würde. Es war nicht Moral, sondern mein Instinkt: Ich hatte Angst,

daß mein Glück zu schnell zu Ende gehen könnte. Eine Nacht in dem blauseidenen Raum würde meine Liebe nur noch tiefer machen. Doch Paul? Ich wußte nicht, wie stark sein Gefühl für mich war und hatte Angst, daß dies nicht nur ein Anfang, sondern auch schon ein Ende sein könnte.

Ich fuhr hoch, als ich Pauls sarkastische Frage hörte: »Und nun, Mademoiselle Helston? Was geschieht nun?«

Ich schwieg.

»Dann sage ich dir, was geschieht. Ich werde dich vor deiner Haustüre küssen, und es wird für uns beide einen schalen Nachgeschmack haben. Aber bitte, du hast es so gewollt. Wann sehen wir uns wieder?«

»Muß das ich sagen?«

»Ich nehme an, du glaubst, daß ich umgehend nach Sonnengarde fahre und diese Mumie von einem Onkel besuche, nur um dich zu sehen. Aber das werde ich nicht tun. Ich prophezeie dir aber, daß du zu mir nach Paris kommen wirst.

»Das werde ich gar nicht können, denn ich habe ein Haus voller Menschen, um die ich mich kümmern muß.«

Er blickte mich lächelnd an. »Ich werde siegen. Ich siege immer. Eines Tages werde ich dich doch bekommen.«

»Natürlich«, sagte ich und legte meinen Arm leicht um seine Schulter.

Das schien er als Aufforderung zu nehmen, denn er rieb seine Wange an meiner Hand und flüsterte: »Fontainebleau?«

»Fahr nach Hause«, sagte ich und rückte in die äußerste Ecke meines Sitzes.

Eine Weile schwiegen wir. Dann sagte er: »Ich werde einen Pakt mit dir schließen. Du kehrst nach Issandre zurück, und wir werden uns einen Monat lang nicht mitein-

ander in Verbindung setzen. Und dann werde ich dich von Paris aus anrufen, und du wirst deinen langweiligen Haushalt verlassen und zu mir kommen.
Ich gab keine Antwort.
Als wir vor der Wohnung meiner Tante standen, küßte er mich noch einmal. »In vier Wochen rufe ich dich an.« Seine Augen waren glänzend und brannten. »Ich will dich«, flüsterte er eindringlich, und seine Hand berührte meine Brust. Dann drehte er sich plötzlich um und ging schnell zum Wagen zurück.
Ich bemühte mich, den Schlüssel ins Schloß zu stecken, doch meine Hand zitterte. Auf einmal hörte ich ihn wieder hinter mir. Er gab mir etwas Schweres in die Hand. »Das war für dich bestimmt – heute nacht in Fontainebleau«, sagte er eilig. »Und bitte, laß dir nicht einfallen, es mir zurückzugeben, denn ich würde es in die Seine werfen.«
Ich hielt einen kleinen Wildlederkoffer in der Hand. »Aber Paul . . .«, fing ich an. Doch er war schon gegangen.
Oben in meinem Zimmer öffnete ich das Köfferchen. Drinnen lag ein Nachthemd aus seegrünem Chiffon, schlicht geschnitten und ohne Spitze. Daneben lagen kleine Seidenslipper in der gleichen Farbe – etwas zu klein für mich – und eine geschnitzte Elfenbeinbürste mit einem Kamm. In einem grünen Beutel waren Toilettensachen und ein Spitzentaschentuch.
Ich schloß das Köfferchen und ging ins Bett. Aber schlafen konnte ich nicht. Ich mußte immer an das Zimmer mit den blauen Seidenvorhängen denken, verbarg mein Gesicht im Kopfkissen und flüsterte: »Paul, Paul . . .«
Ein Monat schien eine furchtbar lange Zeit.

3

Jeden Tag, bis in die späte Nacht, waren die Tische im Café Chinois in der Hauptstraße von Issandre voll besetzt. Dort wurde alles besprochen, von der Politik bis zum Ertrag der Weinberge.
Francis arbeitete meist bis halb zwölf in unserer Werkstatt, dann fuhr er zum Café, um dort vor dem Essen mit seinen Freunden einen Apéritif zu trinken. Zwei Wochen nach meiner Rückkehr aus Paris kam er zu spät zum Essen. Wir saßen schon alle in der weinüberwachsenen Veranda am Tisch, als er kam.
Es gab an diesem Tag Kräuteromelette. Vater besprach mit uns sein nächstes Buch. Ihn interessierte Richard Löwenherz, doch unter Umständen wollte er auch über eine Frau schreiben, vielleicht über eine der großen französischen Kurtisanen. Als Francis in die Veranda kam, schaute er auf. »Du bist spät dran.«
»Tut mir leid, Vater. Der alte Fabian d'Arachenne ist letzte Nacht gestorben, und ganz Issandre diskutiert darüber, was nun im Schloß passieren wird.«
Mir fiel vor Schreck ein Bissen Omelett von der Gabel. Ich hatte nur einen Gedanken: Paul wird zum Begräbnis kommen. Paul wird hierherkommen, und wir werden uns sehen, bevor der Monat vorüber ist. Und dann werden die Klatschmäuler von Issandre nicht mehr stillstehen.
Betont gleichgültig sagte ich: »Ich nehme an, er wird wieder einen Schlaganfall gehabt haben.«
»Wieder?« Francis schaute mich erstaunt an. »Woher weißt du denn, daß er schon mal einen hatte? Hier erfährt man doch nie, was im Schloß geschieht.«

Das war unüberlegt von mir. Natürlich hatte Paul es mir erzählt. Ich stand schnell auf, ging zur Verandatüre, und sagte über die Schulter: »Sicher habe ich es irgendwo gehört.«
Vielleicht bildete ich es mir nur ein, aber ich hatte das Gefühl, daß mir alle argwöhnisch nachstarrten.
Ich fühlte, wie ich rot wurde. »Mein Gott, ihr wißt doch, wie hier im Ort geklatscht wird. Die Angestellten vom Schloß gehen ja auch ins Café, wie jeder andere.« Meine Stimme war lauter als sonst. »Ich gehe schnell zu Peppina und bitte sie, dir ein frisches Omelett zu machen«, sagte ich zu Francis und flüchtete.
Als ich zurückkam, sprachen sie immer noch darüber. Ich setzte mich hin und stocherte in meinem Omelett herum. Mein Herz klopfte wild, nicht nur vor Aufregung, sondern auch vor Angst. Ich bangte um mein Glück wie ein besessener Spieler, der weiß, daß er nie gewinnt.
»Um Himmels willen, Rachel, paß auf Nicki auf«, sagte mein Vater ungehalten. »Der Teller wird gleich auf seinem Schoß landen.«
Nicki sah ihn vorwurfsvoll an. »Aber Papa, ich komme doch nicht an meinen Teller heran.«
»Dann setz dich ordentlich hin.«
Ich half ihm, seinen Stuhl zurechtzurücken.
Lucia konnte sich eine verächtliche Bemerkung nicht verkneifen: »Wenn der Teller in seinem Schoß landet, ist es immer noch ein Fortschritt gegenüber früher, als er alles mit den Fingern aß.«
»Aber das tue ich doch jetzt nie mehr, Rachel, nicht wahr?«
»Natürlich tust du das nicht, mein Schatz«, sagte ich und blickte Lucia wütend an.
Vater, der es nicht gerne hatte, wenn er nicht wußte, was in der Nachbarschaft geschah, sagte: »Vielleicht kommt

jetzt etwas mehr Leben ins Schloß. Dieser Neffe könnte ja verheiratet sein und seine Familie mitbringen.«
Ich wurde über und über rot, was mich furchtbar ärgerte. Natürlich hätte ich mit der Familie über Paul sprechen sollen. Doch ich war ein bißchen abergläubisch und hatte das Gefühl, daß ich das Glück vertreiben könnte, wenn ich zu früh davon sprach. Ich wollte Paul für mich behalten, bis er hier war, und dann erst alles erzählen.

Einen Tag nach dem Begräbnis des alten d'Arachenne ging ich zu Monsieur Condé, um unseren wöchentlichen Vorrat an Pfirsichen und Trauben zu holen. Ich mußte am Schloß vorbei, und da es nur ein kurzer Weg war, ging ich immer zu Fuß.
Es war ein heißer Morgen. Vor mir ragten die zackigen Zinnen von Maladieu in den Himmel. Ich erinnerte mich daran, was meine Mutter mir von der Burg erzählt hatte. Im Mittelalter hatte ein alter Herzog, dessen Stamm erloschen war, aus den Felsen eine wehrhafte Burg heraushauen lassen. Dort seien merkwürdige Feste und Rituale gefeiert worden, vielleicht habe man sogar heidnische Gottheiten verehrt. Doch trotz des festlichen Glanzes haftete ihr der Ruf des Unheilvollen an. Später hatten Kriege und die Einflüsse der Witterung die Burg zerstört und aus der Ferne konnte man nicht mehr erkennen, was Fels war und was von Menschen geschaffenes Mauerwerk.
Die Straße, die am Olivenhain vorbeiführte, war leer, doch plötzlich sah ich, daß mir ein Wagen in schneller Fahrt entgegenkam. Als ich den glänzenden, langen roten Kühler sah, begann mein Herz wild zu klopfen. Ohne nachzudenken, rannte ich mitten in den Weg und schrie so laut, daß sich meine Stimme überschlug: »Paul«.
Der Wagen hielt mit kreischenden Bremsen. Der ver-

traute dunkle Haarschopf fuhr zum Fenster heraus, und ich hörte Pauls erschrockene Stimme: »Was machen Sie denn? Wollen Sie überfahren werden . . . mein Gott – Rachel!«
Als er aus dem Wagen stieg, lief ich auf ihn zu und streckte ihm beide Hände entgegen. »Paul – wie wunderbar!« Ich sah ihn an und merkte sofort, daß er verstört war. Er sah älter aus als in Paris, doch als er mich anlachte, wirkte er wieder jünger.
»Mignon.«
Für mich war dieser Name wie Musik. Ich hielt ihm mein Gesicht entgegen, um geküßt zu werden, doch er berührte nur leicht meine Stirne mit den Lippen.
»Es sollte ein Monat werden«, sagte ich glücklich. »Doch vergessen wir unseren Pakt. Du bist ja hier –«
Er strich sich übers Haar. »Ich hätte dich gestern schon anrufen sollen, als ich kam, doch es war ein furchtbares Durcheinander im Schloß. Mutter hat Sonnengarde geerbt, und sie hat immer schon vorgehabt, nach dem Tode von Onkel Fabian hier zu leben. Es ist furchtbar schwer, ihr alles recht zu machen. Sie erwartet, daß man alles an einem Tag ändert – die Räume müssen anders eingerichtet werden, die Dienstboten haben andere Pflichten zu übernehmen . . .«
Ich sah ihn forschend an und konnte nicht länger an mich halten: »Wirst du auch hier leben?«
»Ich nehme es an. Doch es ist noch nicht bestimmt. Anwälte, Onkel und Vettern schwirren herum und niemand weiß, woran er ist.« Er schaute zu mir nieder und lächelte. »Doch die Hauptsache ist, wir sehen uns, nicht wahr? Vielleicht morgen?«
»Oh ja, Paul, morgen. Aber wo?«
»Irgendwo, wo es ruhig ist. Ich möchte mir dir allein sein.«

Ich schaute ihn fragend an: »Maladieu?«
»Sehr gut, in Maladieu. In der großen Halle.« Er sah mich mit seinen dunklen Augen liebevoll an und sagte: »Du bist so hübsch, Mignon.«
»Morgen.«
»Um acht Uhr.«
Als er zum Wagen zurückging und fortgefahren war, schritt ich so leicht und frei dahin wie lange nicht mehr. Und später, als ich mit meinen sechs Pfund Trauben und Pfirsichen zurückkam, war es nicht anders. Ich war etwas traurig, weil ich ihn erst morgen sehen sollte, doch dafür dauerte die Vorfreude länger.

Am Nachmittag kam ein guter Freund meines Vater zu Besuch. Er hieß George Bannock und hatte in England für dieselbe Zeitung gearbeitet wie mein Vater.
Ich kannte George schon ewig, denn er war mein Taufpate. Er war ein breitschultriger Mann mit sandfarbenem Haar und einem auffallend roten Gesicht. Wie er behauptete, kam aber diese Röte keineswegs von seinem ausschweifenden Lebenswandel, sondern war die Folge einer fehlenden Hautschicht. Er war für meinen Vater ein wunderbarer Gesprächspartner, auch wenn sie sich manchmal über politische Themen stritten. Bei einer Flasche Cognac war jede Meinungsverschiedenheit schnell wieder vergessen. Er kam so oft zu uns zu Besuch, daß das Rasenstück unter dem Walnußbaum, wo er am liebsten saß, bei uns nur »Georges Parkstreifen« hieß.
Meist kam er allein, doch diesmal brachte er einen jungen englischen Musiker mit, Dominick Rond. Wir hatten ihn bisher noch nicht kennengelernt, doch Elise, die von unserer Familie die musikalischste war, erzählte uns alles, was sie von ihm wußte. Dominick hatte als Cellist begonnen und eine Menge Preise und Stipendien gewonnen.

Während er in Italien eine Musikakademie besuchte, faßte er plötzlich den Entschluß, Dirigent zu werden. Er war noch keine vierzig und trotzdem schon weltbekannt.

Elise berichtete: »Alle Kritiker glauben, daß er später, wenn er älter ist und noch mehr Erfahrung hat, zu den größten Musikern unserer Zeit gehören wird.«

Dominick war als Gastdirigent eines englischen Orchesters in Paris und hatte dort einige Konzerte gegeben. Wie George uns in einem Brief schrieb, brauchte er dringend Urlaub. Vater, der mit seinen Einladungen immer sehr zwanglos und großzügig war, schrieb einfach zurück: »Bring ihn mit.«

Da George noch weniger von Musik verstand als ich, fragte ich mich, wie die beiden sich überhaupt kennengelernt hatten. Dominick war der totale Gegensatz zu George. Er war groß und sehr dünn. Mit seinem blassen, asketischen Gesicht, seinen beherrschten Bewegungen und den eindringlichen, ernsten Augen erinnerte er mich an einen Mönch.

Ich führte die beiden zu den Gästehütten, und während sie ihre Koffer auspackten, ging ich zu den andern in die Werkstatt.

»Wenn ich nicht wüßte, daß er an viele Menschen gewöhnt ist, würde ich ihn für scheu halten«, sagte ich zu Elise.

»Er steckt gerade in einer Krise, und das macht ihn unsicher. Er hat eine Frau, und die beiden kommen nicht miteinander aus. Dabei ist sie, glaube ich, sehr reich, soll sehr gut aussehen und dazu noch sehr musikalisch sein. Tante Solange hat mir von ihnen erzählt, als ich in Paris war.«

Francis schnitt gerade Glasmosaik zu, das er für einen großen Wandschmuck – mit der Darstellung der Tier-

kreiszeichen – brauchte; er war für eine Villa in Arles bestellt. »Dann hat George ihn also hierhergebracht, damit er sich von ihr erholen kann?«
»Wahrscheinlich. Seine Frau ist die Tochter des Komponisten Russell Dart.«
Lucia starrte aus dem Fenster und sagte bedeutungsvoll: »Die Gräfin d'Arachenne ist angekommen und wird in Sonnengarde leben. Monsieur Condé hat es mir erzählt. Und da sie es nicht erträgt, von ihrem Sohn Paul getrennt zu sein, wird er wahrscheinlich auch hier leben.«
Ich schaute sie überrascht an. Tante Solange hatte mir einmal gesagt: »Lucia kann jeden Mann bekommen, den sie haben will. Sie hat diese gefährliche Eigenschaft, für die es keine Erklärung gibt.«
Ich erstarrte. Lucia konnte von mir aus jeden Mann haben, aber Paul würde sie mir nicht wegnehmen! Allerdings wußte ich, daß ich keine Waffe hatte, um gegen sie zu kämpfen. Es war schon öfter passiert, daß sich ein Mann, der sich zuerst für mich interessiert hatte, dann Lucia zuwandte. Alle waren von ihr fasziniert. In meiner Verzweiflung kam mir ein Gedanke. O ja, ich hatte doch eine Waffe. Paul würde mein Geliebter werden. Zum Teufel mit meiner Keuschheit – ich würde dafür sorgen, daß die erste Nacht mit mir für ihn unvergeßlich sein würde!

Am nächsten Tag war es sehr schwül, und über dem blauen Himmel lag ein schwefelgelber Dunst. Das kannte ich gut: Es lag ein Gewitter in der Luft. Und wenn in unserer Ecke der Provence ein Sturm aufkam, war er immer sehr heftig. Besorgt schaute ich in die Richtung von Maladieu und wurde auf einmal sehr unruhig.
Nach dem Abendessen nahm mein Vater George und Dominick mit sich ins Studio und bestellte bei Peppina Kaf-

fee und Cognac. Ich rief Elise und bat sie, Nicki ins Bett zu bringen. »Ich geh' nochmal fort.«
Als sie mich fragte, wohin ich denn ginge, sagte ich: »Ich sag' es dir, wenn ich zurück bin.«
»Du willst mich hinhalten!«
Ich lachte und sagte: »Ja, das stimmt.«
Nicki kauerte auf der Treppe. »Du sagst mir aber noch Gute Nacht! Ja, Rachel?«
»Das hängt davon ab, wann ich zurückkomme. Es kann sehr spät sein.« Ich wußte genau, daß es sehr spät werden würde. In Maladieu gab es einige verschwiegene Winkel, und heute war ich es, die Paul nicht entkommen lassen würde.
Ich küßte Nicki. »Sei brav.«
»Ich schlafe nicht ein, bevor du da bist.«
»Sei nicht so dumm. Wenn du nicht schläfst, wirst du morgen früh ganz dunkle Ringe unter den Augen haben.«
»Warum?«
Ich sah Elise an und lachte. »Erklär du es ihm.«
Sie schaute zum Himmel. »Es wird regnen. Lucia hat den großen Wagen genommen und Francis den Mini.«
»Oh, verdammt! Dann muß ich zu Fuß gehn.«
In der Ferne hörte ich schon den Sturm heulen. Ich lief zu dem Schrank unter der Treppe, holte den Regenmantel mit der Kapuze und warf ihn mir um die Schulter.
Draußen sah ich, daß es über den Bergen schon blitzte. Der Donner grollte, doch es regnete immer noch nicht. Mir war es gleichgültig. Auch wenn ich nachher wie eine getaufte Maus aussehen würde – ich würde Paul auf jeden Fall treffen.
Obwohl ich sehr schnell ging, wußte ich bald, daß ich zu spät kommen würde. Wie dumm, daß ich nicht gleich einen der Wagen für mich reklamiert hatte. Noch bevor ich

am Tor war, fragte ich mich, ob es nicht besser wäre, Paul anzurufen und ihn zu bitten, mich abzuholen. Doch ich mochte nicht in einem fremden Haus anrufen. Wahrscheinlich hätte es auch keinen Zweck, denn sicher war er schon fortgefahren.

Nachdem ich etwa eine Viertelstunde unterwegs war, begann es zu regnen. Als ich zu der steilen Wegbiegung kam, die zwischen den Felsen nach Maladieu führte, brach der Sturm los.

Ich hielt die Kapuze fest und begann zu rennen. Der felsige Weg wurde immer enger, und die grellen Blitze blendeten mich. Meine Schuhe waren völlig durchnäßt, und immer noch waren es fünf Minuten, bis ich die Ruinen erreicht haben würde.

Zu beiden Seiten des Weges, in die Felsen hineingebaut, waren kleine Touristenbuden, deren Läden jetzt geschlossen waren. Ein Stück weiter oben lag die Hostellerie Sainte Bérénice – ein Gasthaus, das seit langem abends nicht mehr geöffnet war und nur hin und wieder von Touristen besucht wurde, die dort eine Kaffeepause machten. Der alte Mann, dem das Lokal gehörte, war gestorben, und sein Vetter, den wir nicht kannten, hatte den Betrieb übernommen. Ich erinnerte mich daran, daß Francis gesagt hatte: »Der wird eine Menge Geld hineinstecken müssen, denn das Haus ist völlig heruntergekommen.«

Das Gasthaus lag an der rechten Wegseite. Ich ging daran vorbei, und als ich zur nächsten Biegung kam, sah ich dicht am Felsen einen Wagen stehen.

Ein anderer Wagen stand gegenüber, an der anderen Straßenseite. Der Weg war hier so eng, daß man nicht zwischen den beiden Wagen hindurchgehen konnte.

Plötzlich wurde die Szene von einem Blitz erhellt, und jetzt erst sah ich, daß der Kotflügel des einen Wagens ge-

rammt worden war. Es mußte einen Unfall gegeben haben. Ich konnte erkennen, daß der zweite Wagen auf dem Kühler die Figur eines silbernen Einhorns trug. Als es wieder dunkel war, hörte ich die Stimme eines Mannes: »Stehen Sie hier nicht so untätig herum!«
Als ich näherkam, sah ich, daß der erste Wagen nicht nur einen völlig eingebeulten Kotflügel hatte, sondern daß auch der Kühler zusammengeschoben war. Der Wagen war lang, sah teuer aus und war dunkelrot.
Ein Mann beugte sich über eine Gestalt, die am Boden lag.
»Mein Gott!«
Ich mußte laut geschrien haben, denn der Mann richtete sich auf und drehte sich zu mir um. Es war ein Fremder, doch er sagte aufgebracht: »Hier ist ein Unfall geschehen. Holen Sie schnell Hilfe.«
Ich starrte auf den schrecklich zugerichteten Wagen und zwang mich, das Nummernschild anzusehen.
»Dieser Wagen . . . Ich kenne diesen Wagen . . .«
Er ließ seine Taschenlampe aufleuchten, und ich hielt mir schnell die Hände vor die Augen, um nicht hinsehen zu müssen. Doch ich war nicht schnell genug. Ich sah, wer am Boden lag. Aus mir kam ein dumpfes Stöhnen. Ich ging taumelnd vorwärts.
Der Mann hielt mich zurück. »Haben Sie nicht gehört, er ist tot! Tun Sie, was ich Ihnen sage. Dort unten ist ein Haus.« Seine Taschenlampe leuchtete die Straße entlang. »Gehen Sie und rufen Sie die Polizei an.«
Die heftigen Sturmböen heulten um die Zinnen von Maladieu. Ich konnte meine Augen nicht von der Gestalt am Boden abwenden. Es lag eine Decke darüber, aber ich konnte einen Teil des dunklen Schopfes sehen. Und ich sah eine ausgestreckte Hand, an der ein blauer Siegelring steckte.

»Paul . . . Paul . . .«
Ich lehnte mich an den Felsen und preßte eine Hand an den nassen Stein. Ich war wie hypnotisiert, ich konnte meine Augen nicht schließen, die Lider bewegten sich nicht.
Ich mußte Hilfe holen. Hilfe. Mir wurde auf einmal schwarz vor den Augen.
»Paul.«
»He, nehmen Sie sich zusammen! Ich habe so schon genug zu tun. Fallen Sie nicht auch noch um.«
Der Mann hielt mich fest.
»Es geht schon wieder. Ich muß einen Arzt holen.«
»Ich bin selbst Arzt«, sagte er. »Gehen Sie und holen Sie die Polizei. Der Wagen muß abgeschleppt werden, und man muß den Unfall melden.« Er zog die Decke über den Kopf des Mannes, in dem ich Paul erkannt hatte. »Ich werde mich um den Rest kümmern.«
Ich schaute ihn wütend an. »Um den Rest kümmern? Können Sie nicht etwas menschlicher sein? Warum sind Sie denn so sicher, daß er tot ist? Er kann nicht tot sein. Ich bin sicher, er ist nicht tot.«
Der Fremde fluchte. »Sacre dieu, warum sind Sie denn so dumm? Glauben Sie, ich kann einen toten Mann nicht von einem lebendigen unterscheiden. Tun Sie endlich, was ich Ihnen gesagt habe. Wecken Sie die Leute dort in dem Haus.«
Ich mußte all meine Kraft zusammennehmen, um ihm zu antworten. »Gut. Aber bitte, bringen Sie ihn nicht fort. Sie dürfen ihn nicht anrühren, bis die Polizei – oder der Krankenwagen – kommt. Ich will bei ihm sein. Ich kenne ihn. Ich kenne . . .«
Benommen vor Schmerz rannte ich die Straße hinunter.
Der Regen hatte nachgelassen, aber die Blitze erhellten

immer noch den Himmel über Maladieu. In Sainte Bérénice schien niemand mehr auf zu sein, alles war dunkel. Ich hämmerte mit der Faust an der Türe, drückte auf die Klingeln und wollte schon aufgeben, als ich hörte, wie ein Riegel aufgeschoben wurde. Die Türe öffnete sich, und ich sah einen Mann mit schwarzem Haar und einem riesigen Bauch. Er musterte mich mißtrauisch und fragte: »Mademoiselle?« »Monsieur, es ist ein Unfall passiert. Kann ich . . . kann ich bitte Ihr Telefon benützen?«

»Ein Unfall – hier? Kommen Sie herein. Was ist geschehen?«

»Ein Auto hat einen Felsen gerammt. Ein Mann ist . . .«

»Verletzt? Tot?«

»Ein anderer Wagen war schon da – der Fahrer wollte helfen. Er sagt – er sagt – daß der Mann tot sei.« Ich sah mich verzweifelt nach einem Telefon um.

Er deutete in eine Ecke. »Dort ist es, Mademoiselle.«

Ich nahm den Hörer hastig ab, ließ mich mit der Polizei verbinden und hatte Mühe, einen zusammenhängenden Bericht zu geben. Meine Worte kamen nur stoßweise heraus, und der Mann am Telefon wurde ungeduldig »Sie haben nicht gesagt, von wo Sie sprechen.«

Der Wirt griff ein, ließ sich den Hörer geben und gab die gewünschten Auskünfte. Dann wandte er sich zu mir. »Ihr Name, Mademoiselle?«

Mechanisch antwortete ich: »Helston, Rachel.«

Er sagte ins Telefon: »Sie hat einen schweren Schock. Bitte kommen Sie . . .«

Am anderen Ende war wohl abgehängt worden, denn er legte unwillig den Hörer auf und sagte: »Sie sehen, ich versuche Sie zu schonen. Ich habe Ihren Namen nicht genannt.«

»Es ist mir doch ganz egal, ob Sie ihn nennen oder nicht. Kommen Sie schnell mit, ich brauche Hilfe.«

Wir gingen zusammen zur Türe und er sagte: »Als ich Sie vorbeifahren sah, habe ich mir schon gedacht, daß es ein Unglück geben wird. Es war verrückt, so zu rasen und dann noch zu versuchen, das Steuer herumzureißen.«

»Ich weiß nicht, wovon Sie sprechen. Ich bin gerade erst gekommen.«

»Ach, wirklich? Nun, es ist auch besser, wenn Sie es so darstellen. Sie würden sonst große Schwierigkeiten bekommen.«

Ich starrte ihn an. Hatte ich recht gehört? Ich war völlig benommen und sagte noch einmal: »Ich weiß nicht, wovon Sie sprechen.«

»Sie – in dem Wagen. Ich weiß es. Ich habe Sie gesehen. Ich habe gerade einen Stuhl hereingeholt, der noch draußen im Regen stand. Das Licht von drinnen fiel auf die Straße und deswegen konnte ich sehen, wie der Wagen hier vorbeikam. Es fiel mir auf, weil er von einer Seite auf die andere schleuderte. Er mußte ja ganz nahe am Haus vorbei, denn die Straße ist hier so eng. Straße – das ich nicht lache. Schotterweg wäre der richtige Ausdruck. Und dazu dieses verdammte Haus. ›Eine Erbschaft‹, sagten sie, als der alte Mann gestorben war.‹ Sie können sich glücklich preisen, Gaston Bigorne. Sie werden ein Vermögen machen, bei den vielen Touristen!« Er fluchte laut.

»Ich war nicht in dem Wagen«, sagte ich hartnäckig. »Niemand war –«

Er sah mich höhnisch an. »Ah! Und woher wollen Sie das wissen, wenn Sie nicht da waren?«

Ich fuhr ihn wütend an: »Wenn noch jemand dagewesen wäre, müßte er auch verletzt sein. Es war ein furchtbares Unglück. Oder wenn jemand durch ein Wunder nicht verletzt wäre, dann wäre er doch dageblieben – oder nicht?«

»Aber Sie sind nicht dageblieben.« Er berührte meinen Arm, als wir die Straße hinaufliefen. »Sie sind nicht geblieben! Hatten Sie vielleicht Angst? Sicher hatten Sie Angst, denn die Polizei wird Ihre Fingerabdrücke am Steuer finden.«

»O nein.« Ich hätte es ihm ja erklären können, ich hätte sagen können: »Ich bin hierhergekommen, um mich mit Paul d'Arachenne zu treffen.« Doch ein unbestimmtes Gefühl sagte mir, daß es besser sei zu schweigen. Ich mochte diesen Mann nicht, und ich konnte ihm nicht vertrauen.

»Mon dieu! Oh, mon dieu!«

Wir waren bei dem Wagen angekommen. Der Mann rief: »Das ist ja entsetzlich. Der ganze Kühler eingerammt, alle Scheinwerfer zertrümmert. Doch Sie haben von einem Toten gesprochen, Mademoiselle. Wo ist er?«

Ich starrte entgeistert auf den leeren Platz, an dem zuvor die regungslose Gestalt unter der Decke gelegen hatte. Der zweite Wagen, der Fremde, Paul – nichts war mehr da.

Der Mann rieb sich das Kinn. »Was zum Teufel ist hier los?« Ich konnte nur noch flüstern: »Sie sind weg. Sie sind weg.« Als ob er blind sei und das nicht selbst hätte sehen können.

Monsieur Bigorne fuhr fort: »Ein Krankenwagen würde eine halbe Stunde brauchen, um hierherzukommen. Wahrscheinlich hat der Mann im anderen Wagen gedacht, es wäre besser, den Verunglückten selbst ins Krankenhaus zu bringen, damit es schneller geht. Doch wenn er schon tot war . . . Ja, dann spielte das alles keine Rolle mehr. Ich nehme an, seine Verletzungen –«

»Bitte . . . bitte . . . hören Sie doch auf.«

»Pardon, ich habe es ganz vergessen. Sie sind ja in die Sache verwickelt.« Er streckte seine fleischige Hand nach

mir aus und berührte mich. Seine warmen, weichen Finger tasteten mich ab. »Sie wollen mir sagen, daß Sie nicht verletzt sind und noch nicht mal Schrammen haben? Wie haben Sie das denn gemacht? Sind Sie vielleicht aus dem Wagen gesprungen?« Er zog mir die Kapuze des Regenmantels über den Kopf. »So, genauso habe ich Sie in dem Wagen gesehen.« Seine Finger berührten mein Gesicht. »Eine schlimme Lage für so ein hübsches Mädchen.«
Ich schob seine Hand fort. Er muß gesehen haben, wie erschrocken ich war, denn er sagte mit freundlicherer Stimme: »So hat also dieser Streit mit dem Tod geendet. Ein Streit mit dem Geliebten und dann ein Unfall. Das passiert immer wieder. Es ist besser, Sie gehen, bevor die Polizei kommt. Ich habe nichts Böses vor, Mademoiselle, ich werde nichts sagen.« Dann nahm er wieder meinen Arm. »Aber Sie werden mich besuchen, nicht wahr? In den nächsten Tagen werden Sie zu Gaston kommen und –«
»Sie können der Polizei sagen was Sie wollen. Mir ist alles gleich. Ich war nicht bei Paul –«
»Paul? So, da haben wir ja schon den Beweis! Dieser Paul . . .«Er lachte dreckig. »Gut, er ist tot. Es ist sehr traurig für Sie, aber es ist vorbei. Und Sie sind jung und charmant, ma petite. Sie werden doch Gaston Bigorne besuchen? Sie werden bald kommen und . . .«
Mir wurde übel. Ich drehte mich schnell um und ging fort. Er rief etwas hinter mir her. »Wenn die Polizei kommt, werde ich sagen, daß dieser Mann, den Sie Paul nennen, allein im Wagen war. Ich werde schwören –«
»Schwören Sie die Wahrheit«, schrie ich zurück.
Ich weiß nicht, ob er mich hörte, denn meine Stimme überschlug sich und wurde schrill. Vor mir war die abschüssige Straße, die nach Issandre führte. Mein Schritt war nicht mehr sicher, und ich mußte mir Mühe geben,

nicht zu straucheln. Der Weg nach Hause war lang, und ich hatte nicht mehr viel Kraft.
Eine Frau in Pauls Wagen? Aber nein, Birgorne mußte sich irren, das konnte nicht sein.
Paul ist tot.
Die zerfetzten Wolken teilten sich, und darunter erschien der Mond, blaß stand er über dem Tal. Ich bewegte mich mechanisch vorwärts und setzte einen Fuß vor den andern, wankend, als sei ich betrunken.
Paul ist tot.
Wohin war der Fremde mit ihm gefahren? In Issandre gab es kein Krankenhaus. Nach Arles? Oder nach Avignon?
Ich entfernte mich immer weiter von Maladieu und kam an Feldern und Olivenhainen vorbei. Einmal hupte ein Wagen hinter mir, und da merkte ich erst, daß ich mitten auf der Straße ging.
Die Villa Daphnis war hell erleuchtet, wie bei einer Party. Das Licht, das mir entgegenströmte, gab mir die Kraft, die letzten zweihundert Meter durchzuhalten.

4

Niemand bemerkte mich, als ich nach Hause kam. Ich ging leise in mein Zimmer und zog mir im Dunkeln meine durchnäßten Kleider aus. Dann tastete ich nach einem Handtuch, trocknete mich ab und legte mich aufs Bett.

Ich mußte jetzt versuchen, meine Gedanken zu ordnen, so schwer es mir auch fiel.

War Paul auf der nassen Straße ins Schleudern gekommen? Hatte er unterwegs eine Frau mitgenommen, die eine Strecke mitfahren wollte? War es möglich, daß sie dann Schwierigkeiten gemacht hatte? Aber wer war sie, und was hatte sie nachts allein in dieser Gegend gewollt? Was für eine Frage! Maladieu war doch schon immer ein beliebter Treffpunkt für Liebespaare gewesen. Ich warf mich unruhig auf dem Bett herum. Irgend etwas mußte ich tun. Ich wollte nicht länger das Gefühl haben, im Nebel herumzutappen. Ich könnte zum Beispiel alle Krankenhäuser der Umgebung anrufen. Natürlich!

Ich sprang aus dem Bett, knipste das Licht an und zog mir schnell etwas über. Dann horchte ich an der Türe und schlich leise hinaus.

In der Halle war niemand, und so konnte ich schnell in das kleine Zimmer schlüpfen, in dem wir unsere Bücher aufbewahrten – wir nannten es großartig »die Bibliothek«, obwohl auch die Schulbücher für die Kleinen dort standen. Das Telefon stand auf einem alten verkritzelten Schreibpult. Ich suchte mir die Nummern der Krankenhäuser heraus und rief zuerst in Avignon an.

Ich bekam sofort Verbindung. Die Schwester, die mit mir

sprach, war offensichtlich in Eile. Ja. Ja. Monsieur d'Arachenne war von einem Arzt gebracht worden, der zufällig zum Unfallort gekommen war. Man habe nichts mehr für ihn tun können. Er muß mit dem Kopf auf den Felsen aufgeschlagen sein und sei sicher sofort tot gewesen. Auf einmal wurde die Stimme sanfter, weniger eilig. »Spreche ich mit einem Familienmitglied?«
»Nein. Eine . . . eine Freundin. Ist die Familie . . . benachrichtigt worden?«
»Monsieur Artois d'Arachenne war hier und hat seinen Neffen identifiziert. Ist es eine sehr schlimme Nachricht für Sie, Madame?. . . Mademoiselle? Verzeihen Sie bitte, aber ich muß das Gespräch beenden. Wir haben hier einen Unglücksfall . . .«
»Natürlich. Ich danke Ihnen.« Ich weiß nicht, ob sie mich verstand, denn meine Stimme war fast unhörbar.
Im Wohnzimmer bewegte sich jemand, und ich ging eilig durch die Halle in mein Zimmer.
Ich stellte mich ans Fenster. Die Türme von Sonnengarde waren in Mondlicht getaucht. Ich glaubte, Pauls lachende Stimme zu hören: »Ich bin der einzige Sohn einer alternden Frau und bin verwöhnt.«
Wer um einen Menschen trauert, hat immer das Bedürfnis, seinen Schmerz mit jemand zu teilen, der so empfindet wie er. Irgendwo in diesem mittelalterlichen Gemäuer von Sonnengarde war eine alte Frau, deren Sohn tot war. Pauls Mutter und ich . . . Auf einmal wurde ich ganz ruhig. Ich überlegte nicht, ob es sehr klug war, was ich vorhatte. Mit Vernunft hatte das nicht zu tun. Ich hatte das Bedürfnis, mit ihr zu sprechen. Ich mußte die Gräfin d'Arachenne sehen.
Elise war vorn in der Halle und rief jemand zu, daß sie Lucias Katze holen werde. Wenn Lucia zu faul sei, sie zu suchen, müsse sie es eben tun.

Dann hörte ich ihre sanfte, klare Stimme locken: »Cléry, Cléry.«
Um nicht an ihr vorbeizumüssen, ging ich zum Hinterausgang, durch die Küche. Es war immer noch sehr warm, trotz des Unwetters, und die Straßen waren fast trocken. Der Mond war von dunklen Wolken umgeben; manchmal war tiefschwarze Nacht, manchmal glänzte silberhelles Licht.
Als ich an die großen Gittertore des Schlosses kam, begann ich zu laufen – wahrscheinlich wäre ich sonst umgekehrt. Ich rannte zwischen dunklen Bäumen entlang, stolperte über Grasbüschel, ging eilig die Stufen hinauf und zog an der schweren Glocke. Ich hörte, wie sie durchs Haus tönte. Noch war es Zeit, umzukehren. Eben wollte ich mich umdrehen, um die Flucht zu ergreifen, da hörte ich, wie die Türe geöffnet wurde.
Ein riesiger kahlköpfiger Mann schaute zu mir herunter. »Ich bin Rachel Helston. Die Gräfin d'Arachenne kennt mich nicht, doch ich – ich kannte ihren Sohn. Sicher wissen Sie –«
Der Mann hatte die übertriebene Würde eines allzu gut gezogenen Dieners. »Die Gräfin empfängt niemand. Ich habe die Anweisung bekommen, keine Fremden hereinzulassen. Es ist ein Unglück geschehen.«
»Aber deswegen komme ich ja –«
Die Türe fiel vor mir ins Schloß.
Ich hätte nicht kommen sollen. Und wenn der Schock nicht immer noch gewirkt hätte, wäre mir bewußt geworden, daß ich nicht das Recht hatte, hier einfach einzudringen, auch wenn ich Paul liebte. Ich war schließlich für seine Mutter eine Fremde.
Ich ging langsam fort, ohne zu wissen wohin. Erst als ich das lange, nasse Gras an meinen Knöcheln spürte, wußte ich, daß ich im Schloßpark war und nicht auf dem Weg

nach Issandre. Aber im Schloß war man mit anderen Dingen beschäftigt, und niemand würde sich darum kümmern, daß ich hier draußen war.
Mein Fuß stieß an etwas Hartes. Im Mondlicht konnte ich es erkennen, es war das alte Fundament eines Brunnens, das vom Unkraut überwuchert war. Ich setzte mich auf den breiten Steinrand.
Wenn ich mit irgend jemand sprechen könnte, würde ich mir vielleicht wieder wie ein Mensch vorkommen, würde Schmerz empfinden können. Aber ich hatte Angst vor meiner eigenen Familie. Sie würden alle Mitgefühl haben und würden mir auch versprechen, mit niemandem darüber zu reden. Doch da sie alle sehr lebhaft waren, mit Ausnahme von Lucia, könnte einer von ihnen nur durch ein einziges Wort oder einen Blick mein Geheimnis verraten. Und bei all ihrer Trägheit hatten die Leute in Issandre eine sehr schnelle Auffassungsgabe. Und dann würde die Geschichte in der ganzen Stadt die Runde machen. Es geschah hier so wenig, daß meine Verbindung zu Paul und zu Schloß Sonnengarde genügend Gesprächsstoff für die nächsten Wochen abgäbe. Und jedesmal, wenn ich nach Issandre käme, würde man mich mit heimlicher Neugierde ansehen, und die ganze schreckliche Sache würde wieder von neuem aufleben. Das könnte ich nicht ertragen.
Doch der Drang, mich wenigstens einem Menschen mitzuteilen, war quälend. Mein Vater war der einzige, der mein Geheimnis wahrscheinlich für sich behalten hätte. Doch so gescheit, erfolgreich und gesellig Vater auch war – niemand kam ihm im Grunde richtig nahe. Wir lebten Seite an Seite, durchaus freundschaftlich, doch eigentlich verstanden wir uns nicht. Es war nicht leicht, mit ihm über so unbestimmte Dinge wie Gefühle, Hoffnungen oder auch Verzweiflung zu sprechen.

Jetzt, als ich in dem dunklen Garten saß, fühlte ich mich einsamer denn je zuvor in meinem Leben. Als ich hinter mir das Knacken eines Zweiges hörte, schrak ich zusammen. Ich fuhr hoch und drehte mich um.

Ein Mann stand zwischen den Bäumen. »Bitte, nicht«, sagte er. »Bitte, hören Sie auf.«

Ich merkte jetzt erst, daß ich geweint hatte und wischte mir über die Augen. Wahrscheinlich hatte er es gehört, denn im Augenblick war es sehr dunkel, so daß er mein Gesicht nicht sehen konnte.

Er kam näher. »Es tut mir leid. Es war wahrscheinlich falsch, Ihnen zu sagen, daß Sie aufhören sollen. Man sagt ja, es täte manchen Menschen gut, sich einmal richtig auszuweinen.«

Ich sah nichts als seinen schwarzen Schatten und hörte seine tiefe Stimme, die so entschieden klang. Natürlich hatte ich kein Recht hier im Park zu sein; er konnte mich auffordern zu gehen. Ich hatte keine Ahnung, wer er war. Vielleicht ein Familienmitglied oder ein Freund.

Er setzte sich neben mich. »Bitte, weinen Sie ruhig weiter. Wollen Sie ein Taschentuch?« Ohne auf meine Antwort zu warten, gab er mir seines. »Wieviele Männer wohl schon einer Frau ein Taschentuch geliehen haben, wenn sie geweint hat!« Er sagte das ganz beiläufig und dachte sicher, mich dadurch aufzuheitern.

Ich nahm das Taschentuch und knüllte es in meiner Erregung zusammen, unfähig, mich zu bedanken.

Der Mann saß ruhig neben mir, sagte nichts und schaute mich auch nicht an. Es kam mir nicht in den Sinn, daß auch er hier ein Eindringling sein könnte. Seine Nähe war mir aber unangenehm, und ich rückte von ihm fort.

Das merkte er und fragte: »Fühlen Sie sich jetzt besser?«

»Ja, danke.« Ich wollte aufstehen. »Ich muß jetzt gehen.«
»Ich weiß, daß Sie hier eingedrungen sind«, sagte er. »Aber das macht nichts. Es wird niemand hierherkommen und sie vertreiben. Also bleiben Sie ruhig da.« Er streckte seine Hand aus, berührte mein Haar und strich es sanft aus der Stirne. »So ist es recht. Jetzt haben Sie aufgehört zu weinen und können mir alles erzählen.«
Ich trocknete mein Gesicht mit dem Taschentuch und putzte mir die Nase. Ich mußte zweimal schlucken, bevor ich sagte: »Sie sind fremd hier, nicht wahr? Ihr Französisch hat einen Akzent.«
»Ich bin Engländer.«
Ich fragte ihn auf englisch: »Ein Besucher?«
»Ja. Mein Name ist Lambert. Max Lambert. Doch das wird Ihnen nichts sagen.«
»Wenn Sie ein Fremder sind, haben wahrscheinlich auch Sie nicht das Recht, hier im Park zu sein. Oder . . . wohnen Sie im Schloß?«
»Ja.«
Jetzt hatte ich das, wonach ich gesucht hatte, hier war jemand, der Paul gekannt hatte. Ich sagte: »Dann wissen Sie – was – was geschehen ist?«
Ich spürte sofort seine innere Spannung. Es herrschte völlige Stille – und dennoch merkte ich, daß sich etwas verändert hatte.
Seine Stimme war plötzlich scharf: »Ihr Name?«
»Rachel. Rachel Helston. Doch Sie –«
Ich konnte nicht weitersprechen, denn er sprang mit einer Heftigkeit auf, die mich erschreckte. Zornig sagte er: »Das ist es also! Ich hätte es wissen müssen. Mein Gott, ich hätte es wissen müssen.«
Doch selbst sein Zorn konnte mich nicht aufregen: »Was hätten Sie wissen müssen?« fragte ich matt.

»Daß Sie nicht aus Kummer geweint haben. Sie haben Angst, nicht wahr? Sie haben furchtbare Angst, daß jemand entdecken könnte, was oben in Maladieu wirklich geschehen ist. Deswegen weinen Sie.«
Während er so heftig mit mir sprach, kam der Mond heraus, und ich konnte sein Gesicht sehen, ein hageres Gesicht mit einer geschwungenen Nase. Seine Augen konnte ich nicht wahrnehmen, doch ich spürte seinen durchdringenden Blick.
Erst beim zweiten Anlauf brachte ich heraus: »Was meinen Sie damit? Maladieu?«
»Das sollten Sie besser wissen! Sie waren ja dort.«
Er war nicht der Mann, den ich vorher bei Paul gesehen hatte. Der war viel kleiner und stämmiger gewesen und zweifellos Franzose.
Ich sagte: »Wenn Sie das wissen, dann –«
»Oh, ich war auch dort. Aber Sie haben mich in Ihrer Raserei nicht gesehen.«
Trotz meiner Verzweiflung wurde ich wütend: »Warum, um Himmels willen, haben Sie dann nicht geholfen? Wir haben dringend Hilfe gebraucht!«
Wir standen jetzt einander gegenüber im weißen Licht des Mondes.
»Also, warum haben Sie nicht geholfen?«
Er ließ sich Zeit mit der Antwort. »Weil es schon zu spät war, als ich zum zweiten Mal vorbeikam. Man hatte Paul schon fortgebracht.«
Es wurde wieder ganz dunkel. Ich schaute zu dem Mann hin. Die Wolke hatte ihn in eine dunkle Statue verwandelt, doch obwohl er regungslos dastand, fühlte ich, wie zornig er mich ansah.
»Ich bin an Ihnen vorbeigekommen, als Sie mit Paul um das Steuer kämpften. Was hatten Sie vor? Wollten Sie sich mit ihm zusammen umbringen? Ich war der Mann,

der Sie warnte, als ich den Hügel hinauffuhr. Ich habe gehupt. Können Sie sich jetzt daran erinnern?«
»Wie soll ich mich an Sie erinnern, wenn ich Sie noch nie gesehen habe?«
»Sie haben mit Paul gekämpft, deswegen haben Sie mich nicht bemerkt. Sie sind schuld an diesem Unfall! Aber was hat es für einen Zweck – Sie würden es ja doch ableugnen.«
»Ich war nicht dort. Ich kam später, und ich lüge nicht. Ich lüge nicht. Ich . . .« Die Stimme versagte mir, ich war zu erregt.
»Es ist auch besser, wenn Sie nichts sagen. Und bitte keinen hysterischen Anfall.«
»Bestimmt nicht in Ihrer Gegenwart. Doch wenn es Sie befriedigt –«
»Befriedigt – guter Gott!«
»Warum glauben Sie mir dann nicht? Oder wollen Sie es nicht?«
»Ich will nur die Wahrheit glauben. Sie sind eine Fremde, aber Paul war mein Freund. Und wenn Sie für den Unfall verantwortlich sind und trotzdem wegliefen und ihn sterben ließen –«
»Sie möchten wohl, daß es so war? Irgend jemand die Schuld zuschieben – Hauptsache ist, Sie haben eine befriedigende Erklärung, an die Sie sich halten können. Sie brauchen einen Prügelknaben, nicht wahr? Ach, scheren Sie sich doch fort!«
Er sagte kalt. »Wenn irgend jemand geht, dann sind Sie es und nicht ich. Sie sind hier eingedrungen, nicht ich. Aber bevor Sie gehen, will ich Ihnen wenigstens sagen, wieso ich heute nacht dorthin kam. Es hat jetzt keinen Sinn mehr, die halbe Geschichte zu erzählen.«
»Und ich zweifle daran, daß es einen Sinn hat, die ganze Geschichte zu erzählen«, sagte ich düster.

»Ich werde es trotzdem tun. Ich werde Ihnen sagen, was ich sah, und dann geben Sie es vielleicht auf, abzuleugnen, daß Sie dort waren.«

»Aber ich –«

Er ließ mich nicht weitersprechen. »Ich war auf dem Weg nach Maladieu, um mir oben vom Turm aus den Sturm anzusehen, als ich Sie und Paul in seinem Wagen sah. Sie trugen einen dunklen Mantel und hatten etwas über den Kopf gezogen. Sie müssen vollkommen von Sinnen gewesen sein, denn der Wagen schleuderte von einer Seite auf die andere. Ich habe zuerst gedacht, ihr wärt beide betrunken. Als ich vorbeikam, hupte ich, um Sie zu warnen. Ich blieb eine Weile im Turm, und als ich wieder herunterkam, sah ich, wie Pauls Wagen zwischen die Felsen eingekeilt war. Ich konnte sonst niemand entdecken, und daher habe ich den Wirt von Sainte Bérénice herausgeholt. Er sagte mir, daß ein Mann verwundet oder tot sei, er wisse es nicht genau. Er konnte nur sagen, daß eine junge Frau an seine Tür geklopft und gefragt hatte, ob sie von seinem Haus aus die Polizei anrufen könne. Sie sei furchtbar erregt gewesen, sagte er, und beschrieb Sie als klein. Sie hätten etwas Dunkles über den Kopf gezogen gehabt, sagte er. Später seien Sie davongelaufen. Sie sehen also, Miss Helston, es waren zwei Menschen da, die Sie dort oben gesehen haben!«

Ich hatte jetzt nicht die nötige Ruhe, um ihn zwingend zu widerlegen.

»Die Tatsache, daß ich an der Türe der Hostellerie klopfte, beweist noch nicht, daß ich auch in Pauls Wagen war.«

»Ach, kommen Sie doch! Sie wollen mir doch nicht sagen, daß zwei Frauen da oben mit ihm in Maladieu waren, mitten während eines heftigen Sturms. Das nimmt Ihnen niemand ab.«

»Aber es war so!« schrie ich.

»Gute Nacht, Miss Helston.«
Er drehte sich abrupt um und ging fort.
Zitternd und wütend rief ich hinter ihm her: »Ich habe Ihnen die Wahrheit gesagt!«
Er wandte sich nicht mehr um.
Ich sank auf das nasse Gras, und meine Finger klammerten sich an den Steinrand des Brunnens. »Ich habe Ihnen die Wahrheit gesagt«, flüsterte ich vor mich hin. Doch es konnte mich niemand hören.

5

»Ts, ts, Rachel! Was hast du denn angestellt?« Peppina kam aus der Küche und schaute mich besorgt an. »Was ist denn geschehen?«

Ich strich mir die Haare zurück. »Es ist alles in Ordnung.«

Sie blickte auf meine zerrissenen Strümpfe, den schmutzigen Mantel und das nasse Haar. »Es ist nicht alles in Ordnung. Bist du gestürzt?«

Ich gab ihr keine Antwort, drückte mich an ihr vorbei und ging zur Halle.

»So!« rief sie erbost hinter mir her. »Du willst es Peppina nicht sagen. Du vertraust ihr nicht mehr.«

Sie dachte sicher, daß ich einen Streit mit einem Freund gehabt hatte und platzte nun vor Neugier, weil sie wissen wollte, wer es war.

»Nicki hat nach dir gerufen.« Peppina stand am Treppengeländer und ließ mich nicht aus den Augen.

»Ich habe ihm Gute Nacht gesagt, bevor ich wegging.«

»Er sagt, daß er dich schon vor einer Weile gehört hat. Ich habe ihm erklärt, daß er sich irrt, aber er glaubt mir nicht.«

»Ich werde mich gleich um ihn kümmern.« Ich hatte keinen anderen Wunsch, als in Ruhe gelassen zu werden und in mein Zimmer zu kommen.

Sie blieb jedoch hartnäckig. »Er glaubt, daß er etwas Unrechtes getan hat und daß du böse mit ihm bist.« Ihr Vorwurf war nicht zu überhören. »Er weint wie ein kleines verlassenes Kind und läßt sich nicht trösten. Ich habe ihm gesagt, daß wir ihn alle lieben, aber es hatte keinen

Zweck. Wir sind ihm ganz gleichgültig, nur du bist für ihn wichtig. Mutter Gottes, beschütze ihn.«
Ich wußte, daß Peppina mir Vorwürfe machte, weil sie mit mir böse war. Etwas stimmte nicht mit mir, und ich hatte ihr kein Vertrauen geschenkt. Wir waren ihre Welt, und sie würde sogar am Schlüsselloch horchen, wenn sie glaubte, daß es etwas gab, das sie wissen mußte.
Sie beobachtete mich, während ich in mein Zimmer ging, und bevor ich die Türe zumachte, hörte ich einen entrüsteten Laut.
Ich bemühte mich, am Frisiertisch die Spuren meiner Tränen zu beseitigen, doch der Puder konnte die dunklen Schatten unter meinen Augen nicht verdecken, und auch der Kamm wurde mit den nassen Haaren nicht fertig.
Es würde nicht leicht sein, Nicki etwas vorzumachen. Er war sehr sensibel und merkte immer, was los war. Ich versuchte, mich in den nächsten Minuten nur mit Nicki zu beschäftigen. Würde er jemals seine Furcht verlieren? Er wirkte immer wie ein kleiner Junge, der sich bemühte, besonders brav zu sein, und es kam selten vor, daß er richtig ungezogen war. Und wenn es passierte, zitterte er vor Angst, daß man ihn bestrafen würde. Das trostlose Leben in Agadir hatte seine Spuren hinterlassen. Ich wollte ihm keinen Kummer machen und mußte mich dazu überwinden, fröhlich zu sein. Ich parfümierte mich sogar ein bißchen, damit alles ganz echt wirkte.
Als ich die Türe zu seinem Zimmer öffnete, begann er sofort zu reden. »Peppina hat mir gesagt, daß du nicht böse mit mir bist.« Seine schmalen Hände preßten das blaue Kissen an sich, das ich für ihn mit Tieren bestickt hatte. »Doch du hast mir nicht Gute Nacht gesagt.«
»Mein Liebling«, sagte ich und umarmte ihn. »Du weißt doch ganz genau, daß ich nicht böse mit dir bin. Ich – ich mußte ganz schnell fortgehen. Ich habe dir doch vorher

Gute Nacht gesagt. Und ich bin gerade erst gekommen.«
Er schob mich von sich. »Wieso siehst du denn so aus?«
»Wie?«
»Wie man aussieht, wenn man geweint hat.«
Ich drückte seinen Kopf an mich, lachte sanft und sagte: »Wenn du in diesem schrecklichen Sturm draußen gewesen wärst, würdest du hinterher auch nicht anders aussehen.«
»Dann ist also alles in Ordnung.«
»Ja, mein Herz.« Ich schaute ihn an. Wie würde man dieses zarte Kind jemals vor den Härten des Lebens beschützen können? Nicki war nicht unintelligent, doch gegenüber seinen Altersgenossen etwas zurückgeblieben und noch besonders kindlich. War diese Kindlichkeit ein unbewußter Schutz vor der harten Realität? Ich mußte ihm dabei helfen, mit dem Leben fertigzuwerden und dachte mit Bitterkeit, daß ich für diese Aufgabe nicht besonders gut gerüstet war.
Ich verließ Nicki und ging nach unten. Peppina war im Wohnzimmer und setzte gerade ein Tablett auf den Kaffeetisch.
»Für dich«, sagte sie. »Kaffee und Armagnac. Nach einem Streit gibt es nichts, was besser tröstet.«
»Aber ich habe mich nicht gestritten . . .«, begann ich. Doch dann gab ich es auf, setzte mich und sagte: »Vielen Dank.«
»Morgen wirst du dich wieder versöhnen, ja?«
Ich überging ihre Frage. »Sind die anderen nicht zu Hause?« Ich schenkte mir heißen, starken Kaffee ein.
»Monsieur George und Monsieur Dominick sind mit Elise und Lucia nach Issandre gefahren. Lucia hat ihr rotes Kleid angezogen. Sie sah wunderschön aus. Doch vielleicht«, fügte sie hoffnungsvoll hinzu, »wird Monsieur Dominick Elise lieber mögen. Das wäre gut.«

»Der junge Monsieur Dominick«, sagte ich bestimmt, »ist verheiratet. Wo ist mein Vater?«
In diesem Augenblick hörte ich seine Schritte in der Halle. Als er hereinkam, wußte ich, daß ich ihm sagen mußte, was heute nacht geschehen war. Er setzte sich mir gegenüber auf einen Stuhl. »Ich möchte auch etwas Kaffee haben.«
Peppina ging eilig in die Küche, um noch eine Tasse zu holen.
Ich sagte: »Vater, ich muß mit dir sprechen.«
Wo er auch war, er beherrschte jeden Raum. Nicht nur wegen seiner mächtigen Gestalt und seiner auffallenden Farben – schwarze Haare, schwarze Brauen, tiefblaue Augen – sondern auch wegen seines Wesens. Er war immer direkt, kompromißlos und entschieden. Doch es gab etwas, wovor er sich scheute – es war ihm unangenehm, Gewissenserforschung zu betreiben. Und das blieb ihm jetzt nicht erspart. Er drehte und wand sich auf seinem Stuhl, suchte nach seinen Zigaretten und zündete sich umständlich eine an.
Peppina kam zurück und schenkte ihm Kaffee ein. Sie verachtete die Männer, wachte aber über sie wie eine alte Negeramme. Francis behauptete, daß sie eine Haßliebe für das andere Geschlecht habe.
Ich bemühte mich, ruhig zu wirken und wartete, bis sie draußen war. Dann sagte ich: »Es ist etwas Schreckliches passiert, Vater. Ich weiß nicht was ich machen soll – aber ich glaube auch nicht, daß ich im Augenblick etwas machen kann.«
Er schaute mich nicht an und tat so, als befasse er sich eingehend mit seinem Schnürsenkel. »Also, was ist?«
»Es ist wegen des Unfalls heute nacht.«
»Welcher Unfall?«
»Ich dachte, die ganze Stadt würde schon davon spre-

chen«, sagte ich und erzählte ihm kurz, daß ich einen zertrümmerten Wagen und einen Verunglückten gesehen hatte.
Er sagte sachlich: »Du hast also einen Unfall gesehen. Ich glaube dir, daß das schrecklich war. Doch nun ist es vorbei, und es ist besser, wenn du es vergißt. Reg dich nicht so darüber auf, es hat ja nichts mit dir zu tun.«
»Doch, es hat etwas mit mir zu tun.« Ich nahm einen Schluck Armagnac und sagte, während ich in das Glas starrte: »Der Verunglückte war Paul d'Arachenne. Ich habe ihn in Paris bei Tante Solange kennengelernt. Wir – wir wollten uns heute abend in Maladieu treffen.« Ich sah, wie seine Augenbrauen zuckten, wie immer, wenn er beunruhigt war. »Wir wollten heiraten«, fügte ich hinzu.
Er fuhr hoch. »Verdammt nochmal! Und du hast es mir nicht gesagt.«
»Ach, Vater, bitte, hör mich doch an. Wir kannten uns ja erst einige Wochen. Wir wollten uns erst ganz sicher sein, deswegen wollten wir vorläufig noch nichts sagen. Heute nacht –«
Ich konnte nicht weiterreden. Das Bild stand wieder vor mir, die steile, enge Straße, die vom Blitz erhellt wurde, der zertrümmerte Wagen, Pauls Hand mit dem Siegelring, Pauls Gesicht auf dem schmutzigen Boden . . .
Mein Vater versuchte, sich mit einem Schluck Kaffee zu beruhigen und stand dann auf, um sich einen Aschenbecher zu holen.
Ich umklammerte die Armlehnen meines Sessels und wünschte, daß ich ihm nichts gesagt hätte.
»Paul ist tot«, sagte ich. »Obwohl ich es immer noch nicht glauben kann. Ich kann es einfach nicht glauben. Ich –«
»He! Reiß dich zusammen!«
»Ja, Vater. Aber ich muß dir noch etwas sagen . . .«

Wieder zuckten seine Augenbrauen. Ich wußte, was er jetzt dachte: Rachel war mit ihrem Freund zusammen eine Woche in Paris, und jetzt steckt sie in der Klemme. Daß meine Tochter so dumm sein kann! Und wenn es schon passiert ist – warum zum Teufel berät sie sich nicht mit einer Freundin? Warum belastet sie mich damit . . .?

Ich versuchte ihm alles zu erklären, damit er in dieser Beziehung beruhigt war. Ich sagte ihm, daß zwei Menschen behaupteten, mich in Pauls Wagen auf dem Weg nach Maladieu gesehen zu haben, und daß ich mich mit ihm gestritten hätte.

Ich rauchte so gut wie nie, doch jetzt holte ich mir eine Zigarette aus der Alabasterdose und zündete sie an.

Vater machte nicht gerade ein einladendes Gesicht, aber ich mußte ihm alles erzählen. Stockend kam es aus mir heraus, in kurzen, knappen Sätzen, denn ich scheute mich, ihm gegenüber ein Gefühl zu zeigen. Als ich fertig war, hörte ich, daß es draußen wieder donnerte. Wahrscheinlich würde es auch wieder stürmen. Ich lehnte mich in meinen Sessel zurück.

Mein Vater stand auf und ging zur Veranda. Er hatte sich die Geschichte angehört und sagte nichts dazu. Er floh einfach, das war typisch für ihn. Ich hätte ja wissen müssen, daß er mir nicht helfen konnte, und daß er nicht fähig war, es auch nur zu versuchen.

Doch ich tat ihm unrecht. Er kam zurück, setzte sich mir gegenüber auf einen Sessel und sagte: »Wenn du sagst, daß du nicht das Mädchen in dem Wagen warst, ist es ja nicht nötig, daß du dir deswegen Gedanken machst. Vergiß es. Der Wirt oben in Maladieu hatte vielleicht getrunken, um sich die Langeweile zu vertreiben und war so benebelt, daß er dich mit dem anderen Mädchen verwechselt hat. Denk immer daran, Rachel, daß man den

Mund halten sollte, wenn man in eine unangenehme Sache verwickelt ist, und daß es niemanden nützt, wenn man darüber redet. Du würdest dich damit nur in Schwierigkeiten bringen. In dem Fall ist das Sprichwort wirklich wahr, daß Schweigen Gold ist.«
Er schaute mich selbstgefällig an und schien mit sich und seiner Lebensphilosophie zufrieden zu sein. »Ich nehme an, daß dieser Lambert im Schloß wohnt. Sicher hat auch er einen Schock bekommen, als er hörte, daß sein Freund gestorben ist. Im Schock reagieren manche Menschen merkwürdig. Deswegen sei still und versuche möglichst, alles bald zu vergessen.« Er nahm mein Cognacglas, leerte es und sagte warnend: »Und laß das sein – du weißt, daß du keinen Alkohol verträgst.«
Ich wunderte mich selbst, daß seine Sachlichkeit mich beruhigte. Meine Stimme war wieder fester, als ich sagte: »Ich verstehe das alles nicht. Wenn jemand mit Paul im Wagen war – wer war es denn? Und warum haben die beiden gestritten? Er war ja auf dem Weg zu mir – um mich zu treffen!«
»Und jemand anders, ein Mädchen, war eifersüchtig und ist zuerst dorthin gekommen. Wie alt bist du eigentlich, Rachel! Zweiundzwanzig – nein, dreiundzwanzig natürlich. Dann dürftest du schon nicht mehr so naiv sein.« Er stand wieder auf, zog mich zu sich hoch und ging mit mir zum Fenster. »Schau sie dir an«, sagte er und deutete auf das mondbeschienene Schloß. »Die Türme von Sonnengarde. Weißt du denn nicht, wer die d'Arachennes sind?«
»Natürlich weiß ich es – eine Bankiersfamilie.«
»Ja, und bei denen heiratet Geld immer Geld. Vom Geld Rachel, und nicht vom Mondschein und Champagner werden ihre Herzensangelegenheiten regiert.« Er schaute mich prüfend an. »Du hast also eine schöne Zeit in Paris gehabt. Wie weit ist es gegangen?«

Vater war, was Sex betraf, ein Realist, deswegen sagte ich völlig sachlich: »Nicht so weit.«
»Nun, wenigstens hast du noch einen kühlen Kopf behalten.«
»Ach, so war es gar nicht. Es war nichts – Leichtfertiges. Paul hat mich gefragt, ob ich ihn heiraten würde. Und das macht ein Mann doch nicht, wenn er es nicht ernst meint.«
Er strich mir übers Haar. »Na – ich weiß nicht. Du kommst von Paris nach Hause und erzählst niemand etwas davon. Wie kannst du von mir erwarten, daß ich die ganze Sache ernst nehme!«
»Ich habe es dir doch schon gesagt – wir wollten uns einen Monat trennen.«
»Mit anderen Worten, du warst dir seiner nicht ganz sicher.« Er klopfte mir begütigend auf die Schulter. »Und deswegen wirst du auch schneller darüber hinwegkommen.«
»Aber ich war –«, begann ich, doch dann sah ich ein, daß es keinen Zweck hatte, ihm etwas zu entgegnen. Er hätte es mir ja doch nicht geglaubt. Außerdem wußte ich gar nicht, ob mein Argument überzeugend geklungen hätte.
Vater sagte: »Und mach dir keine Sorgen, daß du in diese Sache verwickelt wirst – jedenfalls nicht, bevor die Polizei kommt und dich befragt. Und wenn sie kommen, werde ich ihnen erklären, daß meine Tochter keine Lügnerin ist. So, und jetzt gehe ich hinunter in die Werkstatt, um zu sehen wie weit sie mit dem Tierkreiszeichen-Mosaik sind. Kommst du mit?«
Ich schüttelte den Kopf und sagte wenig überzeugt: »Glaubst du wirklich, daß die Polizei nicht kommen wird?«
Mit einer ungeduldigen Geste sagte er: »Ich hab' dir doch gesagt, daß du dir keine Sorgen machen sollst. Und wenn

sie doch kommen, mußt du ihnen sagen, daß der Unfall geschah, bevor du dort warst. Wenn eine Autopsie stattfindet, dann wird der Mann, der den jungen d'Arachenne fortgebracht hat, erscheinen müssen. Doch ich glaube, daß man es als Unfall ansehen wird – die Straße war ja rutschig genug und ist immer sehr gefährlich.« Er lachte mir aufmunternd zu. »Und jetzt mach es so, wie ich dir gesagt habe, und sprich mit niemandem ein Wort über diese Angelegenheit. Leg dir eine schöne Platte auf, lies ein Buch oder schau in den Fernseher. Tu irgend etwas, nur sitz hier nicht herum und brüte in dich hinein – sei ein braves Kind!«
Er streifte die Asche von seiner Zigarette, doch sie fiel nicht in den Aschenbecher, sondern auf den Teppich. Ich sah, wie er auf ein glühendes Stückchen Asche trat und dann aus dem Zimmer ging.
Ich saß ratlos in meinem Sessel.
Was er von der Pariser Affäre dachte, wußte ich genau. Und wenn es sich um Elise gehandelt hätte, könnte ich ihm sogar keinen Vorwurf machen. Als Biograph mußte er wissen, daß die Wahrheit oft so phantastisch ist wie ein Märchen und das Melodrama eine alltägliche Angelegenheit.
Ich war immer noch tief in Gedanken, als George und Dominick ins Haus kamen. Da ich vorhatte, den Rat meines Vaters zu befolgen, mußte ich mir jetzt einen Ruck geben. Ich schaute zu ihnen auf, lächelte so strahlend ich konnte und sagte: »Oh, hallo, wo ist Elise?«
George sagte: »Sie und Lucia haben im Chinois ein paar Freunde getroffen. Sie wollten noch nicht heimgehen, doch wir sind gegangen.«
Ich sagte überrascht: »Das ist das erste Mal, daß du so früh von Issandre nach Hause gekommen bist!«
»Ich werde alt«, sagte er, grinste und schaute Dominick

an. »Ich nehme an, du wirst dich die halbe Nacht unterhalten.«
»Ich möchte noch etwas bleiben.«
»Du brauchst mich gar nicht so reumütig anzusehen«, sagte George vergnügt. »Ich komme seit Jahren hierher und kenne die Bräuche des Hauses. Du mußt dich vor dem Mittagessen und nach dem Abendessen für einen Drink mit deinem Gastgeber bereithalten und ihm möglichst nicht vor Augen kommen, wenn er arbeitet. Sonst kannst du machen was du willst. Das macht das Leben hier so angenehm. Das«, fügte er hinzu und verbeugte sich vor mir, »und der Charme der Mädchen. Lucia ist, wie du gesehen hast, die Schönheit. Elise ist eine süße, kleine Sentimentale. Doch ich ziehe Rachel vor. Sie ist ein Schatz. Gute Nacht.«
Zu meiner Überraschung mußte ich lächeln. »Möchten Sie etwas zu trinken?« fragte ich Dominick, als George uns verlassen hatte. »Kaffee? Cognac? Für Vater und seine Gäste steht immer alles bereit.«
»Ich will nichts als dies«, sagte er und lehnte den aschblonden Kopf an ein Kissen. »Diesen Frieden.«
Es war leicht, mit ihm zu schweigen, denn er gehörte zu den wenigen Menschen, mit denen man keine Konversation machen mußte.
Schließlich brach ich das Schweigen. »Ich fürchte, unser Klavier ist nicht besonders gut. Aber wenn Sie gerne spielen möchten ...«
»Vielen Dank, aber im Augenblick möchte ich nicht an Klaviere, Orchester oder Partituren denken«, sagte er. »Ich bin hier, um dem Alltag zu entfliehen und meine Wunden zu lecken.« Er warf mir einen schnellen, unsicheren Blick zu, und das war für mich das Signal, Interesse und Sympathie zu zeigen.
Ich sagte: »Bei uns geht es sehr unbeschwert und natür-

lich zu. Ich glaube, daß Sie hier glücklich sein werden. Ich hoffe es jedenfalls.« Ich schaute auf die Uhr. Es war noch zu früh, um ins Bett zu gehen, doch ich hatte das Bedürfnis, in mein Zimmer zu gehen, allein zu sein.
»Es ist merkwürdig, ich bin erst so kurze Zeit hier«, sagte Dominick, »aber ich habe jetzt schon das Gefühl, daß alles etwas leichter ist. Ich glaube, ich werde mit dem Leben jetzt schon besser fertig.«
Er erwartete, daß ich etwas sagte. »Das freut mich.« Ich stand auf, hob ein Kissen hoch, das auf den Boden gefallen war und legte es auf einen Sessel.
»Sie müssen wissen«, sagte Dominick, »ich habe meine Frau verlassen.«
Daher hatte er also das Gefühl, er würde jetzt mit dem Leben besser fertigwerden. Ich hätte mir am liebsten die Ohren verstopft, um mir seine Geständnisse nicht anhören zu müssen. Ich kannte die Anzeichen zu gut, er wollte sein Herz ausschütten. Doch ich war die letzte, die ihm helfen konnte.
Cléry kam auf leisen Pfoten herein, rollte sich neben dem Kamin zusammen und schloß die Augen. Manchmal glaubte ich, daß sie das einzige Wesen war, das Lucia wirklich liebte.
Ich bückte mich und nahm sie in den Arm, um sie auf dem Weg in mein Zimmer in ihren Korb zu bringen. Dann zögerte ich und strich ihr sanft über den Rücken. Sie begann sofort zu schnurren. Ich kam mir Dominick gegenüber plötzlich schäbig vor. Er wußte ja nicht, wie mir zumute war, und ich konnte wenigstens den Versuch machen, ihn anzuhören.
Ich sagte freundlich: »Das tut mir leid«, wußte aber nicht, ob er verstand, daß sich dies auf die Trennung von seiner Frau bezog, denn es war schon eine Weile vergangen, seit er es gesagt hatte.

Es war das Signal, auf das er gewartet hatte. Die ganze Geschichte brach aus ihm heraus, als habe er sie lange zurückgehalten. »Das schlimmste an einer zerbrochenen Ehe ist«, sagte er, »daß nur einer dazu nötig ist, sie zu zerbrechen. Und in unserem Fall bin ich es.« Er lächelte mich merkwürdig lieb an. »Ich möchte nicht lästig sein, aber da ich hier bei Ihnen bin, halte ich es für besser, wenn Sie meine Lage kennen.«

Ich sagte unglücklich: »Sie brauchen nicht . . . wirklich, Sie brauchen nicht alles zu erklären.«

»Ich möchte es aber gerne – das heißt, wenn Sie nichts dagegen haben. Alle unsere Freunde – Irenes und meine – wissen Bescheid und sind voreingenommen. Aber Sie sehen alles als Außenstehende an.« Er machte eine Pause und suchte in seinen Taschen nach Zigaretten. Ich schob ihm meine Schachtel zu, doch er sagte: »Danke, aber ich rauche nur meine eigene Sorte – türkische.«

Gleichzeitig mit dem Klicken des Feuerzeugs glaubte ich draußen ein Geräusch zu hören. War es Francis oder waren es Elise und Lucia, die zurückkamen? Elise wäre eigentlich die geeignete Gesprächspartnerin für Dominick. Sie hatte zwar wenig Lebenserfahrung, aber sie war eine wunderbare Zuhörerin. Und so etwas brauchte er. Das Geräusch kam jedoch von den Bäumen, deren Zweige sich bewegten.

»Wenn eine Ehe scheitert, dann ist es das Vernünftigste, sich zu trennen«, sagte Dominick. »Jedenfalls ist das meine Ansicht. Aber Irene will nichts davon wissen.«

»Vielleicht glaubt sie, daß sich alles wieder einrenkt.« Zigarettenrauch verschleierte sein Gesicht. »Alle Leute sagen mir, wie glücklich ich sein muß, eine so schöne und kluge Frau zu haben. Aber die Außenstehenden können das meist nicht beurteilen, oder?«

Ich sagte nichts darauf, und wahrscheinlich erwartete er es auch nicht.
»Meine Mutter ist vor drei Jahren gestorben«, sagte er. »Und darüber bin ich nie hinweggekommen. Wir waren uns sehr nahe und sie hat mich immer sehr gut verstanden. Sie ist sehr plötzlich gestorben, und ich fühlte mich sehr verlassen. Nicht einmal meine Ehe hat die Lücke gefüllt. Sie war für mich unersetzlich – es war eine sehr tiefe Beziehung.«
Ich merkte, daß er auf eine Reaktion wartete. Zu jeder anderen Zeit hätte ich freundlich sein können, doch in diesem Augenblick brachte ich es nicht fertig. Ich sagte: »Heißt das, daß Sie ihre Mutter mehr liebten als Ihre Frau?« Kaum hatte ich das gesagt, tat es mir auch schon leid, denn ich wollte ihn nicht verletzen.
Noch bevor ich dazukam, die Wirkung meiner Worte abzuschwächen, sagte Dominick ohne jedes Zeichen von Unmut: »Ja, das stimmt – so war es. Und jetzt weiß ich auch, daß ich Irene niemals hätte heiraten dürfen. Ich hätte eine Frau suchen sollen, die so ist wie meine Mutter. Irene ist genau das Gegenteil.«
Ich hätte ihm gerne gesagt, daß er nie die ideale Frau finden würde, weil Frauen sich ihren Männern gegenüber nicht wie Mütter verhalten. Es sei denn, sie wären viel älter – Frauen mit »verbrauchter Leidenschaft«, die nur noch Güte und mütterliche Liebe zu geben hatten. Mir tat Irene leid, denn sie würde mit ihrer Aufgabe nie fertigwerden.
Dominick sagte: »Und deswegen hat es keinen Sinn zu versuchen, unsere Ehe zu retten. Ich bin Irenes Anforderungen nicht gewachsen, meine Karriere würde leiden. Und das darf einfach nicht sein. Nun, da ich meine Mutter nicht mehr habe, ist es das einzige, was noch für mich zählt – ich meine, die Musik.«

Ich seufzte ohne es zu wollen. Das deutete er falsch. »Es tut mir leid«, sagte er schnell. »Ich habe zu viel von mir gesprochen. Wahrscheinlich ist es die Folge des wunderbaren Cognacs, den mir Ihr Vater nach dem Essen gegeben hat. Das hat mich redselig gemacht. Oder Ihre eigene wundervolle Ruhe.«

Ruhe! Ich schüttelte ungeduldig den Kopf.

Dominick lächelte. »Ja, das ist wahr. Sie haben die Eigenschaft, die auch meine Mutter hatte. Sie sind eine gute Zuhörerin.«

»Da irren Sie sich«, entgegnete ich brüsk. »Ich bin keineswegs ruhig – ich bin erschöpft. Aber nicht Ihretwegen. Bitte verstehen Sie mich nicht falsch.«

»Gäste wie George und ich machen viel Arbeit.«

»Gott bewahre, daran bin ich gewöhnt. Und ich bin ja kräftig.« Jetzt hätte ich aufhören sollen zu reden, aber nun war ich einmal im Zug. »Der Schock, den Sie durch den Tod Ihrer Mutter erlitten haben, liegt schon ein paar Jahre zurück. Ich habe auch einen Schock erlebt, eine Katastrophe – aber erst vor ein paar Stunden.«

Einen Augenblick herrschte Schweigen.

»Eine Katastrophe?«

Ich stützte meine Arme auf den Kaminsims und schaute auf eines unserer Wandmosaiken. »Jemand, den ich geliebt habe, wurde heute nacht bei einem Autounfall getötet.«

Er starrte mich einen Augenblick fassungslos an, dann sprang er auf. »Und Sie lassen mich einfach weiterreden? Warum haben Sie mich nicht angeschrien, damit ich aufhöre! O Rachel, was kann ich jetzt noch sagen?«

»Nichts, nichts – bitte. Ich dachte nur, Sie müßten wissen, warum ich so teilnahmslos bin.«

»Aber das sind Sie doch nicht.« Er ging unruhig auf und ab. »Ich habe unten in der Stadt gehört, daß heute nacht jemand verunglückt ist – ich glaube, Maladieu hieß der Ort. War es –«

»Ich möchte nicht darüber sprechen.«

Er sah mich traurig an.

»Und ich möchte auch nicht, daß Sie mit irgend jemand hier darüber sprechen«, sagte ich. »Verstehen Sie mich? Mein Vater weiß es, aber sonst niemand. Ich kann Ihnen jetzt nicht alles erklären, aber ich wäre froh, wenn Sie das, was ich Ihnen erzählt habe, für sich behalten würden.«

»Natürlich. Wenn ich jetzt sage, daß es mir leid tut, dann klingt das wie eine Redensart, aber was kann man hier schon sagen!« Er schaute mich fragend an. »Möchten Sie, daß ich gehe?«

Auf einmal hatte ich nicht mehr das Bedürfnis, allein zu sein. »Nein, bitte, bleiben Sie! Erzählen Sie mir etwas, vielleicht über Ihre Musik.«

Ich weiß nicht, wie lange wir dort saßen, aber was Dominick erzählte, interessierte mich tatsächlich. Vielleicht war das eine gute Therapie – die Lebensgeschichte eines völlig Fremden anzuhören, die mich von mir selbst ablenkte.

Er sprach auch von seiner Mutter. Sie schien überall dabeigewesen zu sein – bei Konzerten, Gesellschaften – wie eine Ehefrau, die umsorgt, beschützt, ermutigt. Und durch diese raffinierte Methode machte sie sich unentbehrlich.

Wieder mußte ich an einen Mönch denken, als ich ihn da sitzen sah mit dem blassen Gesicht, den klaren, unschuldigen grauen Augen. Wenn er von seiner Musik sprach, geriet er in Feuer, doch ich fragte mich, ob er auch in Feuer geriet, wenn er seine Frau berührte?

6

»Es ist gar kein Wunder, daß dort ein Unglück geschehen ist«, sagte George. »Maladieu ist eine Todesfalle für junge Leute mit schnellen Wagen. Die Straße ist eng und kurvenreich und dazu noch sehr steil – geradezu selbstmörderisch.«
Er strich genießerisch eine dicke Schicht Kirschmarmelade auf ein goldgelbes Croissant.
Elise meinte: »Und doch habe ich noch nie von einem Unfall dort oben gehört. So gefährlich kann die Stelle also gar nicht sein, nicht wahr, Vater?«
Er war gerade damit beschäftigt, einen Brief seines literarischen Agenten aufzuschlitzen. »Der junge d'Arachenne hat einen Ferrari gefahren. Ich weiß nicht, ob er die Straße gekannt hat – er war sicher nie im Schloß.«
»Na«, sagte Francis, »wenigstens ein Vorteil, wenn man arm ist. Wer nicht viel Geld hat, kann sich keinen Ferrari kaufen.«
Sie redeten weiter, und ich bemühte mich, nicht hinzuhören. Statt dessen versuchte ich, optische Eindrücke auf mich wirken zu lassen. Ich schaute auf den Tisch. Gelbes Porzellan, hell und dunkel gemustert durch die Schatten, die die Weinranken ins Zimmer warfen. Sieben Menschen, die ihre Croissants mit Butter bestrichen und nach der Kirschmarmelade langten. Das Licht, das auf ihrem Haar tanzte. Die fröhlichen Farben ihrer Kleider. Ihre Lebhaftigkeit. Fünf von ihnen hatte ich viele Hunderte von Tagen gesehen, doch noch nie hatte ich sie so deutlich in mich aufgenommen – obwohl sie mir paradoxerweise etwas unwirklich erschienen. Wie die Personen eines

Theaterstücks saßen sie da und sprachen über einen Mann, der nie auf ihrer Bühne erscheinen würde.
»... und er war der einzige Sohn.«
Lucia sagte: »Tante Solange kannte seine Mutter. Hast du ihn erlebt, wie du in Paris warst, Elise?«
»Ja, ein paarmal. Doch er hatte immer eine Schönheit im Schlepptau und hat mich keines Blickes gewürdigt.«
Lucia schaute mich an. »Und du?«
Ich tat so, als ob es mich nicht interessierte und half Nicki dabei, Marmelade auf sein Croissant zu streichen. »Hm«, sagte ich wie geistesabwesend und das konnte ebenso Ja wie Nein heißen.
Francis blätterte in der Zeitung. »Aha! Der Unfall hat schon Schlagzeilen gemacht. Jetzt bin ich aber gespannt ...«
Ich hörte mich schreien: »Hör auf!«
Sie schauten mich überrascht an. Ich nahm schnell einen Schluck Kaffee.
Lucia lachte. »Seit wann bist du so empfindlich und kannst beim Frühstück nichts von Unfällen hören? Schließlich befassen sich alle Leute am Morgen gern mit den Sensationsnachrichten in den Zeitungen. Nein, nein, wir werden keineswegs aufhören, darüber zu sprechen. Ich habe Paul kennengelernt, als ich bei Tante Solange in Paris war. Ein gutaussehender, reicher, verwöhnter Junge. Einmal habe ich mich sogar vergessen und ihm einfach eine geknallt. Das hat ihm sehr gut getan.« Sie lachte wieder.
Dominick warf mir einen schnellen Blick zu und schaute dann wieder fort. Er machte einen ungeschickten Versuch, das Gespräch auf ein anderes Thema zu bringen und sagte: »Kann mir jemand sagen, weshalb man in England nicht auch solche herrlichen Croissants backen kann? Nur in Frankreich ...«

Was er weiter sagte, hörte ich nicht mehr, denn ich war hinausgegangen, um frischen Kaffee zu holen.

Es war für mich unbegreiflich, daß dieser Morgen so verlief, wie jeder andere. Doch es war so. Als ich mit meinen Hausarbeiten fertig war, ging ich hinunter in die Werkstatt.
Nicki rutschte auf dem Boden herum, sammelte zerbrochene Mosaiksteinchen ein und tat sie in beschriftete Töpfe. Lucia saß an ihrer Werkbank und arbeitete an dem Zeichen »Wassermann« für das Tierkreiszeichenbild. Das Sonnenlicht fiel auf das zarte Gold und Grün der Steinchen. Francis stand am Ofen und bereitete den nächsten Brand vor. Elise lutschte an ihrem Finger, denn sie hatte sich gerade mit einem Stückchen Glasmosaik geschnitten. Der schöne antike Türkisring, den Francis ihr zum letzten Weihnachtsfest geschenkt hatte, leuchtete so blau wie der Himmel.
Elise und Francis standen sich sehr nahe – sie hatten beide ein sonniges, unkompliziertes Wesen und paßten gut zueinander.
Ich setzte mich an meinen Tisch und nahm die Brechzange in die Hand. Die beiden Fische meines Mosaiks schillerten in Silber, Grau und Rosa. Sie schwammen in grünen, schaumgekrönten Wellen. Noch gestern war ich mit meiner Arbeit sehr zufrieden gewesen, doch im Augenblick schien es mir, als hätte ich dies Mosaik gar nicht selbst gemacht.
Francis blickte auf die Wanduhr. »Es ist genau neun. Ich beginne jetzt mit dem Brennen. Daß mir niemand den Ofen aufmacht! Hast du gehört?« fragte er und schaute Nicki mahnend an.
Ich sagte schnell: »Du weißt genau, daß er so etwas nie tut!«

Lucia lachte spöttisch. »Rachels kleines Lämmchen – kleines schwarzes Lämmchen!«
Ich fuhr sie wütend an: »Du sollst das nicht sagen!«
Das Telefon läutete und schnitt uns das Wort ab. Francis, der am nächsten war, hob den Hörer ab.
Ich sah, wie sich sein Gesicht erhellte. »Aber natürlich, Monsieur.« Er schaute auf die Uhr. »In einer halben Stunde? Ja, ich bin dort und bringe einige Entwürfe mit . . . Wie Sie wollen, natürlich. Wir können das Mosaik aus Glas oder Keramik machen – beides ist vorrätig . . . Nein, Monsieur, ich weiß, daß Sie wenig Zeit haben. Ich werde Sie nicht warten lassen, ich komme sofort.« Er legte den Hörer auf und sagte, zu uns gewandt: »Ein Auftrag für den Pavillon des neuen Strandbades unten am Fluß. Wir sollen zwei Wandplatten machen. Ich muß sofort gehen, um alles mit dem Architekten zu besprechen. Jetzt kann ich allerdings heute morgen nicht auf die Auktion.« Er schaute mich an. »Da mußt du hin, Rachel.«
»Welche Auktion denn?«
»Im alten Kloster natürlich. Hast du denn vergessen, daß wir die alten, farbigen Glasfenster ersteigern wollten? Sie sind zerbrochen, und niemand wird sich dafür interessieren. Wir können sie sicher für ein Butterbrot bekommen.«
Ich hatte es tatsächlich vergessen. Francis machte den Ofen für den Brand fertig.
Das alte Kloster lag am äußersten Ende des Schloßparks. Bis auf das Refektorium der Mönche war es gänzlich verfallen. Als Kinder wollten wir immer gerne hinein, denn es ging das Gerücht, daß dort ein Schatz aufbewahrt würde. Doch die Türe zu der großen Halle war fest verschlossen, so daß wir uns nur in unserer Phantasie vorstellen konnten, was vielleicht dort aufbewahrt war:

goldene Leuchter, schöne Gemälde, ein edelsteinbesetztes Kruzifix . . .
Vor einigen Monaten hatte der alte Fabian d'Arachenne beschlossen, alles was dort gelagert war, zu verkaufen. Von weither, sogar aus Paris, waren die Kunsthändler zur Vorbesichtigung gekommen. Niemand wußte jedoch, was sie in dem verschlossenen Raum entdeckt hatten. Wenn dort wirklich noch Schätze lagerten, dann hatten sie es für sich behalten. Die Glasfenster saßen ganz hoch oben in den Wänden – von der Zeit und den Stürmen zerbrochen. Als Fenster waren sie nutzlos, doch für uns war jedes alte Glas wertvoll.
Bevor Paul – bevor das Unglück geschehen war, hätte auch mich diese Auktion gereizt, und ich hätte das Glas gerne ersteigert. Doch jetzt scheute ich davor zurück.
Ich sagte deutlich und sehr bestimmt: »Elise soll gehen. Du kannst ihr ja sagen, wieviel sie höchstens dafür bezahlen darf, da muß doch nicht ich hin. Ich habe hier genug zu tun.«
Elise machte gerade Ordnung auf einer der Werkbänke. »Ich gehe nicht allein.«
»Aber warum denn nicht?«
»Ich kann nicht handeln.«
»Um das Glas muß man nicht handeln, das interessiert niemand«, sagte ich. »Lucia kann ja mit dir gehen.«
»Ich bin für heute morgen beim Friseur angemeldet«, sagte sie und schaute mich aus zusammengekniffenen Augen an. »Aber ich könnte es vielleicht auf einen anderen Tag verschieben.«
Francis schloß die Tür des Brennofens. »Rachel versteht mehr von einer Versteigerung als ihr«, sagte er. Dann wandte er sich mir zu. »Deshalb mußt du gehen. Aber

nimm Elise mit, da du scheint's moralische Unterstützung brauchst.«
»Aber ich habe doch gesagt –«, versuchte Lucia einzuwenden.
Francis fiel ihr ins Wort. »Wenn du dich vor deiner Arbeit drücken willst, kannst du genauso gut zum Friseur gehen.« Er ging zur Türe. »Und jetzt Schluß der Debatte! Entweder ich bin hier der Boß oder nicht. Rachel, du kaufst das Glas. Die Auktion beginnt um elf. Ich muß jetzt zu dem Architekten.«
Ich sah ihm nach. Er ließ draußen die grünen Sonnenmarkisen herunter, und das helle Morgenlicht gab seinen blonden Haaren einen rötlichen Schimmer. Breitbeinig stand er da, und wie immer, wenn er Shorts anhatte, wirkte seine stämmige Gestalt noch stämmiger. Meist war Francis unbekümmert und lässig, doch wenn er in die Werkstatt kam, wurde er streng. Kein Wunder, wenn man drei Schwestern und einen kleinen Jungen im Zaum halten mußte.
Lucia sagte trotzig: »Wie du willst – in dem schmutzigen alten Raum wird sowieso nicht viel zu sehen sein. Niemand würde in dem Dreck etwas wirklich Wertvolles aufbewahren.«
Ich sagte: »Es wundert mich, daß die Auktion heute stattfindet – nach all dem, was geschehen ist.«
Elise saß da, das Kinn in die Hand gestützt, mit träumerischem Gesichtsausdruck. »Das ist doch oft so, daß Auktionen stattfinden, wenn gerade jemand gestorben ist. Es ist schon traurig, wenn die Dinge, die vorher in Ehren gehalten wurden, so bald verkauft oder als Trödelware behandelt werden.«
Lucia sagte gereizt: »Ach, sei doch nicht so sentimental! Der alte Fabian hat ja selbst vor seinem Tod den Verkauf beschlossen. Immerhin ist die Klosterruine ziemlich weit

entfernt vom Schloß. Wahrscheinlich erfährt die Gräfin überhaupt nichts von der Auktion.«
Die Gräfin. Pauls Mutter. Natürlich würde sie nicht während der Auktion dorthin kommen. Doch dieser Lambert?
»Am anderen Ende des Parks ist ein Tor«, sagte Elise. »Dort werden sie wahrscheinlich hineinfahren und nicht am Schloß vorbei. Dort merken sie also gar nichts von der Auktion.«
Ich überließ sie ihren Spekulationen und ging in mein Zimmer, um mich umzuziehen, denn ich wollte nicht in meinem einfachen Sommerkleid dorthin gehen. Dann steckte ich das Scheckbuch in meine Handtasche, holte den Wagen heraus und rief Elise.
Sie hatte recht gehabt: am Ende des Besitzes war ein Tor, das zum Kloster führte. Wir sahen, daß mindestens ein Dutzend Wagen draußen parkten. Leute in städtischer Kleidung gingen durch den verfallenen Kreuzgang.
»Nun komm schon«, sagte Elise. »Wir können uns die Ruine hinterher ansehen.«
Ich rührte mich nicht. »Du gehst.«
»Aber ich kann das doch nicht. Ich weiß nicht, was altes Glas kosten darf. Was ist nur mit dir los, Rachel?«
Ich zwang mich dazu, voranzugehen, und wir kamen in eine hell erleuchtete Halle. Ich hatte keinen Blick für die ausgestellten Kunstgegenstände, sondern schaute mich nur nach Max Lambert um. Soviel ich feststellen konnte, war er nicht da.
Elise flüsterte mir zu: »Wie enttäuschend! Kein edelsteinbesetztes Kruzifix, keine goldenen Leuchter.«
Es waren jedoch riesige Gemälde da, die sicher sehr wertvoll waren, denn es standen viele Menschen darum herum. Außerdem sah ich einen schönen Sessel mit geschnitzten Armlehnen, einige kunstvolle Schnitzereien,

vier alte Refektoriumstische und ein Kreuz – nicht aus Gold, doch immerhin aus Ebenholz und Elfenbein. Ich glaubte, daß die meisten Leute wegen der Gemälde gekommen waren. Wenn auch nur eines dieser Bilder von Rembrandt oder Tintoretto stammte, mußte sich der Weg gelohnt haben.

Dann schaute ich hinauf zu den farbigen Glasfenstern. Es war schwierig, etwas zu erkennen, denn sie waren von Efeu überwachsen, doch was ich sah, hatte die durchsichtige Schönheit von Juwelen.

Am anderen Ende der Halle befand sich eine kleine Tür. Ich weiß nicht, wann sie sich öffnete, aber auf einmal hörte ich, daß im Publikum Geraune entstand.

Ich sah, daß unter der Tür zwei Frauen standen. Die eine war im mittleren Alter, dünn und schwarzhaarig. Die andere war älter und kleiner, und ihr Haar war weiß wie Schnee.

Dann machte mein Herz einen Sprung, denn ich sah, daß Max Lambert hinter ihnen stand. Das grelle Licht aus dem Gang traf ihn von hinten, so daß ich sein Gesicht nicht deutlich sehen konnte, doch ich merkte, daß er mich erkannt hatte.

Mir wurde heiß und kalt zugleich. Ich blickte schnell von ihm fort zu der älteren Dame. Ich wußte, daß es Pauls Mutter, die Gräfin d'Arachenne war.

Ich hörte ihre schneidende Stimme, als sie sich an den Auktionator wandte: »Wer hat Ihnen denn die Erlaubnis zu diesem . . . Frevel gegeben?«

Der Befragte, der unter einem großen, dunklen Madonnenbild stand, sagte überrascht: »Die Auktion wurde schon vor einiger Zeit beschlossen, Madame. Graf Fabian hat im letzten Monat diesen Herren erlaubt, die Gemälde anzusehen.«

»Graf Fabian ist tot. Dies ist jetzt mein Besitz.«

»Aber Madame, die Vereinbarung wurde von Ihnen nicht rückgängig gemacht, daher nahmen wir an, daß alles so ablaufen könnte wie geplant.«

»Sie täuschen sich. Ich möchte nichts verkaufen. Bitte, verlassen Sie diesen Raum.«

»Aber diese Herren sind von weither gekommen, Madame. Die Gemälde sind Meisterwerke. Es wäre ein Verbrechen, sie hier in dieser feuchten Halle hängen zu lassen. Es wurden schon schwere Schäden festgestellt. Wenn ich einwenden darf –«

»Sie dürfen nicht. Bitte – ich habe Ihnen gesagt, daß Sie gehen sollen.«

Um mich herum wurde Empörung laut. Diese Leute waren nicht nur Experten, sondern auch realistisch denkende Geschäftsleute. Und Angst vor einer alten Adligen hatten sie bestimmt nicht.

»Sie wissen vielleicht nicht, daß Sie hier ein Vermögen haben, Madame«, sagte einer von ihnen. »Doch in ein paar Jahren ist das alles nichts mehr wert. Die Schäden können dann nicht mehr behoben werden.«

»Das ist mir immer noch lieber, als wenn die Bilder in den Handel kommen.«

Jemand hinter mir murmelte: »Wo kommt denn ihr Geld sonst her, wenn nicht aus dem Handel?«

Der Auktionator hatte jedoch schon damit begonnen, die Halle räumen zu lassen.

Elise flüsterte: »Ich glaube, es ist das beste, wenn wir auch gehen. Sie wird sich von keinem Stück trennen, noch nicht einmal von diesen alten Glasscherben!«

Ich kümmerte mich nicht um ihre Hand auf meinem Arm. Die Bewegung, die ich auf die Gräfin zu machte, war ganz unwillkürlich. Ich muß etwa zwei Meter vor Pauls Mutter gestanden haben, als sie mich und Elise zu bemerken schien.

»Wollen Sie nicht endlich gehen?«
»Natürlich, Madame«, sagte Elise. »Aber wir sind gar nicht wegen der Bilder gekommen, sondern nur wegen der bunten Scheiben. Sie sind so stark beschädigt, daß sie nicht einmal vor dem Regen schützen. Wenn wir sie von Ihnen kaufen könnten . . . Man könnte dann richtige Fenster hineintun, die den Regen abhalten. Ich meine . . .« Der Mut verließ sie.
»Wer sind diese jungen Mädchen?«
»Eine ist Miss Helston von der Villa Daphnis.«
Ich spürte, wie sie erstarrte. Ich begann: »Wir sind beide –«
Sie unterbrach mich. »Welche ist es? Welche von den beiden . . .«, murmelte sie und schaute uns beide nacheinander an.
Max Lambert stand direkt vor mir. Ich wartete gespannt darauf, daß die Gräfin etwas sagen würde. Da sie das Licht im Rücken hatte, konnte ich ihr Gesicht weniger deutlich erkennen als sie meines. Ich machte einen Schritt nach vorne.
Sie drehte sich brüsk um, legte eine Hand auf den Arm der jüngeren Dame neben ihr und ging hinaus.
Mechanisch ging ich hinter ihr her, doch Max hielt mich zurück. »Das würde ich an Ihrer Stelle nicht tun«, sagte er.
»Aber ich muß mit ihr sprechen!«
»Haben Sie nicht schon genug Unheil angerichtet?« fragte er, ging hinaus und warf mir die Tür vor der Nase zu.
Ich hörte Elise sagen: »Was ist denn los? Was für einen Schaden sollen wir angerichtet haben? Ich habe doch nur nach den Fenstern gefragt. Woher wußte dieser Mann deinen Namen? Und was meinte die Gräfin mit ›welche von beiden‹?«

Ich gab ihr keine Antwort und ging schnell durch die Halle. Draußen wurde der Auktionator von erbosten Händlern umringt, die sich darüber entrüsteten, daß solche Schätze dem Verfall preisgegeben wurden.
»Fahren wir nach Hause!« sagte ich und stieg in den Wagen.
Elise schaute sehnsüchtig zurück. »Meinst du nicht, daß sich die Gräfin vielleicht noch anders besinnen wird?«
Ich ließ den Motor an, legte den Gang ein und rangierte aus der Wagenreihe heraus. »Findest du, daß sie wie jemand aussieht, der seine Meinung ändert?«
»Eigentlich nicht.«
»Wir haben das Glas nicht bekommen und damit basta.«
Als wir nach Hause fuhren, dachte ich nicht an die schönen roten und blauen Fenster, sondern an die Art, wie Max Lambert mich daran gehindert hatte, der Gräfin zu folgen. Ich konnte mir nicht helfen – ich hatte das bestimmte Gefühl, daß sie erwartet hatte, ich würde ihr folgen. Sicher wollte sie das Mädchen kennenlernen, das ihr Sohn geliebt hatte. Und Max Lambert hatte dafür gesorgt, daß dies nicht geschehen konnte.

7

Francis war darüber enttäuscht, daß wir das farbige Glas aus dem Kloster nicht bekommen hatten. Doch zwei Tage später wurde ihm aus Carcassonne ebenfalls altes Glas angeboten. Er hatte eben mit den Leuten einen Preis ausgehandelt, da läutete das Telefon noch einmal.

»Das wird Avignon sein – die werden wissen wollen, was mit ihrem Wandmosaik ist«, sagte er. Er hob ab, lauschte, sagte dann: »Ich rufe sie«, und winkte mir zu.

Ich setzte mich auf die Fensterbank und hörte, wie es in der Leitung knackte. Dann fragte eine Stimme: »Miss Helston?«

»Ja.«

»Miss Rachel Helston?«

»Am Apparat.«

»Ich rufe im Auftrag der Gräfin d'Arachenne an. Sie bittet Sie, heute um zehn bei ihr vorbeizukommen.«

Ich hatte keine Möglichkeit, eine Frage zu stellen, denn der Mann hatte abgehängt, ehe ich etwas sagen konnte. Eine merkwürdige Aufforderung, die wie ein Befehl klang.

Elise sagte: »Das war aber kurz und bündig!«

»Das war es.« Ich gab keine Erklärung ab, obwohl ich genau wußte, daß sie jetzt alle wissen wollten, von wem der Anruf kam. Auf einmal war ich sehr unruhig. Ich hoffte und sehnte mich danach, Pauls Mutter kennenzulernen, doch zugleich fürchtete ich mich davor.

Auf unserer Wanduhr war es schon viertel vor zehn. Ich verließ die Werkstatt und ging in mein Zimmer, um mich umzuziehen. Ich war nervös. Pauls Mutter – meine

Freundin oder meine Feindin? Die Tatsache jedoch, daß sie mich rufen ließ, beruhigte mich. Paul hatte ihr sicher von mir erzählt, und da wir beide um ihn trauerten, wollte sie mich kennenlernen.

Ich mußte daran denken, wie sie im Kloster Elise und mich angeschaut und dann geflüstert hatte: »Welche von beiden? Welche von beiden?« Und nun sollten wir uns kennenlernen und miteinander sprechen. Diesmal würde Max Lambert nichts dagegen unternehmen können.

Nicht der große Diener erwartete mich an der Eingangstür des Schlosses, sondern Lambert. Wahrscheinlich wartete er jedoch nicht auf mich, sondern war gerade im Begriff, wegzugehen. Ich wünschte, daß er sich schnell davonmachen würde. Schon sein Anblick machte mich ängstlich, und unter seinem ruhigen Blick wurde ich nervös.

»Guten Morgen, Miss Helston.«

»Guten Morgen.« Ich ging die Stufen hinauf und erklärte trotzig: »Diesmal bin ich kein Eindringling – die Gräfin hat mich rufen lassen.«

»Ich weiß.«

Er machte mir Platz, und ich betrat das Haus. Ich befand mich in einer hohen, düsteren, gewölbten Halle, deren Wände mit Gobelins bedeckt waren. Neben einem riesigen Kamin standen die Bronzefiguren eines Mannes und einer Frau. Irgendwo bellte ein Hund. Ich erinnerte mich daran, wie Paul gesagt hatte, daß seine Mutter einen Saluki habe. »So schön und so dumm!«

Max Lambert schloß die Tür und sagte: »Sie sind etwas zu früh dran.«

Ich stand vor einem Wandteppich, auf dem Schäferinnen und Rehe zu sehen waren, und tat so, als ob er mich interessierte. »Haben Sie der Gräfin Ihre Version des Unglücks von Maladieu erzählt?«

Er sagte schnell, als habe meine Frage ihn überrascht: »Dachten Sie denn, ich würde es ihr nicht erzählen?«
»Mir ist es gleich – Sie haben ja nicht recht.« Ich drehte mich um und schaute ihm gerade ins Gesicht. »Also, was ist – haben Sie es ihr erzählt?«
»Sie wollen es wohl wissen, damit Sie sich darauf vorbereiten können!«
»Mir ist das verdammt egal. Ich habe die Wahrheit gesagt, also muß ich mich auf nichts vorbereiten.«
»Sie haben Mut«, sagte er. »Oder Sie sind einfach unverfroren.«
Ich nahm an, daß er mich absichtlich mit dieser Schärfe behandelte. Wahrscheinlich wollte er mich zu unbedachten Äußerungen provozieren.
Max Lamberts Augen blickten mich fest an, doch ich hielt seinem Blick stand. Wenigstens nach außen hin mußte ich Mut zeigen. Ich wußte, daß ich ihm nicht gewachsen war, und ich traute ihm nicht.
Es gelang mir, mich zur Ruhe zu zwingen. Schließlich war es nicht seine Meinung, die für mich wichtig war, sondern die der Gräfin. Ich wandte mich ab, um Würde bemüht. Wenn man selbst klein ist und ein Mann so groß, dann ist es schwierig, Überlegenheit zu demonstrieren. Eine kleine Frau muß es mit List versuchen, doch das lag mir nicht. »Begreifen Sie denn nicht«, sagte ich bebend, »daß es jetzt gar keinen Sinn hat, zornig zu sein?«
»Was wollen Sie eigentlich? Mein freundschaftliches Wohlwollen?«
Wieder diese aufreizende Schärfe. Ich fuhr herum. »Wissen Sie nicht, daß Zorn ansteckend ist? Und ich will nicht angesteckt werden – ich habe schon genügend anderen Kummer. Können Sie das nicht verstehen? Aber Sie wollen es wohl gar nicht verstehen, nicht wahr?«

»Sie haben recht«, sagte er heftig. »Ich will nicht verstehen. Aber ich kann nichts dafür.«
»Sie meinen, Sie können nichts dafür, daß Sie falschen Aussagen Glauben schenken? Sie würden keinen sehr guten Anwalt abgeben, Mr. Lambert.«
»Ich bin Anwalt.«
Er kehrte sich von mir ab, und ich sah ihm nach, wie er langsam davonging. In seinen Bewegungen lag eine gewisse Würde, und seine Kopfhaltung war stolz. Wie die äußere Erscheinung täuschen konnte! Wenn ich ihn zufällig auf einer Party getroffen hätte, hätte ich ihn für nett, ruhig und gerecht gehalten.
Ich setzte mich auf einen harten Stuhl unter den Gobelin. Als ich mich zurücklehnte, drückte mir die Schnitzerei in den Rücken. Ich rief ihm nach: »Sie können mich hier unbesorgt zurücklassen, Mr. Lambert. Ich werde nichts stehlen. Ich bin keine Diebin.«
Er gab mir keine Antwort.
Ich wußte nicht, wie lange ich in der hohen Halle gesessen hatte. Ich blieb still auf meinem unbequemen Stuhl sitzen, bis der Diener, der mich in der furchtbaren Nacht nach Pauls Tod an der Tür abgefertigt hatte, schweigend aus dem Hintergrund trat.
»Wenn Sie mit mir kommen wollen, Mademoiselle . . .«
Ich stand auf und folgte ihm. Der Raum, in den ich nun kam, war so düster wie die Halle. Ich konnte nichts deutlich erkennen, hatte aber den Eindruck, als sei hier alles genauso prunkvoll.
Die Gräfin stand an einem der Fenster; die Läden waren vorgelegt.
»Lassen Sie uns allein, Morven.«
Die Tür schloß sich so ruhig, daß ich nicht das geringste Geräusch hörte. Ich war mit Pauls Mutter allein.
»Mademoiselle?«

»Ich bin Rachel Helston.«
»Wir haben uns bereits gesehen. Sie hatten die Ungehörigkeit, in das Refektorium zu kommen.«
»Wir waren falsch informiert, Madame. Ich bitte um Verzeihung.«
Ich wußte nicht, wieviel sie von mir sah, aber sie musterte mich lange. Dann ging sie zu einem reichverzierten Schreibtisch und schob mir mit einer schnellen Bewegung einen Umschlag zu. Man sah ihr an, daß es ihr schwerfiel, ihn zu berühren.
»Lesen Sie das.« Ihr Ton und ihre Art waren herrisch.
Ich nahm den Umschlag in die Hand, hielt ihn gegen das Licht, das durch die Schlitze der Fensterläden kam, und sah, daß er an mich adressiert war.
Jemand hatte ihn geöffnet.
Meine Hand zitterte, als ich den Bogen herausnahm.

Meine Kleine,
Wie soll ich beginnen? Gerade jetzt, wo ich Dich so dringend haben möchte. Doch in einer anderen Stimmung erschreckt mich die Idee an eine Ehe. Denn das ist die Wahrheit: Ich möchte nicht an eine Frau gebunden sein. Dir dies in einem Brief zu sagen, ist Feigheit, doch ich habe nie vorgegeben, besonders mutig zu sein. Du hast das Recht, verletzt zu sein, doch ich glaube, daß Du auch verzeihen kannst. Vielleicht wirst du mir verzeihen.

Paul

Mein erster verzweifelter Gedanke war: Woher soll ich wissen, daß Paul es war, der dies geschrieben hat? Ich habe seine Handschrift nie gesehen. In Paris waren wir so oft beisammen, daß er es nicht nötig hatte zu schreiben. Dies ist eine Fälschung.

»Das ist eine Fälschung«, hörte ich mich sagen.
»Wenn Sie das glauben, dann sind Sie sehr dumm. So etwas läßt sich leicht nachprüfen. Ich kann Ihnen aber Pauls Handschrift auf einem Dokument zeigen. Wünschen Sie das?« Ihre Hand glitt zu einer der Schreibtischschubladen.
Im Raum war es still. Nicht einmal eine Uhr tickte. Und von draußen drang kein Vogelgezwitscher herein. Es gab so viel, was ich Pauls Mutter hatte sagen wollen, doch in dieser Atmosphäre voller Haß war ich wie betäubt.
Mechanisch faltete ich den Brief zusammen und steckte ihn zurück in den Umschlag. Das Schweigen wurde unerträglich. Ich mußte etwas tun, etwas sagen – aber was?
O doch, es gab etwas. Der Gedanke kam mir blitzartig: »Aber Paul hat diesen Brief nicht geschickt. Also . . .«
»Wenn Sie glauben, daß er sich anders besonnen hat und nur vergaß, ihn zu zerreißen, dann muß ich Sie enttäuschen. Es war nur das Versäumnis meines Dieners Morven, der ihn nicht ablieferte. Paul hat ihm den Brief an dem Tag gegeben, als er starb. Doch in dem Tumult während des Umzugs ins Schloß hat Morven ihn in seine Tasche gesteckt und vergessen.« Sie kam näher an mich heran. Ihre Hände umfaßten einen großen Edelstein, der an einer langen goldenen Kette hing. Sie sagte langsam: »Wenn der Brief abgegeben worden wäre – vielleicht würde dann mein Sohn noch leben.«
»Ich – das verstehe ich nicht.«
»O ja, ich glaube, Sie verstehen es sogar sehr gut.«
Ihr kalter, anmaßender Ton reizte mich. »Vielleicht würden Sie mir erklären, Madame, was ich nach Ihrer Ansicht verstehen müßte.«
»Da Sie von dem Brief nichts gewußt haben, sind Sie nach Maladieu gegangen, um ihn zu treffen. Und was meinen

Sohn anbelangt, so nehme ich an, er hoffte, Sie würden so vernarrt sein, daß Sie ihn um jeden Preis dort treffen wollten, ganz gleich, was er geschrieben hatte. Daß Sie – einen Kompromiß machen würden. Verstehen Sie jetzt?«

»Ja.« Meine Stimme war deutlich und scharf, obwohl ich an allen Gliedern zitterte. »Sie nehmen also an, daß er nach Maladieu fuhr und hoffte, daß ich mit ihm schlafen würde – das wäre immerhin besser gewesen als gar nichts.«

»Sie sind also dorthin gegangen. Sie haben sich in seinen Wagen gedrängt, und in Ihrer Wut, daß er nicht die Absicht hatte, Sie zu heiraten, stritten Sie mit ihm. Sie ergriffen das Steuer und rasten mit dem Wagen an den Felsen –«

»Und richtete es so ein, daß ich dabei nicht verletzt wurde –«

Aber auch dafür hatte sie eine Antwort. »Ach, Sie wußten ja genau, was Sie vorhatten. Sie waren darauf vorbereitet. Mein Schwager Artois hat sich den Wagen angesehen, als man ihn in eine Garage nach Issandre abgeschleppt hatte. Er sagte mir, daß der Sitz des Beifahrers völlig unbeschädigt war.«

Ich setzte zweimal zum Sprechen an. Erst beim drittenmal gelang es mir zu sagen: »Ich habe Ihnen die Wahrheit gesagt. Sie sind es, die mir Lügen auftischen . . .«

Ich machte einen Schritt rückwärts und mein Bein berührte einen Stuhl. Ich ließ mich darauf fallen, weil ich am ganzen Körper zitterte.

»Ich habe Sie nicht aufgefordert, sich hinzusetzen, Mademoiselle.«

Ich fuhr hoch, als habe sie mich geschlagen.

»Aus irgend einem Grund«, sagte sie und musterte mich mißtrauisch, »müssen Sie Paul fasziniert haben. Vielleicht sind Sie recht gerissen und wissen, wie man die Wünsche eines Mannes zu erfüllen hat – obwohl ich Ihnen, wenn ich Sie so ansehe, gar nicht so viel Raffinement zutraue. Gott vergebe Ihnen, daß Sie sich meinen Sohn für Ihre Ambitionen ausgesucht haben!«

Ich hätte mehr Stolz haben müssen und ihre Beleidigungen nicht einfach anhören sollen. Doch ich war wie gelähmt. Vielleicht spielte auch unbewußtes Mitleid und die verzweifelte Hoffnung mit, daß ich doch noch die richtigen Worte finden würde, um ihren Haß zu überwinden.

»Sie glauben also, daß ich aus Gerissenheit gehandelt habe«, sagte ich. »Ist man denn gerissen, wenn man liebt?«

Sie überging meine Frage. »Oder Sie hatten vielleicht eine Affäre mit Paul und hofften, ihn erpressen zu können.«

Ich hätte ihr in meinem Zorn am liebsten etwas Verletzendes entgegengeschleudert, doch letztlich siegte mein Mitleid. Ich sagte ruhig: »Sie sind also wirklich der Ansicht, daß ich überhaupt keine Grundsätze habe, Madame? Wie traurig, daß Sie so wenig Menschenkenntnis besitzen.«

Sie war unversöhnlich. »Hatten Sie in Paris eine Affäre mit meinem Sohn?«

»Wenn Sie damit meinen, daß ich mit ihm ins Bett gegangen bin . . .«

»Das ist ein abstoßender Ausdruck – doch es ist das, was ich meine.«

»Dann muß ich Ihnen sagen – nein, es war nicht der Fall.«

»Ah! Dann waren Sie also doch gerissen. Sie haben sein Interesse wachgehalten und Ihr – Ihr Geheimnis bewahrt. So hofften Sie, ihn an sich zu fesseln.« Rasch fügte sie

hinzu: »Sie haben sich wohl nach meinem Tode als Gräfin d'Arachenne gesehen, nicht wahr! Nicht wahr, Mademoiselle? Los, geben Sie es doch zu! Wir sind ja hier allein. Wenigstens einmal könnten Sie ehrlich sein.«
Ich umklammerte die Schreibtischkante, um die Beherrschung nicht zu verlieren. Vor mir stand eine gepeinigte, leidende Frau, so sagte ich mir, die halb wahnsinnig war vor Schmerz.
Ich versuchte ruhig zu bleiben. »Ich bin sehr demokratisch erzogen, Madame. Titel interessieren mich nicht. Die ganze Sache war viel einfacher. Ich habe Paul geliebt.«
»Liebe und Haß – die beiden Seiten einer Medaille.« Sie wandte sich ab, und ich sah, wie scharf und männlich ihr Profil war. War dies die Mutter meines fröhlichen, verantwortungslosen Paul?
Ich lehnte mich gegen den Schreibtisch, mein Herz klopfte wild, und ich wünschte, daß sie mich entlassen würde oder daß ich wenigstens genügend Kraft hätte, um den langen Weg bis zur Tür gehen zu können. Ich nahm noch einen letzten Anlauf.
»Bitte, glauben Sie mir doch, Madame. Paul und ich haben dort oben in Maladieu nicht gestritten. Wir haben uns dort nicht getroffen. Er war – er war tot, als ich dort ankam.«
»Ich glaube Ihnen nicht.«
Gegen Mißtrauen und Zweifel ist kein Kraut gewachsen. Es hatte keinen Sinn, etwas zu entgegnen. Ich gab mir einen Ruck und stieß mich vom Schreibtisch ab. Der Raum schien riesig groß und die Tür meilenweit entfernt. Ich ging vorwärts, doch wie in einem Alptraum hatte ich das Gefühl, auf der Stelle zu treten.
Hinter mir hörte ich das Rascheln von Seide. Ein Fensterladen wurde aufgestoßen, und der Raum füllte sich mit

Licht. Ich wandte mich um. Auf dem Schreibtisch funkelte etwas rot und blau, ein Dolch, dessen Griff mit farbigen Steinen besetzt war.
»Mademoiselle!«
Ich blieb stehen und wartete.
»Sie haben Ihre Zeit mit Beteuerungen vergeudet. Ich habe Ihnen die Chance gegeben, Ihre Schuld zuzugeben. Da Sie es nicht getan haben, muß ich Ihnen etwas sagen. Ich weiß, daß Sie mit Paul in Maladieu waren.« Ihre Lippen bewegten sich kaum. »Ein Mann – ein vollkommen Fremder hat es uns gesagt.«
»Wer?«
»Der Gastwirt in der Hostellerie Sainte Bérénice hat meinem Schwager gesagt, daß er Sie mit Paul im Wagen gesehen hat. Er sagte auch, daß Sie später zu ihm kamen, um zu telefonieren und Hilfe zu holen.«
»Ich bin zu ihm gegangen, weil ich Hilfe holen wollte. Und das kann er auch der Polizei sagen, wenn er befragt wird.«
»Oh, die Polizei hat ihn schon befragt. Doch er hat Sie nicht belastet. Er hat dem Inspektor sogar gesagt, daß er niemand im Wagen gesehen hat, als mein Sohn an der Hostellerie vorbeifuhr.«
Das Sonnenlicht schien voll auf mich. Ich fühlte mich wie ein Verbrecher in einem Kriminalfilm, der durch grelles Scheinwerferlicht zu einem Geständnis gezwungen werden soll. Meine Augen schmerzten, doch ich schloß sie nicht, sondern schaute die Gräfin verwirrt an. »Aber Sie haben doch gesagt, daß ich in dem Wagen gesehen wurde? Daß der Gastwirt es Ihrem Schwager erzählt hat?«
»Das stimmt.«
»Warum hat er dann der Polizei gegenüber etwas anderes gesagt?«

Sie antwortete nicht, und es war auch nicht nötig, denn ich wußte alles. Fassungslos sagte ich: »Sie haben ihn dazu gezwungen, nicht wahr? So war es doch? Aber weshalb? Sicherlich nicht –«

»Um Sie zu schonen? Das wäre das letzte, was ich tun würde.« Ihre Lippen wurden so schmal wie ein Bleistiftstrich. »Ich habe Gaston Bigorne dazu überredet zu leugnen, daß er Sie in dem Wagen sah, weil ich nicht will, daß der Name meines Sohnes mit einem Skandal in Zusammenhang gebracht wird. Wir sind nicht irgendeine Familie, Mademoiselle. Wir tragen einen großen alten Namen, und müssen auch wegen unseres Unternehmens unseren Ruf wahren. Ich möchte lieber tot sein, als in Schande geraten. Deswegen sind Sie auch so gut weggekommen – der Polizei gegenüber.«

»Dann werde ich zur Polizei gehen und die Wahrheit sagen.«

»Ich glaube nicht, daß Sie das tun werden, Mademoiselle. Sie würden riskieren, wegen fahrlässiger Tötung angeklagt zu werden. Und zudem – wenn man Mr. Bigorne glaubt, würde man Sie beschuldigen, daß Sie sich eine Geschichte ausgedacht haben, um sich wichtig zu machen. Ein Mädchen, das eine schmutzige Affäre hatte und möchte, daß die ganze Welt davon erfährt . . .«

»In meiner Beziehung zu Paul gab es nichts, was nicht die ganze Welt wissen könnte.«

»Ah!« In dem hellen Morgenlicht sah sie viel älter aus, als ihre klare und feste Stimme hatte vermuten lassen. Ihr Gesicht war von zahllosen feinen Linien überzogen, die Haut so dünn wie Seidenpapier. Nur Hände und Augen verrieten Stärke. »Vielleicht haben Sie sich eingebildet, daß eine Zeitung Ihnen die Geschichte Ihrer Liebschaft mit dem Sohn eines großen Hauses abkaufen wird? Vermutlich gibt es gewisse Zeitungen, die solche Geschichten gut bezahlen. Doch dazu werden Sie keine Gelegenheit bekommen. Ich habe sehr viel Einfluß, Mademoiselle. Wenn Sie versuchen sollten, Geld daraus zu machen, werde ich Sie zugrunde richten.«

Ich sagte: »Ich bin entsetzt, Madame.«

»Es wäre besser, Sie würden sich schämen.«

Ich blieb ihr die Antwort nicht schuldig. »Wenn der Beweis erbracht würde, daß ich nicht in Maladieu war, als der Wagen verunglückte, müßten Sie sich vielleicht schämen, Madame.«

»Und wie wollen Sie zu so einem Beweis kommen?«

»Durch den Mann, der Paul zum Krankenhaus brachte. Vielleicht weiß er, daß ich gerade erst dort oben angekommen war, als er mich sah. Wenn ich ihn finden könnte –«

»Und selbst wenn er sich als Verbündeter erweisen sollte, was ich bezweifle, wie wollen Sie ihn denn finden? Er verließ das Krankenhaus, noch bevor er nach seinem Namen gefragt werden konnte.«

»Dann wird ihn eben die Polizei suchen.«

»Kaum. Es gibt hier so viele Touristen und Geschäftsleute, die es eilig haben. Es scheint, daß der Unfall einwandfrei durch Schleudern verursacht wurde.«

»Das – das wird behauptet?«

»Natürlich. Nein, Mademoiselle, Sie werden Ihren Fremden nicht finden. Und das ist vielleicht gut so, denn es könnte sein, daß er nicht Ihr Verbündeter ist. Er hat Sie vielleicht auch in dem Wagen gesehen und könnte ein Zeuge des Unfalls gewesen sein. Es ist nur gerecht, Mademoiselle, daß Sie ihn nicht finden. Doch um Pauls willen wird die Polizei glauben, daß der Wagen auf der nassen Straße ins Schleudern kam. Nur Sie und ich wissen es anders.«

»Wenn jemand bei Paul im Wagen war, so finden Sie die-

jenige doch, Madame. Finden Sie sie, da Sie so auf Bestrafung versessen sind!«
»Ich habe sie schon gefunden.«
Ich hatte das Gefühl, ersticken zu müssen, wenn ich noch ein weiteres Wort mit dieser kleinen, kalten Frau spräche.
Ich drehte mich um. Diesmal mußte es mir gelingen, die Tür zu erreichen. Meine Füße bewegten sich lautlos über den Teppich, meine Hände tasteten nach der Türklinke. Ich war beinahe gerettet – beinahe . . .
»Und seien Sie versichert, Mademoiselle Helston, daß Sie nicht so einfach davonkommen, wie es vielleicht scheint. Ich werde einen Weg finden, um Sie zu strafen. Und ich werde dafür sorgen, daß diese Strafe Sie schlimmer verletzt als jeder körperliche Schmerz.«
Ich griff nach der Klinke der halboffenen Tür, machte sie weit auf und trat in die dunkle Halle.
Ihre Stimme folgte mir. »Und ich spreche keine leeren Drohungen aus.«
Ich blickte starr geradeaus, als hätte ich sie nicht gehört. Morven, der Diener, war in der Halle. Ohne mir einen Blick zu gönnen, ging er zu den mächtigen Doppeltüren und öffnete sie betont förmlich. Ich ging wie eine Schlafwandlerin hinaus ins Sonnenlicht.

8

Die warme, würzige Luft, das Spiel der Lichter und Schatten auf den Bäumen und der offene, weite Raum wirkten Wunder.
Ich hatte eine unangenehme Unterhaltung mit einer Frau gehabt, die vor Schmerz über den Verlust ihres Sohnes von Sinnen war. Und da ich in ihrer Gegenwart erschreckt und nervös reagiert hatte, konnte sie mich einschüchtern. Jetzt sah ich das Zusammensein mit der Gräfin d'Arachenne im rechten Licht. Wenn ich so alt wäre wie sie – wie würde ich reagieren, wenn ich meinen einzigen Sohn bei einem Unfall verloren hätte? Brächte ich genug Einsicht auf? Würde ich nicht auch zurückschlagen, wenn das Leben mich verletzte?
Wie konnte sie mir Schaden zufügen? Da sie sich bemühte, die Tatsache geheimzuhalten, daß Paul und ich uns gekannt hatten, zerstörte sie die Waffe, mit der sie mich hätte bekämpfen können. Sie hatte ihrer Stimme Gewalt und Härte gegeben, um ihre eigene Schwäche zu verbergen. Da unsere Wege sich nicht berührten und wir uns wahrscheinlich nie wieder treffen würden, konnte sie gar nicht die Möglichkeit haben, mir zu schaden.
Doch plötzlich wurde mir eines bewußt, und es traf mich wie ein Schlag: Paul hatte mich nie geliebt.
Hätte ich seinen Brief bekommen, ich wäre nicht nach Maladieu gegangen. Und ich hätte ihn nicht dort oben liegen sehen müssen. Und man hätte mich nicht bezichtigt, an seinem Tod schuld zu sein. Ohne es zu wissen, war dieser Mann Morven schuld an all der Qual gewesen, die ich an diesem Morgen hatte ausstehen müssen.

Doch die eigentliche Ursache lag noch weiter zurück – es war meine Weigerung, mit Paul zu schlafen. Der Instinkt, der mich bewogen hatte, in dieser letzten Nacht nicht mit ihm nach Fontainebleau zu fahren, war richtig gewesen.
Die Erkenntnis der Wahrheit verstärkte meinen Schmerz. Ich hatte von Anfang an gewußt, wie Paul wirklich war, er hatte nie versucht, mich zu täuschen. »Ich bin verwöhnt«, hatte er gesagt. »Verzogen und faul. Ich habe gerne meinen eigenen Willen, und ich setze ihn durch – mit fairen oder unfairen Mitteln.«
Mir war jetzt auch klar, daß ich ihn – hätte ich ihn nicht zufällig getroffen – nie mehr gesehen hätte. Doch in meiner Arglosigkeit und Blindheit hatte ich ihn dazu gezwungen, anzuhalten. Und da er vielleicht Angst hatte, daß ich ihn im Schloß besuchen könnte, hatte er sich bereit erklärt, mich in Maladieu zu treffen.
Den Brief hatte er wahrscheinlich geschrieben, weil er fürchtete, ich könnte ihn zur Heirat drängen. Doch wenn er nicht gewußt hatte, daß ich diesen Brief nie erhalten hatte – warum war er dann nach Maladieu gefahren? Oder hatte er einfach den Versuch gemacht, mich dort zu treffen – in der Hoffnung, daß ich weich werden könnte und einverstanden wäre, mit ihm zu schlafen? Und dann hätte er versucht, mich abzufinden? Der Gedanke an diese Lösung trieb mir das Blut ins Gesicht.
Mein Vater hatte natürlich recht gehabt. Wenn ich ihm erzählen würde, was in Pauls letztem Brief stand, würde er sagen: »Na bitte! Du warst also doch nur eine von vielen anderen, denen es ebenso gegangen ist.«
Ich verließ den Schatten des Olivenhains und stand einen Augenblick im grellen Sonnenlicht. Die Zinnen von Maladieu ragten in den Himmel. Die Sonne stach. Doch ich bewegte mich nicht.

Dort oben, an der engen, gewundenen Straße, die zu der verfallenen Burg führte, lag die Hostellerie. Ich erinnerte mich an den alten Mann, der bis vor einigen Jahren ihr Besitzer gewesen war. Monsieur Jacques hatte uns schon als Kinder gekannt. Er hätte das Mädchen in dem Wagen nicht mit mir verwechselt.

Den neuen Besitzer hatte ich erst in der letzten Nacht kennengelernt, und am liebsten hätte ich ihn nie wiedergesehen. Aber es mußte sein – und zwar sofort. Wenn ich es mir noch lange überlegte, brachte ich nicht mehr den Mut auf, diesem unverschämten und verschlagenen Mann gegenüberzutreten und ihm Fragen zu stellen.

Als ich auf das Haus zuging, sah ich Elise, die den Teewagen durch den Garten schob. Da ich ihr nicht begegnen wollte, lief ich um das Haus herum zur hinteren Tür und sagte Peppina, daß ich, wenn jemand nach mir fragen sollte, noch unterwegs sei. Sie fragte mich, was sie zum Lunch vorbereiten solle.

»Mach doch eine Ratatouille«, sagte ich. »Monsieur George mag sie so gern und wünscht sie sich immer, wenn er zu uns kommt. Wenn du keine Auberginen hast, kann Elise sie ja in der Stadt holen.«

Ich ging in die Garage, doch es war kein Wagen da. Vater, der gerade ein Manuskript abgeliefert hatte, machte sich wohl einen freien Tag und traf seine Freunde im Café Chinois. Da der Mini auch nicht da war, würde ich zu Fuß gehen müssen.

Ich hatte Glück. Monsieur Cambé, der die Weinberge verwaltete, kam gerade den Hügel herauf. Er saß wie ein fetter Buddha auf seinem Karren, der ihm lieber war als sein neuer Wagen. Er liebte Pferde, und sein Pony war ein Vollblut. Der Karren hatte rotbemalte Räder und sah so lustig aus wie ein Zigeunergefährt. In Issandre war man der Ansicht, daß Monsieur Cambé exzentrisch sei.

Als er mich sah, hielt er an. »Ah, Mademoiselle Helston! Kann ich Sie mitnehmen?«
»Wenn Sie an Maladieu vorbeikommen –«
»Tu ich. Ich fahre nach Espine, um dort ein neues Faß zu bestellen.« Er reichte mir die Hand und half mir auf den Sitz neben sich. »Sie wollen nach Maladieu? Dort ist ja letzte Nacht etwas Furchtbares geschehen.«
Ich wollte nicht darüber sprechen und fragte ablenkend: »Hat der Sturm viel Schaden in den Weinbergen angerichtet?«
»Etwas. Aber nicht sehr schlimm. Meine Reben sind sehr kräftig. Doch oben in Maladieu –«
»Ich habe gehört, daß auf dem Weg nach Arles ein Baum entwurzelt wurde und die Straße blockiert hat.«
»Ah ja, und ein Wagen ist dagegengefahren. Doch es wurde niemand verletzt. Nicht wie dort oben.« Er deutete auf die grauen Berggipfel.
Die ganze Zeit, während wir den Weg entlangrollten, schwatzte ich darauflos, um das Gespräch nicht auf den Unfall zu bringen. Er wollte natürlich wissen, warum ich dorthin wollte. Nur Touristen interessierten sich für Maladieu und ließen sich von den Führern die bewegte, dunkle Geschichte der Burg erzählen. Oder Liebesleute, die sich heimlich dort oben trafen.
An der engen Wegbiegung, die nach Maladieu führte, stieg ich vom Karren ab, dankte Monsieur Cambé und ging zu Fuß weiter. Es war unerträglich heiß zwischen den engen Felsen. Gaston Bigorne saß auf einer Bank im Schatten eines Nesselbaumes. Die Touristen waren noch nicht angekommen, und er war allein.
Als er mich sah, sprang er auf. »Ah, Mademoiselle.«
Er streckte mir die Hand entgegen, doch ich beachtete sie nicht.
Er sah mich mit seinem schlauen Lächeln an. »Bitte, set-

zen Sie sich. Neben mich. Hier, diese Bank ist bequem und schattig. Ich werde Ihnen einen Apéritif holen. Vielleicht einen trockenen Martini? Oder einen Dubonnet? Sie brauchen es mir nur zu sagen. Es ist mir eine große Freude, Mademoiselle, daß Sie gekommen sind.«
Ich mied die Bank, holte mir einen der eisernen Stühle von einem Tisch und setzte mich ihm gegenüber. »Ich möchte keinen Apéritif, danke. Ich möchte nur, daß Sie mich einmal genau ansehen«, sagte ich und blickte ihn kalt an. »Sehen Sie mich genau an, Monsieur. Glauben Sie wirklich, daß ich das Mädchen war, das Sie in Monsieur d'Arachennes Wagen gesehen haben?«
Er machte eine widerwillige Handbewegung. »Aber Mademoiselle, müssen wir denn an einem so schönen Morgen von einem Unglück sprechen?«
»Ja, das müssen wir. Sie sagen, daß Sie glauben, mich gesehen zu –«
»Ich sage gar nichts mehr. Die Sache ist ja vorbei.« Er saß auf der Bank, gekrümmt wie ein großer Bär, und seine Augen tasteten mich langsam ab. »Vergessen wir es. Sprechen wir jetzt von Ihnen. Sie sind hierhergekommen –«
»Ich bin gekommen, um herauszufinden, warum Sie Monsieur Artois d'Arachenne gesagt haben, daß ich es war, die in dem Wagen saß. Und der Polizei gegenüber haben Sie etwas anderes ausgesagt. Sie haben gesagt, daß Sie in dem Wagen niemand gesehen haben.«
»Um Sie zu schützen, Mademoiselle. Natürlich nur, um Sie zu schützen.«
»Und da ist Ihnen nichts anderes eingefallen?«
»Doch nicht ›eingefallen‹! Ich schwöre . . .«
»Warum haben Sie es dann gesagt?«
»Ich war eben nicht ganz sicher, ob Sie drin gesessen haben!«

»Und wenn die Leute aus dem Schloß von Ihnen verlangt hätten, Sie sollen schwören, daß Sie mich in dem Wagen gesehen haben, dann hätten Sie's auch getan«, gab ich zurück. »Wieviel haben sie Ihnen denn für diese Aussage bezahlt?«

»Sie?« Er machte ein verwundertes und unschuldiges Gesicht.

»Die Gräfin? Oder Monsieur Lambert in ihrem Auftrag?«

Nun war er ganz gekränkter Stolz. Ich war kein Mädchen mehr, mit dem man sich die langweiligen Morgenstunden vertreiben konnte bis die Touristen kamen. Er sah mir auch nicht mehr auf die Beine, sondern ins Gesicht. Und was er dort sah, gefiel ihm nicht.

Er stand schwerfällig auf, zog seinen Bauch ein und sagte: »Ich glaube, Mademoiselle, wir haben uns nichts mehr zu sagen. Der tragische Vorfall geht mich nichts mehr an. Guten Morgen.«

Er verbeugte sich.

Ich stand auf. »Ganz richtig«, sagte ich. »Wir haben uns nichts mehr zu sagen. Wer Lügen erzählt, gerät in eine Sackgasse.«

Ich ging aus dem Garten, vorbei an den häßlichen Eisentischen, den zerfetzten Sonnenschirmen und den Postkartenständen. Auch das Schild an der Wand: Hostellerie Sainte Bérénice: Café–Tee–Eis–Schokolade hätte frisch gemalt werden müssen. Wieviel hatte die Gräfin Gaston Bigorne wohl bezahlt, damit er schwor, daß er mich nie gesehen hatte?

Ich blickte die Straße abwärts, dann wandte ich mich um und sah Max Lambert. Er saß auf einem Felsband, und ich hatte das Gefühl, daß er auf mich wartete. In der Sonne hatte sein Haar den Ton von dunklen Rotbuchenblättern, und sein Gesicht wirkte hager und sorgenvoll.

Er stellte sich mir in den Weg und streckte die Hand aus. Einen Augenblick lang dachte ich, er wolle mich begrüßen. Doch war dies ebenso unwahrscheinlich, als wenn er mir mit einem Olivenzweig zugewunken hätte.
Ich hätte mich umdrehen und fortrennen können. Doch ich tat es nicht, sondern wartete, bis er unmittelbar vor mir stand. Dann sah ich, daß seine Hand zu einer Faust geschlossen war.
Er öffnete sie langsam. Ich sah zunächst nur ein dunkles Stück Stoff. »Nehmen Sie das da«, sagte er und legte mir etwas über den Arm – eine Mantilla aus feinster Spitze. Ich betrachtete sie lange, vielleicht zu lange.
»Was soll ich denn damit?«
Max riß sie mir weg und blickte mich kalt an. »Nun?«
»Eine Touristin wird sie verloren haben«, sagte ich. »Geben Sie sie hier in einem der Läden ab, falls die Besitzerin zurückkommt und sie sucht.«
»Sie gehört keiner Touristin.«
»Wem dann?«
»Ihnen!«
»Ich habe sie noch nie gesehen.«
»Machen Sie mir doch nichts vor! Sie haben sie ja im Wagen getragen. Und als ich Sie später gesehen habe, hatten Sie nichts mehr auf dem Kopf.«
Ich sagte scharf: »Wann, glauben Sie denn, daß Sie mich später gesehen haben?«
»Sie denken wohl, Sie können mir ausweichen«, sagte er trocken. »Ich glaube nicht nur, daß ich Sie gesehen habe, ich weiß es. Ich war auf dem Weg zurück ins Schloß. Ich sah, wie ein Mädchen durch den Olivenhain zum Haus lief. Ich wollte halten und sie mitnehmen, denn sie stolperte, als sei sie erschöpft. Doch am Tor bog sie ein. Sie war ohne Kopfbedeckung. Ich kann mich daran erinnern,

wie der Mond auf ihr Haar schien. Sie waren es, die dies verloren hat«, sagte er und ließ die Mantilla durch die Finger gleiten, »weil Sie es eilig hatten und fliehen mußten! Ich habe sie am nächsten Morgen gefunden – in der Nähe der Unglücksstelle.«

»Ich habe in der Nacht einen Regenmantel getragen«, sagte ich. »Mit einer Kapuze. Den kann ich Ihnen zeigen.«

»Sie könnten mir jeden Regenmantel zeigen und schwören, daß es der war, den Sie in der fraglichen Nacht getragen haben. Aber das wäre kein Beweis.«

»Und Sie können nicht beweisen, daß dieses Spitzentuch mir gehört.«

»Nein, das kann ich nicht.«

»Jede Frau, die bei diesem Sturm ins Freie ging, hätte etwas über den Kopf gezogen. Aber wenn Sie glauben wollen, daß ich es war, bitte, ich kann Sie nicht daran hindern.« Der Spitzenschal in seiner Hand konnte in Paris, Orleans oder sogar in Issandre von irgend jemand gekauft worden sein. Und er benutzte es, um mich unsicher zu machen. Ich sollte denken, daß sein Fund besonders bedeutsam sei.

Ich lehnte mich gegen den brennendheißen Felsen. Es war nicht wichtig, was Max Lambert dachte. Mir war es gleich, ob er mich für den Rest seines Lebens haßte. Er gehörte nicht nach Issandre. Eines Tages, sehr bald, würde er weggehen und ich würde ihn nie mehr sehen oder an ihn denken müssen.

»Sie sind umsonst da heraufgekommen, stimmt's?« fragte er. »Gaston Bigorne ist zum Schweigen gebracht worden. Ob ich das in Ordnung finde, darauf kommt's nicht an. Jedenfalls können Sie von Glück sagen.«

Am liebsten hätte ich ihn geohrfeigt. Aber ich mußte mich zusammennehmen. »Sie wollen mich nur reizen, damit ich irgend etwas sage, was mich belastet, stimmt's?«

»Vielleicht.«

»Sie geben es sogar zu.«

»Ich will die Wahrheit wissen, Miss Helston.«

Jetzt wurde ich wütend. Ich vergaß, wo ich war und daß man uns beobachten konnte. Zornig schrie ich Max Lambert an.

»Muß ich wirklich noch einmal alles erzählen? Also, meinetwegen. Vielleicht brauchen Sie besonders lange, bis Ihnen die Wahrheit endlich aufgeht!«

Max, gegen den sonnenheißen Felsen gelehnt, hob die Schultern. Ich redete weiter.

»Ihrer Ansicht nach war also ich das Mädchen in dem Wagen, denn Paul war Ihr Freund und Sie brauchen irgend jemand, den Sie für seinen Tod verantwortlich machen können. Ich verstehe diese Logik zwar nicht ganz, doch vielleicht gehören Sie zu den Leuten, die für alles eine genaue Erklärung haben wollen, ob's nun der Wahrheit entspricht oder nicht. Vielleicht kommt da der Rechtsanwalt zum Vorschein. Gibt's noch mehr Juristen von der Sorte? Hauptsache, man hat eine Erklärung. Wahrscheinlich sind Sie einfach fürchterlich eitel. Na, dann Gnade denen, die Ihnen vor Gericht gegenüberstehen. Sie würden wohl sogar einen Engel schuldig sprechen, wenn gerade niemand anderer da ist. Aber bitte! Verdächtigen Sie mich, wenn Sie unbedingt wollen. Mir kann's ja gleich sein.«

Ich holte Luft.

Max Lambert wandte den Kopf und schaute sich um. Ich hatte erwartet, daß er sich und seinen Berufsstand verteidigen würde. Daß er es nicht tat, ärgerte mich noch mehr.

»Wahrscheinlich gehen Sie bald weg aus Issandre. Dann

sollten Sie aber zuvor die Wahrheit kennen, Mr. Lambert, die Wahrheit!«
Mir wurde plötzlich bewußt, daß ich ihn anschrie, und daß jeder Ladenbesitzer mich hören mußte. Ich sprach leiser. »Die Wahrheit ist, daß ich Paul liebte. Was er mir auch angetan hat, ich hätte niemals Gleiches mit Gleichem vergolten. Und wenn ich dabeigewesen wäre, als das Unglück passierte, dann wäre ich nicht fortgelaufen und hätte ihn verletzt liegenlassen. Das täte ich nicht einmal meinem schlimmsten Feind an. Nicht einmal – Ihnen. Und wenn Sie mir noch immer nicht glauben wollen, dann – dann –«
Bei den letzten Worten hatte Max meine Handgelenke gepackt und mich herangezogen. »Ihnen glauben? Ich wünschte bei Gott, ich könnte es.«
Der stärker wehende Mistral peitschte mir das Haar ins Gesicht. Max strich es zurück. Ich fühlte seine heiße, trockene Hand. Er blickte mich fest an.
Ich fühlte, wie mir das Herz bis zum Hals schlug und zugleich eine unerklärliche Beklemmung. Ich sagte mir: Du hast Angst. Und weil du das Gefühl bisher nicht gekannt hast, ist es so ungewohnt für dich.
Ich warf den Kopf zurück. »Mir ist es egal, was man von mir denkt.« Die Stimme versagte mir, und ich flüsterte: »Paul ist tot. Ich verfluche Sie! Weil Sie es mir noch schwerer machen.«
»Glauben Sie denn, Sie sind die einzige, die ihn gern hatte? Was ist mit seiner Mutter? Und mit mir?«
»Was ist denn mit Ihnen?«
Er sagte mit ausdrucksloser Stimme: »Ich habe ihn auch geliebt. Unsere Familien waren seit Generationen befreundet – er war für mich wie ein jüngerer Bruder. Sie sehen also, daß Sie nicht allein um ihn trauern.«
»Aber Ihnen unterstellt man nicht, daß Sie an seinem Tod

schuld sind! Von mir dagegen wird behauptet, ich hätte ihn gehaßt, weil er mich nicht heiraten wollte. Sie kennen doch die Geschichte mit dem Brief, den ich nicht erhalten habe?«

Er nickte.

»Wie nennen Sie das also – Sie und die Gräfin d'Arachenne? Fahrlässige Tötung? Oder – oder Mord?«

Seine Stimme klang etwas freundlicher, als er mir antwortete: »Mein Gott, ich glaube doch nicht, daß Sie ihn absichtlich getötet haben. Sie konnten –«

»Warum verfolgen Sie mich dann? Denn das tun Sie doch?«

»Das stimmt nicht. Ich wollte genau wie Sie mit Gaston Bigorne sprechen.«

»Warum?«

»Sie fragen zuviel.«

»Sie etwa nicht? Und Sie erwarten, daß man Ihnen antwortet. Wie einem Staatsanwalt. Aber ich bekomme keine Antworten.«

Ach, es war ja alles so sinnlos! Ich wandte mich zum Gehen.

Da hörte ich wie Max Lambert sagte: »Ich wünschte, ich wüßte . . .«

Ich drehte mich noch einmal um: »Sie wünschten, Sie wüßten was?«

»Was Sie wissen«, sagte er.

Es genügt nicht, wenn man weiß, daß man unschuldig ist. Für die Gräfin und Max Lambert hatte ich gelogen, um mir eine gerichtliche Untersuchung und vielleicht eine Anklage wegen fahrlässiger Tötung zu ersparen. Doch das war, bevor ich erfahren hatte, daß die Familie d'Arachenne diese Art Publizität verhindern wollte. Nun log ich ihrer Meinung nach aus einem anderen Grund – weil ich Angst vor ihnen hatte. Alles sprach gegen mich: Pauls

Brief, meine Gegenwart in Maladieu und sogar die Tatsache, daß ich die Kapuze meines Regenmantels übergezogen hatte, um mich vor dem Regen zu schützen.
Wenn nicht der Sturm gewesen wäre, dann hätte das Mädchen in Pauls Wagen wahrscheinlich nichts auf dem Kopf gehabt, und man hätte sie deutlicher erkannt. Niemand hätte sie mit mir verwechseln können. Wenn es nicht gestürmt hätte, wäre Paul nicht gegen den Felsen geschleudert . . . Geschleudert?
Ich würde es nie erfahren und mich für den Rest meines Lebens damit abfinden müssen, daß zwei Menschen an meine Schuld glaubten.
Ich war gut zu Fuß, und der dreißigminütige Weg bergab wäre unter anderen Umständen für mich eine Kleinigkeit gewesen. An diesem Morgen jedoch kam ich nach Hause und hatte das Gefühl, einen Marathonlauf hinter mir zu haben.
Nicki war im Garten. »Fang!« rief er mir zu.
Ich fing den roten Ball, den er mir zuwarf.
»Papa ist böse mit mir«, sagte er.
»O Nicki, was hast du denn wieder getan?« Hier war alles so normal, daß mein Erlebnis von vorhin ein Traum hätte sein können.
Nicki ließ den Ball am Boden aufspringen. »Ich habe mich nur in das Auto gesetzt und so getan, als ob ich fahre.«
»Und hast dabei etwas angefaßt?«
»Hmmm.« Er schaute mich unsicher an.
»Du weißt doch, daß du das nicht sollst!«
»Papa hat gesagt, daß ich mit Peppina zu Hause bleiben muß, wenn ihr das nächstemal ein Picknick macht.«
»Ja, mein Schatz, das wirst du wohl müssen. Du weißt doch, daß du nicht mit dem Auto spielen darfst.«
»Aber ich darf doch mit zum Picknick? Rachel, sag ja!«
»Wenn Vater gesagt hat –«

Seine Mundwinkel zogen sich verräterisch nach unten. »Aber du kannst ihm doch sagen, daß ich mitdarf. Bitte, bitte, Rachel.«

Ich sagte ermunternd: »Nun, in den nächsten Wochen fahren wir sowieso nicht zum Picknick. Da haben wir in der Werkstatt viel zu viel zu tun. Komm, jetzt gehen wir mal zu Peppina und sehen, ob sie uns eine schöne Eiscreme gemacht hat.«

Seine Hand schob sich in meine. Ich bückte mich schnell und zog ihn an mich.

9

Als mein Vater von einem seiner morgendlichen Zusammenkünfte im Café Chinois zurückkam, sagte er nur, daß es wegen Paul keine gerichtliche Untersuchung geben würde.
»Der Kommissar sagt, es sei ganz sicher, daß der Wagen bei dem Sturm ins Schleudern gekommen ist. Aber über den Mann, der den jungen d'Arachenne ins Krankenhaus gebracht hat, hat er sich ziemlich geärgert. Da hinterläßt man doch seinen Namen! Aber der ist einfach fortgegangen. Es wird übrigens auch keine Autopsie stattfinden«, fügte er hinzu.
Ich saß an meinen Tierkreiszeichen und fügte gerade silberne Mosaiksteinchen in die Rückenflosse eines Fisches.
Wir waren in der Werkstatt allein. Vater berührte meine Schulter. »Hast du gehört, was ich gesagt habe?«
»Ja.«
»Du mußt die ganze Sache jetzt vergessen. Es war schlimm für dich, aber nun ist es ja vorbei.«
Hinter uns öffnete sich die Tür, und Elise kam herein. Vater ging hinaus und pfiff dabei laut vor sich hin. Seine Bemühungen, unbefangen zu erscheinen gingen meist etwas daneben.
Ich war alles andere als beruhigt. Weshalb gelang es mir nicht, auf eindringliche und immer wieder vorgebrachte Fragen vernünftig zu antworten? Und warum war es so wichtig, daß Paul mir diesen Brief geschrieben hatte? Und – wer war das Mädchen in Pauls Wagen gewesen?
Vielleicht bekam ich nie Antwort auf diese Fragen. Ich

mußte mich jedenfalls zur Ruhe zwingen. Das beste war arbeiten – so viel arbeiten, daß zum Nachdenken keine Zeit blieb.

Eines Morgens sah ich, wie mein Vater die Auffahrt hinunterging. Mein erster Gedanke war: Er hat sich in dem großen Badezimmerspiegel betrachtet, festgestellt, daß er einen Bauch bekommt und sportliches Training braucht. Aber daß er zu Fuß ging, war so ungewöhnlich, daß ich ihm nachstarrte. Wir hatten uns oft darüber lustig gemacht, daß er keine hundert Meter zu Fuß ging und waren überzeugt, er hätte sich für den Weg ins Studio einen Motorroller gekauft, wenn er nicht die Lächerlichkeit gefürchtet hätte.
Eine halbe Stunde später kam er zurück.
Es war gerade eine neue Lieferung Silikon-Politur angekommen, die wir für die Mosaiken brauchten, und ich trug sie hinüber zur Werkstatt.
Ich rief Vater zu, daß wir Kaffee trinken wollten, er solle doch auch kommen.
»Ich habe gerade einen ganz ausgezeichneten Kaffee bekommen. Und ich habe ihn aus einer kostbaren alten Minton-Tasse getrunken.« Er liebte dramatische Effekte und lachte mir breit und triumphierend zu. »Bei der Gräfin d'Arachenne«, sagte er.
»Du warst im Schloß?«
»Ja. Man hat mich rufen lassen. Die Gräfin hat mir ein Angebot gemacht – eine ganz ausgezeichnete Sache. Sie möchte, daß ich eine Geschichte der Familie d'Arachenne schreibe.«
Die Nachricht traf mich wie ein Schlag. »Aber sie kann doch nicht ... nachdem, was geschehen ist. So etwas würde sie doch nie tun. Vater, ich glaube nicht ...« Mir fehlten die Worte.

Vaters Lächeln gefror. »Es war ihr voller Ernst. Und ich habe die Absicht, den Auftrag anzunehmen«, sagte er steif. »Sie hat mir ein enormes Honorar angeboten.«
Die böse Ahnung beschlich mich nicht – sie überfiel mich plötzlich. »Vater, bitte nicht! Bitte, nimm diese Arbeit nicht an. Sag, daß du zuviel zutun hast. Sag, daß du nicht daran interessiert bist. Sag, daß du im Augenblick überarbeitet bist – du hast ja gerade erst ein Buch beendet.«
Immer, wenn er sich ärgerte, wurden seine Augen dunkel. »Was meinst du denn, wovon wir leben sollen, wenn ich einen Auftrag ablehne? Und außerdem – warum sollte ich?«
Ich sagte nur ein Wort: »Paul.«
»Nur weil du mit ihrem Sohn in Paris eine Affäre hattest – nein, das ist kein Grund für mich, den Auftrag der Gräfin abzulehnen. Sei nicht töricht, Rachel.«
Ich mußte versuchen, ihn zur Einsicht zu bringen. »Ich habe dir nicht alles erzählt. Ich wollte mit niemand darüber sprechen – es ist zu schrecklich. Doch jetzt mußt du es wissen, und dann wirst du einsehen, daß ich recht habe.« Ich erzählte ihm, daß die Gräfin mich hatte kommen lassen und was sie mir gesagt hatte. »Sie glaubt, daß ich an Pauls Tod schuld bin. Sie will mich strafen. Sie hat es mir angedroht.«
Er zupfte von dem Geißblattbusch Blätter ab. Für ihn war ich im Augenblick nichts als ein lästiges Kind. Er verstand mich einfach nicht, wollte mich nicht verstehen, weil es um seine eigenen Interessen ging. »Wie, um Gottes willen, kann sie dich damit strafen, wenn ich die Geschichte der d'Arachennes schreibe?«
»Ich – ich weiß es nicht.«
»Natürlich weißt du es nicht – und ich auch nicht. Das war doch nur die Drohung einer völlig gebrochenen Frau. Ihr

Sohn war gerade verunglückt, und sie hat sich an dem Menschen rächen wollen, den sie am meisten treffen konnte – an dir. Das tun manche Menschen in ihrem Schmerz. Doch heute morgen war sie ganz gelassen und sehr aufgeschlossen. Sie hat sogar völlig ruhig über Paul gesprochen. Sie sagte, daß er der Letzte der direkten Linie der d'Arachennes gewesen sei. Die anderen – Onkel, Vettern und Neffen – gehörten nur zu den Seitenlinien. Deswegen ist es jetzt Zeit, diese Geschichte zu schreiben – von Anfang bis Ende.«

Er war nervös und wollte offensichtlich das Gespräch beenden. »Es war eine schlimme Erfahrung für dich. Das weiß ich. Aber jetzt hast du die Sache hinter dir. Du weißt, die Polizei hat festgestellt, daß Pauls Wagen auf der nassen Straße schleuderte. Auf eine Autopsie hat man verzichtet. Das Begräbnis ist vorbei und der Fall abgeschlossen. Also brauchst du keine Sorge mehr zu haben.«

Erleichtert darüber, daß ich schwieg, lächelte er mir zu. »Du brauchst nicht zu befürchten, daß du die Gräfin triffst. Sie wird nicht hierherkommen. Ich gehe hin und wieder ins Schloß, um mir die Porträts anzusehen und vielleicht einige fotografieren zu lassen. Das übrige Material bringt mir Max Lambert, der noch eine Weile im Schloß bleibt. Es ist eine Menge da, ich kann es nur nach und nach bearbeiten – Briefe, Manuskripte, Fotografien, Zeichnungen. Die Geschichte der Familie geht bis ins 13. Jahrhundert zurück.«

Ich hätte mir gleich sagen sollen, daß es keinen Sinn hatte, mit Vater zu diskutieren. Resigniert meinte ich: »Du willst mich nicht verstehen.«

»Mein liebes Kind, ich habe die Menschen und ihre Motive schon verstanden, als du noch gar nicht geboren warst. Paul d'Arachenne hatte niemals die Absicht, dich zu heiraten.«

»Warum hat die Gräfin dann ausgerechnet dich ausgesucht und nicht einen französischen Historiker?«
Ich hatte eine wunde Stelle berührt. Er sagte gekränkt: »Es scheint, daß Außenstehende meine Arbeit höher einschätzen als meine Familie.«
»So habe ich es doch nicht gemeint! Das weißt du genau.«
Er zuckte mit den Achseln. »Dominick hat übrigens nach dir gefragt. Als ich vorhin wegging, wollte Nicki von ihm wissen, was er dirigiert. Wahrscheinlich meint er, daß Dominick Lokomotivführer ist oder etwas Ähnliches. Das Kind hat nicht mehr Verstand als ein Vierjähriger.«
»Er wird sicher ganz plötzlich alles aufholen«, sagte ich. »Er ist ja aufgeweckt genug.«
»Trotzdem – es ist besser, du gehst jetzt und rettest unseren Gast.«
»Vater, sei lieb mit Nicki.«
Er schaute mich völlig entgeistert an. »Guter Gott, was meinst du denn, was ich bin? Ein Ungeheuer?«
»Nein, natürlich nicht. Aber er hat Angst vor dir. Mutter hat immer gesagt, daß er früher, als er sehr klein war, wahrscheinlich böse Erfahrungen gemacht hat, und daß es Jahre dauern könnte, bis er über seine Angst hinwegkommt.«
»Ich versuche nur, einen richtigen Jungen aus ihm zu machen. Warum zum Teufel will er nicht reiten und schwimmen, und warum ist er in seiner Klasse immer unter den Letzten?«
»Hab Geduld mit ihm. Ich habe das Gefühl, daß in Nicki irgendein großes Talent steckt.«
»Das möchte ich gerne mal erleben.«
»Das wirst du erleben.«
»Nun gut – jedenfalls ist es im Augenblick deine Pflicht,

dich darum zu kümmern, daß er Dominick nicht belästigt.«
»Der unterhält sich sehr gerne mit Nicki. Er hat es mir selbst gesagt.« Ich nahm meine Packung Silikon auf. »Zuerst muß ich das in die Werkstatt bringen«, sagte ich. »Sie warten darauf.«
Ich hatte nicht vor, Dominick zu retten. So gern ich ihn auch mochte – er wurde mir im Haus allmählich lästig. Zuerst hatte ich seine Gesellschaft geschätzt, weil sie mich daran hinderte, ständig vor mich hinzugrübeln. Doch die Familie hatte das bemerkt und ihn mit typisch familiärer Phantasielosigkeit »Rachels Schatten« genannt.
Es gab jedoch kein Entrinnen, denn Dominick hatte mich schon entdeckt. »Sie werden doch nicht den ganzen Morgen arbeiten?«
»Doch, wahrscheinlich. Warum?«
»George ist zu den Weinbergen hinaufgegangen. Er sagt, daß er sich dort und in den Kellereien immer einige Stunden herumtreibt. Ich habe also heute morgen seinen Wagen zur Verfügung und dachte, wir könnten irgendwo hinfahren.« Er schaute in Richtung der westlichen Berge und sagte: »Ich glaube, dort oben gibt es einige interessante Ruinen.«
O nein, nicht Maladieu!
Er mußte bemerkt haben, daß ich mit seinem Plan nicht einverstanden war, denn er sagte schnell: »Sie können mich irgendwohin bringen, ganz egal wohin – es ist mir alles recht.«
»Es wäre für Sie sicher netter gewesen, mit George zu den Weinbergen und Weinkellereien zu gehen. Hier wächst überall Burgunder, und man reicht Ihnen den Wein aus Silberbechern – die Kenner sagen, daß Rotwein daraus am besten schmeckt.«

Er nickte, schien sich jedoch dafür nicht zu interessieren. Ich sagte: »Na schön, fahren wir zusammen weg – aber erst so gegen zwölf. Ich werde Ihnen ›mein Tal‹ zeigen.« Natürlich, er war im Augenblick empfindlich und nervös, da war George für ihn zu robust. Dominick brauchte Ruhe – hatte aber zugleich Angst, mit seinen Gedanken allein zu sein. Es war ähnlich wie bei mir.

Ich blieb eine Weile in der Werkstatt, um die Farben für die neuen Tönungen zu mischen. Francis brauchte ein besonders sattes Purpurrot, wie man es auf alten Glasfenstern findet.

Ich weiß nicht, wieviel Zeit vergangen war, als ich mit dem Mischen aufhörte und aus dem Fenster schaute. Max Lambert ging über den Rasen, mit einer vollgepackten Aktentasche. Ich erinnerte mich, daß mein Vater gesagt hatte, Max würde das Material bringen. Das war ja schnell gegangen! Weshalb kam er überhaupt hierher? Es mußte ihm doch peinlich sein. Oder glaubte er, als Gast die Wünsche der Gräfin erfüllen zu müssen?

Ich sah, wie Nicki zu Max hinlief und die Mappe anfaßte. Er war entsetzlich neugierig. Plötzlich sagte Lucia neben mir: »Das ist wohl dieser Max Lambert?«

»Ja.«

Sie stand mit verschränkten Armen neben mir und sagte träumerisch: »Es heißt, wenn man eine Sache wirklich will, dann bekommt man sie auch.«

Ich drehte mich um und sah in ihr hübsches, unnahbares Gesicht. »Was willst du denn?«

»Ins Schloß natürlich.«

»Wenn du dort auf nachbarliche Freundlichkeit hoffst, wirst du enttäuscht sein.«

Sie blickte mich mit ihren glitzernden Augen an. »Meinst du?« Sie legte ihren Glasschneider klirrend auf den Tisch und ging zur Tür.

Ich sah ihr durchs Fenster nach. Ihr Gang war geschmeidig, der Kopf saß anmutig auf dem schlanken Hals. Sie gesellte sich zu Max, der immer noch mit Nicki sprach. Nicki schaute mit zurückgebeugtem Kopf zu dem großen Mann auf und blinzelte dabei wie immer, wenn er nach einem bestimmten Wort suchte. Ich sah, wie Max sich Lucia zuwandte.
Die Sonne schien auf ihr dunkles Haar, und sie unterstrich ihre Worte mit graziösen Handbewegungen.
Francis rief: »Lucia weiß genau, daß wir diese Tierkreiszeichen heute fertigmachen müssen. Warum kann sie nicht bei der Arbeit bleiben?«
Elise sagte ohne jede Bosheit: »Sie langweilt sich hier, Francis. Manchmal muß sie Menschen sehen und mit ihnen sprechen. Sie ist eben anders als wir.«
»Du meinst, sie spielt gern bei der Arbeit«, sagte er ärgerlich.
Ich beobachtete Lucia noch immer. Sie scheuchte Nicki fort. Max Lambert sagte etwas, und sie lachte. Dann gingen sie zusammen zum Studio meines Vaters.
Lucia kam längere Zeit nicht zurück. Als sie endlich wieder da war, sagte sie: »Max bleibt noch eine Weile im Schloß. Ich kann mir gar nicht vorstellen, warum. Als ich versucht habe, es herauszubekommen war er sehr reserviert. Es muß ja nicht gerade lustig dort sein, immer nur eine alte Frau zur Gesellschaft. Ich habe ihm gesagt, daß er zu uns kommen soll, wenn es ihm abends zu langweilig wird. Vater hat ihn auch eingeladen.« Sie setzte sich an ihren Tisch und verlor kein Wort weiter über die Angelegenheit.
Lucias Art, die viele Männer so faszinierte, würde Max Lambert nicht dazu bewegen, sich öfter bei uns aufzuhalten. Aber die bloße Möglichkeit beunruhigte mich, und ich verschüttete etwas von dem kostbaren Farbstoff.

Während ich das Pulver aufwischte, wurde ich von Zwangsvorstellungen befallen: Max, der ständig um unser Haus herumstrich und mit Elise, Francis und Lucia sprach und sogar an unserem Tisch saß. Ein lächerlicher Gedanke schoß mir durch den Kopf: Wie wär's, wenn ich Gift ins Essen täte?

»Paß auf!« Francis' Ruf ließ mich zusammenschrecken. »Der Farbstoff ist so teuer, und du verschüttest ihn. Mein Gott, könnt ihr denn nicht bei der Sache sein?«

Mir war zwar durchaus nicht zum Lachen zumute, doch am liebsten hätte ich gekichert und gesagt: »Ich habe mir gerade überlegt, wie ich Max Lambert vergiften könnte.«

Ich drehte mich um und bat Francis: »Bitte, mach du weiter. Ich kümmere mich um das Essen.«

»Wenn ihr alle kommt und geht, wie's euch paßt, werde ich Vater fragen, ob ich nicht andere Arbeitskräfte einstellen kann«, rief er ärgerlich hinter mir her. »Es wird verdammt schwer werden, sie einzuarbeiten, und wir werden weniger verdienen, aber immer noch besser, als dieser Haufen von lustlosen Amateuren.«

Ich schloß die Türe der Werkstatt hinter mir und ging mit schlechtem Gewissen auf unser Haus zu. Francis arbeitete hart, doch im allgemeinen stand ich ihm nicht nach. Aber da im Augenblick die Aufträge für Mosaikplatten sich häuften und die Touristen Kacheln und Untersetzer immer sofort mitnehmen wollten, brauchten wir dringend zusätzliche Arbeitskräfte. Ich mußte darüber mit Vater sprechen.

Zwei Leute kamen gleichzeitig aus verschiedenen Richtungen auf mich zu: Max, dessen Mappe nun nicht mehr dick war, und Nicki, der mir entgegenlief und rief: »Rachel, Rachel, Peppina hat was Feines zum Essen gemacht, mit Eis, Pfirsichen und Nüssen.« Dann sah er Max und

sagte: »Oh, hallo.« Und er fügte höflich, wie er es gelernt hatte, hinzu: »Das ist meine Schwester.«
Max sah mich an. »Ich weiß.«
»Ich habe noch zwei andere Schwestern und einen Bruder, aber Rachel liebt mich am meisten.«
Max sagte völlig uninteressiert: »So, tut sie das? Das ist schön für dich.«
Sein kühler, prüfender Blick machte mich unsicher. In dem grünen Sommerkleid, das zwar sehr bequem war, aber nicht gerade elegant, kam ich mir vor wie eine Magd, die zum Melken geht. Ich ging an ihm vorbei und beachtete ihn nicht.
Vom Haus her hörte ich Musik. Dominick spielte auf dem Stutzflügel meiner Mutter.
Ich hatte immer gedacht, daß Musiker, die an ein Klavier oder eine Geige geraten, das Gefühl für Zeit, Raum und Menschen verlieren. Sobald ich jedoch am Fenster vorbeikam, hörte Dominick auf zu spielen, erhob sich und kam auf die Veranda. Er hatte sich also nur die Zeit vertrieben, während er auf mich wartete.
»Können wir jetzt fahren?« fragte er.
»Ja. Aber es ist besser, Sie lassen mich ans Steuer, ich kenne den Weg.«

Ich fuhr Dominick zum Val de Lys, dem Tal der Lilien. Es lag tief eingebettet zwischen Hügeln nahe einem Wasserfall. Ich hatte eigentlich zu diesem Ausflug keine Lust gehabt, doch unterweg besserte sich meine Stimmung. Das letzte Stück Weg mußten wir laufen, da der gewundene Pfad für den Wagen zu schmal war. Zudem war er so steil, daß wir uns an den Zweigen festhalten mußten, um nicht auszurutschen.
Am Ende des Pfades erblickte man das Tal. Der Wasserfall strömte weißschäumend herab, und zwischen dem üppi-

gen Grün der Farne und Gräser sah man hier und da kleine lila Iris und weiße Madonnenlilien.
Ich warf mich auf den Boden und legte das Gesicht auf die Arme. Das Gras streifte meine Wangen. Lange Zeit waren wir ganz still. Nur das Wasser rauschte. Ich fühlte, wie ich auf einmal ruhig wurde. Ich hätte hier in dem friedlichen Halbschatten ewig liegen können, fern von allem, was mich quälte. Ich war jung und stark und heidnisch wie eine Quellnymphe. Und die schrecklichen Gedanken verfolgten mich nicht mehr.
»Ich liebe Sie.«
Ich drehte meinen Kopf zur Seite, so daß ich Dominick nicht ansehen mußte. »So?«
Der wunderbare Zustand war vorüber. Auf einmal spürte ich wieder alle Last und alle Schwere des Menschseins. Durch Dominicks Schuld.
»Rachel, haben Sie mich gehört?« Er beugte sich über mich und drehte mein Gesicht zu sich. »Ich sagte, daß ich Sie liebe. Ich werde Ihnen erzählen, wie alles kam, und wie es Tag für Tag so wunderbar in mir wuchs.«
»Mir wäre lieber, Sie würden es nicht tun.« Ich rückte von ihm fort, setzte mich auf und schlang die Hände um die Knie. »Wenn Sie darüber sprechen, werden Sie keinen von uns sehr glücklich machen.«
»Vielleicht lassen Sie es mich wenigstens versuchen.«
Ich kauerte mich zusammen, so daß er nicht auf den Gedanken kommen konnte, mich in den Arm zu nehmen. Wenn ich unbedingt zuhören mußte, dann nur so, das Kinn auf die Knie gestützt und in das tiefe grüne Gras starrend. »Zuerst war es nur das Gefühl, daß jemand da ist, mit dem ich sprechen kann. Dann das gegenseitige Mitgefühl, denn wir hatten beide jemanden verloren, den wir liebten. Und dann, als ich sah, wie Sie hier im Haus

mit allem fertigwerden, fing ich an, Sie zu bewundern. Nun weiß ich, daß noch etwas hinzukommt – das wunderbare Gefühl des Friedens, wenn ich bei Ihnen bin. Irene hat das nicht vermocht. Es ist so selten – ich kenne nur zwei Menschen, die einem wirklich Ruhe geben.«

Und der eine war Ihre Mutter, dachte ich und beobachtete ein Insekt, das an einem Grashalm hinaufkroch. Laut sagte ich: »Was Sie ›Ruhe‹ nennen, ist in Wirklichkeit meine Erschöpfung. Ich weiß nicht, welche Krise schlimmer ist – Ihre, die immer noch anhält, oder meine, die in Maladieu plötzlich ein Ende fand.«

»Aber Rachel, Sie haben es doch eben gesagt. Ihre Krise ist vorbei. Sie haben nun keine andere Wahl, als das Leben neu zu beginnen. Aber ich muß eine Entscheidung treffen. Oder vielmehr«, fügte er hinzu, »ich muß Irene dazu bringen, meinen Standpunkt zu begreifen – daß es zwischen uns aus ist.«

Ich wandte mich zu ihm und legte ihm die Hand auf den Arm. Es war eine unüberlegte Bewegung, die ich sofort bereute, weil Dominick sie falsch verstand. Er ergriff meine Hand und zog mich zu sich, so daß ich das Gleichgewicht verlor und gegen ihn fiel.

Er küßte meine Wange. Dann vergrub er sein Gesicht in meinem Haar. »Rachel . . .«

Paul hatte das vor einigen Wochen auch getan. Vor dem Hintergrund des rauschenden Wasserfalls hörte ich nicht Dominicks, sondern Pauls Stimme: »Wann werden wir endlich mal eine Nacht zusammen sein.« Dann hatte er in mein Haar geflüstert: »Mignon, Mignon.« Niemand würde mich je wieder so nennen.

Dominick hatte etwas gesagt, und ich hatte nicht zugehört. Doch was es auch war, ich wollte ihm nicht darauf antworten. Ich sagte kühl und sachlich: »Wenn wir jetzt

nicht zurückfahren, werden Sie sich darüber beschweren, daß wir Ihnen nicht genug zu essen geben.«
»Ich verhungere gerne, wenn . . .«
Er wartete, daß ich fragen würde: wenn was?, doch ich fragte nicht.
»Wenn«, fuhr er fort, »Sie mich auch lieben.«
»Es ist doch ein Glück, daß ich Sie nicht liebe. Schließlich haben Sie eine Frau!«
»Wenn ich zu ihr zurückginge, würde ich sie eines Tages hassen. Und dann Gnade uns beiden Gott. Es war schlimm genug, bevor ich wegfuhr. Die Kräche –«
Ich hätte darauf bestehen sollen, zum Wagen zurückzugehen. Doch wußte ich immer noch nicht genau, woran ihre Ehe zerbrochen war. Wenn man jemanden oft sieht, beginnt man sich für sein Leben zu interessieren.
»Sie müssen Irene doch geliebt haben, als Sie sie heirateten?«
»Ich frage mich heute, ob das stimmt. Sie ist sehr schön, und ihr Vater hat in der Musikwelt allerhand Einfluß. Sie weiß selbst sehr viel über Musik und nimmt großen Anteil an meiner Karriere. Wahrscheinlich hat mich das an ihr gefesselt, denn ich bin ehrgeizig.«
»Hat Ihre Mutter Irene gern gehabt?«
»Sie hat sie nicht mehr kennengelernt. Wir sind uns erst später begegnet. Die furchtbare Leere nach dem Tod meiner Mutter war wohl daran schuld, daß ich geheiratet habe. Ich wollte einfach wiederhaben, was ich verloren hatte – was meine Mutter und ich gehabt haben.«
»Aber wie konnten Sie denn glauben, daß es jemals dasselbe werden würde? « sagte ich fast ärgerlich, wie um Irene zu verteidigen. »Die eine war eine Mutter, die andere eine Frau.«
Er strich sich mit der Hand übers Haar. »Vermutlich hätte ich ohne Irene länger dazu gebraucht, dorthin zu kom-

men, wo ich jetzt bin. Sie und ihr Vater haben mir viel geholfen. Doch der Preis war sehr hoch. Mein Gott ja, er war hoch.«

Ich glaube, ich war immer noch verärgert darüber, daß er mir meinen Frieden genommen hatte. Vielleicht wollte ich auch nicht von ihm geliebt werden und sprach deshalb bewußt hart mit ihm. Ich sagte ungehalten: »Sie sind wie ein kleiner Junge, der wohl Weihnachtsgeschenke entgegennimmt, aber selber den anderen nichts schenken will.«

»Sie sind unfair, weil Sie mich nicht verstehen.«

»Oder vielleicht, weil ich Sie zu gut verstehe.«

Eine Weile herrschte ein unbehagliches Schweigen. Als er wieder zu sprechen anfing, klang seine Stimme bitter und traurig. »Sie müssen mich erst kennenlernen, Rachel. Bitte, bleiben Sie.« Er streckte die Hand aus, um mich daran zu hindern, aufzustehen. »Sehen Sie, ich habe eine Frau geheiratet, die der Ansicht ist, daß Leidenschaft über alle Probleme hinweghilft. Für sie gab es Versöhnung nur im Bett. Das hat mich angeekelt.« Er holte tief Atem. »Deswegen habe ich mich in ein anderes Zimmer zurückgezogen und meine Türe verschlossen. Ich nehme an, Sie finden das komisch.«

»Warum sollte ich?«

»Gewöhnlich sind es die Frauen, die auf die Dauer den Sex satt haben. Ich wäre also genau der richtige Mann für eine durchschnittliche Frau.«

Ich sagte gleichgültig: »Das kann ich nicht beurteilen.«

»Aber das müssen Sie doch schon von Ihren verheirateten Freundinnen gehört haben. Für eine Frau können die ständigen Wünsche eines Mannes sehr lästig werden.«

Er ließ sich ins Gras zurückfallen und bedeckte die Augen

mit der Hand. Ich saß immer noch aufrecht da und umklammerte meine Knie. Was für eine Frau mochte seine Mutter wohl gewesen sein? Offensichtlich wollte er nur einen Muttterersatz.

»Doch es gibt etwas, was wahrscheinlich keine Frau verstehen kann«, sagte er.

»Was ist das?«

»Was ein Mann fühlt, wenn eine Ehe zerbrochen ist. Das Gefühl des Versagens . . .«

»Eine Frau fühlt vermutlich dasselbe.«

»Irene hat mir vorgeworfen, daß ich meine ganze Energie für die Musik verbraucht und nichts für sie übrig gelassen hätte . . . für unser gemeinsames Leben.«

»Das scheint doch auch zu stimmen.«

»Ich weiß es nicht. Ich weiß nur, daß keiner von uns beiden in diesem Niemandsland zwischen Ehe und Scheidung leben kann. Einer von uns muß den entscheidenden Bruch vollziehen. Irene will es nicht. So muß ich ihr beweisen, daß ich nicht mehr mit ihr leben kann. Und dazu gibt es nur einen Weg.«

»Nur – einen Weg?«

»Es muß jemand anderen in meinem Leben geben. Das ist die einzige Lösung«, sagte Dominick. »Wenn Irene erfahren würde, daß es keine Möglichkeit zu einer Aussöhnung mehr gibt –«

Ich sagte behutsam: »Ja, damit müssen Sie wohl allein fertig werden.«

»Da Sie denkt, daß es niemand anderen gibt, hofft sie, daß ich zurückkomme. Wenn Sie aber weiß, daß jemand existiert . . .« Seine Hand berührte die meine. »Rachel, möchte nicht jeder, daß er zu einem bestimmten Menschen gehört und mit ihm das Leben teilt? Möchten Sie das etwa nicht?«

»Doch.«

»Dann ...« Seine Finger legten sich fest um meine Hand. »Verstehen Sie denn nicht? Ich habe Sie kennengelernt –«

Ich zog meine Hand weg. »Es tut mir leid, aber Sie vergessen eins«, sagte ich ziemlich kühl. »Ich liebe Sie nicht.«

Ich stand auf. Ein kleines graugrünes Tier, das sich neben mir gesonnt hatte, huschte erschrocken über einen heißen Felsen. Ich sah ihm nach. »Also, ich bin jetzt hungrig. Und Eidechsen können wir mittags nicht essen.«

10

»Zuerst«, sagte mein Vater zu Max Lambert, »kommt der Entwurf. Rachel hat an der Sorbonne einen Fachkurs mitgemacht. Als sie siebzehn war, sollte sie unbedingt Modezeichnerin werden. All dies« – Vater machte eine weitausholende Bewegung und warf dabei einen Topf mit Pinseln um – »war Rachels Idee, und sie wurde unsere Chefdesignerin.«

Er winkte Nicki ungeduldig heran, damit er die Pinsel aufhob.

Wir, Lucia, Elise, Francis und ich saßen da, und schnitten etwas befangen unsere Mosaiksteinchen zu, während Vater Lambert herumführte. Ich hielt den Kopf gesenkt und fühlte, wie mir Schauer über den Rücken liefen, als die beiden hinter meinem Stuhl vorbeigingen.

Lucia berichtigte: »Rachel *war* unsere Chefdesignerin, bis sie und Francis ihre Entwürfe bei einem großen Kunstwettbewerb einschickten und Francis ihn gewann. War das nicht phantastisch?« Sie lachte mir zu. »Also ist er heute unser Chefdesigner.«

Ich sagte gleichgültig: »Ich war bei dem Wettbewerb ein totaler Versager.«

»Arme Rachel«, sagte Lucia und ging zum Fenster, wo das volle Licht auf sie fiel. »Es war für sie ein ziemlicher Schock, als Francis, der gar keine Ausbildung hatte, ihr den Preis wegschnappte. Insgeheim war sie ziemlich wütend, einfach übergangen worden zu sein.«

Ich fühlte, wie mir das Blut ins Gesicht schoß. »Das ist nicht wahr, und das weißt du auch genau. Es war für unseren Betrieb wunderbar, daß Francis gewonnen hat. Wir

sind dadurch bekannt geworden und haben eine Menge Aufträge bekommen.«
Lucia sprach unbeirrt weiter. »Und nun macht er fast alle unsere Entwürfe.« Sie griff nach einem gelben Glasstück, schnitt es zu, brach es an der falschen Stelle und warf es in den Korb neben ihrem Tisch.
Vater fragte: »Wo ist Nicki?«
»Er ist gerade hinausgegangen. Wahrscheinlich spielt er irgendwo.«
»Er hätte hierbleiben sollen. Es gibt hier genug zu tun.«
Ich sagte: »Laß ihn doch. Er hat ja Schulferien.«
Ich arbeitete fieberhaft weiter, beugte mich über das kleine silberne Glasstück in meiner Hand, schnitt es zu einem Dreieck zu und war mir dabei bewußt, daß Max nichts entging, denn er stand direkt hinter mir.
In den vergangenen Tagen war er jeden Morgen gekommen, um meinem Vater zu helfen, das umfangreiche Material über die Familie d'Arachenne zu sichten. Und jedesmal, wenn er durch den Garten ging und sich gelegentlich mit jemandem unterhielt, hätte ich ihn am liebsten angeschrien, daß er doch endlich wegbleiben solle.
Machte es ihm denn so viel Spaß, hierherzukommen? Es mußte doch qualvoll für ihn sein, ständig an das Unglück von Maladieu erinnert zu werden, denn Paul war ja sein Freund gewesen. Jeder andere Mann hätte unser Haus gemieden, um mich nicht sehen zu müssen. Oder wollte er mich quälen und hatte seine Freude daran, mir keine Ruhe zu lassen? Jetzt zeigte man ihm sogar noch die Werkstatt und bezog ihn damit noch enger in unser Leben ein.
Ich saß auf meiner Bank und hob nicht einmal den Kopf. Vater redete wieder mal viel zuviel und erklärte jeden Gegenstand in der Werkstatt. Als er mit Max endlich in

den nächsten Raum ging, wo die Mosaikarbeiten zum Verkauf ausgestellt waren, war ich sehr erleichtert.
Ich hörte, wie sie sich unterhielten und wie Max einige höfliche Fragen stellte. Vater zeigte ihm den Entwurf, mit dem Francis den Kunstwettbewerb gewonnen hatte.
». . . . seine Idee . . . nach einem alten persischen Wandteppich«, hörte ich meinen Vater sagen. »Francis wollte eigentlich Ingenieur werden, doch er arbeitet gern mit den Händen. Bei der vielen Hausarbeit hat Rachel nicht viel Zeit für die Werkstatt, daher muß Francis jetzt meist die Entwürfe machen. Wir müssen wohl noch weitere Arbeitskräfte einstellen, wenn es mit den Aufträgen so weitergeht. Allerdings weiß ich nicht, wo wir die hernehmen sollen. Die jungen Leute hier in Issandre gehen am liebsten nach Lyon, Bordeaux oder Paris.«
Ich ertrug es nicht mehr, diesem Gespräch zuzuhören, stand auf und ging hinaus in die Sonne. Nicki lief sofort auf mich zu. »Spielst du mit mir?«
Ich schaute mir seine Hände an. »Wie sehen die denn aus, du kleiner Schmutzfink!«
»Du hättest auch dreckige Hände, wenn Francis dir gesagt hätte, daß du die Mosaikstücke vom Boden auflesen sollst«, sagte er ernst.
»Komm herein und wasch sie dir. Der Zementstaub muß mit der Bürste abgeschrubbt werden. Und dann sehen wir nach, wie weit Peppina mit dem Essen ist.«
Ich blieb eine ganze Weile in der Küche und half beim Zubereiten des Salats. Als ich dann nach Nicki suchte, um ihn mit nach Issandre zum Einkaufen zu nehmen, hörte ich die Stimme von Max. Er rief jemandem zu: »Kommen Sie doch herunter!«
Lucia antwortete: »Das geht nicht. Ich ziehe mich gerade um. Was wollen Sie denn?«
»Muß ich Ihnen das zuschreien?«

»Das müssen Sie durchaus nicht. Machen Sie es doch wie Romeo leise und gefühlvoll. Nur der Mondschein fehlt.«
»Also gut. Ich wollte Sie nur fragen, ob Sie heute abend mit mir zusammen essen wollen?«
Es folgte eine kurze Pause. Dann sagte sie: »Sie meinen – im Schloß?«
»Nein. In Avignon, im Hotel de Manoir. Ich könnte Sie um sieben abholen.«
»Ich will versuchen, pünktlich zu sein, aber ich habe nicht das geringste Zeitgefühl.«
»Ach, meine Geduld ist grenzenlos«, sagte Max Lambert.
Ich sah, wie er den Fahrweg hinunterging. Also hatte ich doch nicht recht gehabt. Max war nicht hierher gekommen, um mich mit seiner Anwesenheit zu strafen. Er kam wie so viele andere Männer wegen Lucia.
Ich wartete, bis er außer Sicht war, dann rief ich Nicki und ging zur Garage, um den Wagen zu holen. Als ich rückwärts hinausfuhr, kam er angerannt und versuchte die Türe zu öffnen. Ich machte sie auf und ließ ihn hereinklettern.
Dann fuhr ich in die Einfahrt. Nicki rief: »Oh! Jetzt hättest du ihn beinahe umgefahren!«
Ich trat auf die Bremse und blickte in den Rückspiegel. Max kam ans Wagenfenster. »Entschuldigen Sie, ich war Ihnen im Weg. Ich bin wegen meiner Mappe zurückgekommen. Wahrscheinlich habe ich sie irgendwo in der Werkstatt liegen lassen.«
»Ich hol' sie«, sagte Nicki und rutschte von seinem Sitz.
Max rührte sich nicht vom Fleck.
»Wissen Sie, daß Ihr linker Scheinwerfer etwas eingedrückt ist?« fragte er.
»Ja, ich weiß. Vater hatte einen leichten Zusammenstoß mit einem Lastwagen.« Wenn er doch nur endlich gehen wollte!

Ich trommelte mit den Fingern auf das Lenkrad und starrte vor mich hin. Aber Max schien meine Nervosität gar nicht zu bemerken. Ich versuchte, Konversation zu machen. »Ich nehme an, Vater hat nun allmählich alles Material, das er für dieses Buch braucht?«
»O nein, noch lange nicht.« Er sah mich an. Seine Stimme war höflich, seine Augen unversöhnlich. »Dazu braucht man sehr viel Zeit. Die Familie d'Arachenne hat seit dem 13. Jahrhundert eine große Rolle in der französischen Geschichte gespielt. In dem Buch müssen siebenhundert Jahre abgehandelt werden.«
Blieb er eigentlich absichtlich hier stehen, um mich zu quälen? Nun, wenn er schon nicht ging, dann wollte ich ihn wenigstens ausfragen.
Ich sagte kühl: »Sie scheinen ziemlich lange Urlaub zu haben.«
»Ach, Urlaub kann man das nicht gerade nennen. Ich habe hier zu tun.«
Nun sollte ich wahrscheinlich fragen, was er hier zu tun hatte. Aber den Gefallen tat ich ihm nicht. Die Antwort konnte ich mir denken: Um eindeutig zu beweisen, daß Sie an dem Unglück schuld sind, Miss Helston.
Natürlich würde er das nicht so direkt sagen – jetzt, da er ständig meinen Vater besuchte. Eine regelrechte Beleidigung konnte er nicht riskieren. Nahm er an, daß die Familie mehr wußte? Oder glaubte er, daß ich mein Geheimnis für mich behalten und ihnen nichts erzählt hatte? Ich verstand sein Verhalten nicht, aber es machte mich verrückt. Aber er blieb ja nicht ewig hier. Eines Tages ging er hier weg und kam nie wieder.
Ich fragte: »Leben Sie in London?«
»Ja.«
»Und – und Sie arbeiten dort?«
»Ja, in Lincolns Inn.«

»Natürlich, jetzt erinnere ich mich daran, Sie sind ja Anwalt.« Und fast unhörbar setzte ich hinzu: »Anwalt des Teufels.« Aber Max hatte es trotzdem verstanden.

»Ja, so können Sie es nennen.« Und damit ging er.

Nicki raste hinter ihm her, gab ihm die Mappe und kletterte wieder in den Wagen. »Kann ich ein gemischtes Eis haben, wenn wir nach Issandre fahren?«

»Wir werden beide eins essen«, sagte ich und ließ den Motor an.

Auf dem Fahrweg kamen wir an Max vorbei. Ich trat scharf auf den Gashebel. Nicki lehnte sich aus dem Fenster und winkte.

»Oh«, sagte er enttäuscht und setzte sich zurück. »Er hat uns noch nicht einmal angeschaut, Rachel.«

Nicki ging für sein Leben gern zum Einkaufen. Er war für sein Alter sehr klein und reichte mit dem Kinn meist gerade bis zum Ladentisch. Monsieur Briac, der Krämer, hatte es ihm besonders angetan.

Ich fuhr an den Randstein und hielt. Nicki wandte sich mir zu, grinste und fuhr sich mit der Zunge über den Mund.

»Also gut«, sagte ich. »Zuerst das Eis.«

Als wir fertig waren, gab ich ihm den Korb, etwas Geld und eine Liste der Waren, die geholt werden mußten. »Du kannst das alles bei Monsieur Briac einkaufen. Und wenn du damit fertig bist, dann komm direkt zum Wagen. Nicht über die Straße laufen. Versprichst du mir das?«

Er versprach es mir.

Ich kaufte einige Eclairs und eine Schichttorte, die Peppina immer am Boden anbohrte und ein Gemisch aus Orangensaft und Zucker hineingoß, so daß sie ganz saftig und süß wurde. Dann ging ich in den Laden nebenan, um etwas von dem köstlichen Käse zu besorgen, der eine Spezialität von Issandre war. All das brauchte seine Zeit, und als ich zurückging zum Wagen, nahm ich an, daß Nicki schon auf mich wartete. Doch er war nicht da.

Aus dem Krämerladen tönten mir laute, ärgerliche Stimmen entgegen. Als ich eintrat, hörte ich Nickis schrille, ängstliche Schreie: »Ich hab es nicht getan, ich habe nichts genommen. Ich –« Als Monsieur Briac zur Türe schaute und mich sah, drehte sich Nicki schnell nach mir um. »Rachel, ich habe es nicht getan!«

Es waren etwa acht Leute im Laden. Ich sagte betont ruhig: »Kann mir wohl jemand sagen, was hier los ist?«

Ich kannte Monsieur Briac seit wir vor siebzehn Jahren nach Issandre gekommen waren. Er war klein, schwarzäugig und energisch, aber sehr freundlich. Wenn ihn jemand allerdings auszunutzen versuchte, war er unerbittlich. Im Augenblick machte er ein ziemlich finsteres Gesicht. »Ich sage Ihnen das nicht gern, Mademoiselle. Aber der Junge hat etwas gestohlen.«

»Das gibt es doch nicht!«

»Mademoiselle, ich lüge nicht. Sehen Sie her!« Er hielt eine Tafel Schokolade und ein Päckchen Makronen in die Höhe. »Das lag dort.« Er zeigte auf den Ladentisch, wo einige Waren aufgestapelt waren. »Er hat es genommen und in seinem Korb versteckt.«

Ich drehte mich langsam um und blickte in die neugierigen Gesichter. Dann sagte ich lachend: »Aber das ist doch Unsinn! Nicki hat noch nie etwas gestohlen!«

Eine belehrende Stimme sagte: »Einmal fängt man eben damit an.«

»Nicki!« Ich drehte ihn zu mir und schaute ihn an. »Waren diese Sachen in deinem Korb?«

»Ja. Aber ich habe sie nicht hineingetan.«

Ich wandte mich zu Monsieur Briac um. »Wenn er es sagt . . .«
»Dann muß es noch lange nicht die Wahrheit sein. Jemand hat gesehen, daß er die Sachen genommen hat.«
»Wer war das?«
Die Leute, die im Halbkreis um uns herumstanden, starrten mich an.
»Bitte, wer war es?«
»Es war ein Kunde, den ich hier noch nie gesehen habe. Er hat Tee und Reis gekauft. Gerade als er den Laden verlassen wollte, hat er gesehen, wie der Junge die Sachen vom Ladentisch genommen hat.«
Ich sagte: »Aber der Herr ist nicht mehr da. Er hat ihn beschuldigt und ist dann fortgegangen! Das ist für mich kein Beweis. Vielleicht hat Nicki die Sachen zufällig mit dem Ellbogen in den Korb gewischt. Oder –« Ich brach ab, weil mir bewußt wurde, wie wenig überzeugend das klang. Die schweigenden, beobachtenden Gesichter machten mich wütend, und ich fuhr fort: »Es ist ungeheuerlich, ein Kind zu beschuldigen und dann wegzulaufen. Und hier maßen sich Leute ein Urteil an, die überhaupt nichts gesehen haben.«
»Aber so ist es doch gar nicht, Mademoiselle!« Monsieur Briac wischte sich die Hände an der Schürze ab. »Er wollte ihn nicht beschuldigen, deswegen ist er gegangen. Er sagte nur, daß ich ihm ins Gewissen reden soll. Nichts anderes. Er sagte: ›Vielleicht ist es das erste Mal, daß er etwas genommen hat. Und es genügt, wenn man ihm ordentlich ins Gewissen redet, damit er's nie mehr tut.‹«
»Es wäre vernünftiger gewesen, den Mann zu bitten, daß er auf mich wartet. Sie haben doch gesehen, daß mein Wagen draußen vor dem Laden geparkt ist.«
»Das habe ich ihm ja gesagt, aber er wollte nicht bleiben.

Er sagte: ›Der Geschäftsinhaber sind Sie! Und Sie müssen sich auch um den Diebstahl kümmern!‹«
Nicki fing leise an zu weinen. Ich legte einen Arm um ihn. Er war so schmal und zart. Ich hob sein Gesicht zu mir auf und sah ihm in die verweinten Augen. »Nicki, bitte. Du weißt, daß ich versuchen werde, es zu verstehen. Hast du diese Sachen genommen?«
»Nein, nein, nein.« Er entwand sich mir und rannte zur Türe.
Ein Mann hielt ihn auf. Ich sah, wie hart er das Kind anpackte. Nicki krümmte sich unter seinem Griff.
Als ich auf ihn losstürzte, rief eine Frau: »Der verdient eine ordentliche Tracht Prügel.«
»Das werde ich gleich besorgen, mit Vergnügen«, sagte der Mann.
Ich fauchte ihn an: »Wagen Sie es nicht, ihn anzurühren!«
Der Mann ließ Nicki los. Ich sah, wie seine Augen das Telefon suchten. »Dann werde ich die Polizei holen.«
»Nein, das nicht«, sagte Monsieur Briac bestimmt. »Ich kenne diese junge Dame – ich kenne sie schon sehr lange. Es genügt, daß ich mit ihr gesprochen habe – und natürlich werde ich mit ihrem Vater sprechen.«
»Mit meinem Vater?« Das Herz schlug mir bis zum Hals. »Nein! Sie haben es mir gesagt, und das genügt. Bitte sagen Sie es nicht Vater.«
»Doch, natürlich tue ich das . . .«
Ich hielt Nicki fest an mich gepreßt. Es hatte keinen Sinn, zu protestieren. In Issandre stand das Familienoberhaupt immer noch an erster Stelle.
Ich hatte Angst, Nickis wegen, denn Vater würde keine Nachsicht zeigen. Ich sagte ruhig: »Wenn Sie meinen, daß Sie das tun müssen, Monsieur Briac, bitte!«
Ich bezahlte die Sachen, die Nicki gekauft hatte. Die Leute

standen immer noch um mich herum und glotzten mich an. Als ich zur Türe ging, machten sie mir Platz. Der Mann, der Nicki vorher gepackt hatte, rief hinter mir her: »Dem Araberdieb sollte man das Fell gerben.«
Als ich zum Wagen ging, kam mir eine Szene in den Sinn, die ich mitangehört hatte. Als Mutter meinen Vater gebeten hatte, Nicki zu adoptieren, sagte er: »Ein marokkanisches Gassenkind? Mein Gott, Nan, weißt du denn, was das vielleicht für Anlagen geerbt hat? Es könnte stehlen . . .«
Zum erstenmal in seinem Leben machte Nicki das Autofahren keine Freude. Immer wieder hörte ich seine klägliche, flehende Stimme: »Aber ich wollte doch gar keine Schokolade! Wir haben ja zu Hause genug. Und Makronen mag ich überhaupt nicht.«
Zwei Wagen, deren Fahrer mich erkannten und grüßten, kamen an mir vorbei. Ich hob beide Male mechanisch die Hand. Ich mußte an all die Jahre denken, in denen Nicki nun bei uns war. Nicht einmal hatte er irgend etwas Böses getan. Nie hatte er ohne Erlaubnis Süßigkeiten genommen oder irgend etwas im Haus angerührt, was ihm nicht gehörte. Doch ich mußte auch daran denken, was die abscheuliche Frau in dem Laden gesagt hatte: »Einmal fängt man eben damit an.«
Und plötzlich wurde mir bewußt, wie tief ich dieses Kind liebte.
Er fragte: »Wird Papa mich nach Agadir zurückschicken?«
»Nein, natürlich nicht. Du gehörst zu uns.«
Er schüttelte traurig den Kopf. »Nein. Ich bin anders, nicht wahr, Rachel? Das hat der Mann in dem Laden doch gesagt?«
Ich nahm das Gas weg und legte einen Arm um ihn. »Du sollst nicht so etwas Dummes sagen. Du bist nicht anders

als wir, und wir werden dich nie wegschicken. Ich werde immer bei dir sein und für dich sorgen, bis du alt genug bist und dein eigenes Leben führen willst.«
»Versprichst du mir das?«
Er zweifelte an allem, bis man nicht das magische »Ich verspreche es« ausgesprochen hatte. Erst dann fühlte er sich wirklich sicher. Ein Versprechen bedeutete für ihn, daß etwas wirklich geschehen würde, ganz egal, ob die Welt unterginge.
»Ja«, sagte ich. »Ich verspreche es dir.«
Ich nahm den Arm von seinen Schultern und trat auf den Gashebel. Natürlich war ich voreilig gewesen. Was nun auch geschehen mochte und was Nicki anstellte – ich hatte mich verpflichtet.
Aber das lag noch in weiter Ferne, und ich mußte mich zunächst mit der Gegenwart auseinandersetzen, vor allem mit Vaters Zorn.
Als wir in die Einfahrt einbogen, sah ich ihn vor dem Haus stehen, breitbeinig und geduckt wie ein zorniger Raubvogel. Wie furchtbar mußte dieser Anblick für ein Kind sein, das so ängstlich war wie Nicki. Als wir ausstiegen, wandte er seine Augen nicht von dem Jungen. Er folgte uns ins Haus.
In der Halle packte er Nicki am Hals und drehte ihn zu sich herum. »Also?«
Ich sagte schnell: »Ich nehme an, daß Monsieur Briac dich schon angerufen und dir erzählt hat, was vorhin geschehen ist. Offen gesagt ich glaube es nicht. Ich glaube, in Wirklichkeit –«
»Was du glaubst, interessiert mich nicht.« Er stieß Nicki mit der einen Hand ins Wohnzimmer, hielt mich mit der anderen zurück und schloß die Türe. Beim ersten Schrei von Nicki floh ich. Vater glaubte an den Wert körperlicher Züchtigung.

In der Küche machte Peppina gerade den Salat an. Sie blickte mich fragend und neugierig an und sagte: »Was ist los mit Nicki?«
Als ich es ihr erzählt hatte, stellte sie die Essigflasche heftig nieder. »So, so! Nun, vielleicht hat er gestohlen. Als ich klein war, habe ich auch gestohlen. Und weißt du, warum? Weil ich Hunger hatte. Und wenn man Hunger hat, dann stiehlt man, und dann dauert es sehr lange Zeit, sehr lange Zeit« – sie schlug mit der Faust auf den Tisch – »bis man lernt, nicht mehr zu stehlen.« Die letzten Worte sprach sie schon über die Schulter, denn sie ging mit raschen Schritten aus der Küche.
Erschrocken fogte ich ihr in die Halle. »Peppina, bitte, geh nicht dort hinein!«
Sie beachtete mich nicht. Die Türe des Wohnzimmers öffnete sich und schlug wieder zu. Ich hörte Nicki aufschreien; Und dann hörte ich Peppinas Stimme, die ohrenzerreißend schrill wurde, wenn sie zornig war. Wir hatten früher immer darüber gelacht, wenn sie mit jemandem stritt. Doch jetzt lachte ich nicht mehr. Ich ging ganz nahe an die Türe, hielt den Atem an und horchte.
»Wenn Sie Nicki noch einmal verprügeln, dann geh' ich! Haben Sie mich verstanden. Ich gehe! Auch wenn Ihr Magen zu Ihnen sagt: ›Nein, Peppina muß bleiben!‹ Sie mögen doch meine *coquilles St-Jacques* und mein *rouget en papillote*. Also, wenn Sie die mögen, dann rühren Sie Nicki nie mehr an!«
»Raus hier!«
»Nein, nein, *mon gars*, wenn, dann gehen wir zusammen!«
»Sie verdammtes, lästiges altes Weib!«
Ich hatte kaum Zeit, wegzuspringen, da öffnete sich schon die Tür. Peppina strahlte mich triumphierend an und bleckte ihre beiden einsamen Vorderzähne. Sie hatte den

Arm um Nicki gelegt und schlürfte laut vor sich hinbrummend zurück zur Küche. Vater hatte mich in der Halle gesehen. »Rachel, komm herein.«
Er zündete sich einen Stumpen an, goß sich einen Armagnac ein und sagte: »Diese Frau wird von Tag zu Tag unmöglicher. Wir könnten sie natürlich rausschmeißen.«
»Nein, das können wir nicht«, sagte ich ruhig. »Vor allem nicht, wenn du willst, daß ich in der Werkstatt mitarbeite.«
»Elise könnte im Haus mithelfen.«
»Und die Werkstatt sauberhalten und dein Studio? Natürlich«, fügte ich spöttisch hinzu, »könnten wir im Garten alles rausreißen, und Francis könnte die beiden großen Rasenflächen betonieren. Und wir könnten dein Studio schließen, und du könntest in deinem Schlafzimmer arbeiten. Sicher gibt es auch noch andere Möglichkeiten, um Arbeit zu sparen.«
Er blickte mich lange und feindselig an, und ich kam mir vor wie eine zänkische Ehefrau. Doch ich war entschlossen, für Peppina zu kämpfen. Sie hing an uns, auch an Vater, wenn auch manchmal in einer Art Haßliebe.
»Und was Nicki betrifft«, sagte Vater, »so habe ich ihm die Hölle heiß gemacht. Zuerst habe ich ihn verdroschen und dann habe ich ihm gedroht, er würde hinausfliegen, wenn noch einmal so etwas passiert. Und wohin er dann geht, ist mir ganz egal. Ich habe deine Mutter damals schon gewarnt, als sie ihn adoptieren wollte, und ihr gesagt, daß das Risiko zu groß sei. Und ich scheine recht behalten zu haben. Der diebische kleine –«
Wütend fuhr ich ihn an: »Ich weiß genau, was du sagen willst! Aber sag es lieber nicht! Ob du damals einverstanden warst oder nicht – du hast Nicki adoptiert! Er ist dein Kind!«

Plötzlich fiel ein Schatten zwischen uns. Als ich mich umdrehte, stand Max da. »Entschuldigen Sie«, sagte er zu meinem Vater. »Ich bin ins Studio gegangen, aber Sie waren nicht dort. Ich habe Ihnen ein paar alte Bücher gebracht, die ich in der Bibliothek entdeckt habe. Wahrscheinlich können Sie sie brauchen. Störe ich?«
»Nicht im geringsten. Sie werden sich wahrscheinlich schon denken, worüber wir uns unterhalten. Inzwischen wird es die ganze Stadt schon wissen.«
»Vater –«
Er beachtete mich nicht. »Ich scheine einen kleinen Dieb adoptiert zu haben. Das ist der Lohn dafür, daß man sich fremde Kinder ins Haus nimmt.«
»Du irrst dich. Ich –«
»Und außerdem«, sagte er und blickte mich finster an, »benimmt meine Tocher sich wie eine frustrierte alte Jungfer. Ich nehme an, Frauen müssen immer jemand haben, an den sie ihre Liebe verschwenden können. Wenn es nicht das eigene Kind ist, dann ein anderes oder eine Katze oder ein Hund.«
»Mich kannst du aus dem Spiel lassen«, sagte ich wütend.
»Denk lieber an Nicki. Wenn du noch nicht einmal zu ihm stehen willst – wer denn dann? Du glaubst einfach das, was ein Fremder gesagt hat. Dabei hatte der Kerl noch nicht einmal soviel Mut, mit mir selbst darüber zu sprechen. *Ich* glaube, daß Nicki überhaupt noch nie etwas gestohlen hat.« Ich hieb mit der Hand auf den Tisch. Der Aschenbecher polterte zu Boden. »Laß ihn in Ruhe. Und wenn du glaubst, daß er bestraft werden muß – du hast das besorgt, reichlich besorgt. Jetzt laß ihn gefälligst in Frieden!«
Max hob den Aschenbecher auf und stellte ihn wieder auf den Tisch.

Mein Vater stand breitbeinig vor mir, den Stumpen zwischen seinen dicken Fingern. »Mit einer hysterischen Frau diskutiere ich nicht. Geh auf dein Zimmer und mach das mit dir allein aus.«

»Ich bin nicht hysterisch. Ich bin nur entsetzlich wütend. Das ist ein kleiner Unterschied.« Ich ging hinaus und knallte die Tür hinter mir zu.

Ich ging in mein Zimmer und setzte mich auf den Stuhl neben dem Schreibtisch. Die Rolläden waren nicht heruntergelassen. Ich starrte hinaus zu Cléry, die wie eine Sphinx auf der Veranda saß.

Als ich mich beruhigt hatte, wurde mir klar, daß ich gar nicht wegen Vater so zornig gewesen war, der zu wenig Verständnis für Nicki aufbrachte, sondern weil er mich vor Max Lambert wie ein Kind behandelt hatte.

Ich ging leise ans Fenster. Die spitzen Türme von Sonnengarde glichen vier schwarzen Zähnen in einem Hexengesicht, das mich angrinste.

11

Wenn ich beim Staubwischen und Aufräumen von einem Zimmer ins andere ging, machte ich hin und wieder eine Pause und lauschte auf die Musik.

Dominick, der sich fast immer in meiner Nähe aufhielt, saß Stunden am Klavier, und allmählich lernte ich die Stücke kennen, die er spielte. Es war fast immer Chopin oder Delius. Das einzige, was ich sofort erkannte, war Beethovens Mondscheinsonate.

Anfangs, als ich ihn spielen hörte, sagte ich einmal scherzhaft: »Sie wollten doch alles vergessen, die ganze Musik, die Partituren und das Orchester!«

Und er gab mir zur Antwort: »Wenn ich so spiele wie jetzt und weiß, daß Sie irgendwo zuhören, ist das eine Erholung für mich.«

Zuerst hatte ich mich gefragt, weshalb Lucia sich nicht stärker für Dominick interessierte. Er war ein glänzender Musiker, saß außerordentlich gut aus, und eines Tages würde er auch berühmt sein. Als wir einmal zusammen in der Halle waren, gab sie mir die Antwort darauf selbst.

Dominick saß am Klavier und spielte ein Stück mit vielen arpeggierten Akkorden. Lucia arrangierte gerade Blumen in einer großen weißen Vase. Da es schwer war schweigend mit ihr zusammen zu sein, versuchte ich ein Gespräch zu beginnen: »Dominick ist ein charmanter Gast!«

»Aber so ungefährlich, so entsetzlich ungefährlich!« sagte sie.

»Ich glaube, daß ein Klavier für ihn dasselbe bedeutet wie das Casino für einen Spieler.«

Sie lächelte mir vielsagend zu: »Doch die meiste Anziehungskraft hat für ihn eine Zuhörerin, die ihn bewundert!«
»Ich bewundere ihn nicht«, sagte ich ärgerlich. »Und was das Zuhören betrifft – was soll ich denn hier anderes tun?«
Die Musik beunruhigte mich – nicht, daß sie mir etwa nicht gefallen hätte, selbst bei diesem alten Kasten von Klavier, doch mir war es unangenehm, daß sich Dominicks Interesse immer mehr mir zuwandte. Er wollte nur noch in meiner Nähe sein, und es war ihm gleich, wenn die anderen es merkten.
Er war gerade zehn Tage bei uns, da fragte sein Agent an, ob er das letzte Konzert einer Tournee des Savigny-Orchesters dirigieren wolle, anstelle von Carlos Foix, der erkrankt war. Das Konzert sollte in Avignon stattfinden. Zunächst war er sehr ungehalten und erklärte, daß er Urlaub habe und alle beruflichen Verpflichtungen vergessen wolle. Ob man denn nicht einsehe, daß er auch mal Ruhe brauche? Er sei überanstrengt und . . .
Schließlich ließ er sich doch dazu überreden, das Orchester in der neuen großen Halle zu dirigieren.
Er mußte sofort zu den Proben aufbrechen, doch bevor er wegfuhr, nahm er uns das Versprechen ab, ins Konzert zu kommen. Vater sträubte sich zuerst und sagte, daß er eine Violine nicht von einer Viola unterscheiden könne.
Dominick lachte. »Das kann George auch nicht, aber er hat zwei Hände zum Applaudieren, und mehr braucht's nicht.«

Fünf von uns kamen dann auch – mein Vater, Francis, Lucia, Elise und ich. Wir hatten sehr gute Plätze und konnten beobachten, wie die Orchestermitglieder hereinkamen und ihre Instrumente stimmten. Wie wohl die

Proben verlaufen waren? Selbst mir war der Name von Foix als Dirigent ein Begriff, und ich wußte, daß das Savigny-Orchester einen sehr guten Ruf hatte. Ich fragte mich, was diese erfahrenen Streicher und Bläser wohl von dem schlanken, schweigsamen Mann halten mochten, der so jung war, daß er ein Sohn der meisten Musiker hätte sein können.
Ich war Dominicks wegen besorgt und etwas nervös. Mit meinen geringen musikalischen Kenntnissen würde ich nicht einmal merken, ob er gut dirigierte.
Am Tag vor dem Konzert hatte ich von ihm einen Brief aus Avignon bekommen. Darin hatte er mich gebeten, in der Pause zu ihm zu kommen. »Ich muß wissen, daß Sie da sind«, schrieb er. »Bitte, Rachel, enttäuschen Sie mich nicht.«
Vater saß links neben mir und beklagte sich darüber, daß seine langen Beine nicht genügend Platz hatten. Ich schaute in mein Programm und las: »Planeten« von Holst, »Spaziergang im Paradiesgarten«, von Delius und »Der Schwan von Tounela« von Sibelius.
Das Stimmen der Instrumente war vorüber. Die Oboe brach ihr langgezogenes »a« ab, und das Gemurmel des Publikums erstarb. Dominick erschien, ging zielbewußt zum Dirigentenpult, verbeugte sich kurz vor dem applaudierenden Publikum, nahm seinen Stab, hob ihn und die ersten Takte der »Planeten« erklangen.
Ich lauschte und war erstaunt. Hier stand nicht mehr der introvertierte, gehemmte junge Mann vor uns, dessen Erscheinung Francis als »mager und hungrig« bezeichnet hatte. Er schien auf einmal gewachsen. Wenn man ihn im Alltag erlebte, hatte man das Gefühl, daß er über die Jünglingsjahre noch nicht hinaus war. Doch hier, am Pult, war er ganz der souveräne Maestro.
Ich erinnerte mich an das, was er mir im Tal der Lilien

erzählt hatte. Seine Frau hatte behauptet, er verbrauche seine ganze Energie für die Musik. Jetzt verstand ich, was damit gemeint war. Es gab Leute, die im täglichen Leben wie Schatten ihrer selbst wirkten und nur bei der Arbeit Menschen aus Fleisch und Blut wurden. Dominick gehörte zu ihnen.

Als die Musik verklang und die Lichter zur Pause wieder aufstrahlten, sagte Elise, die etwas von Musik verstand: »Er kennt seine Partituren, und er geht auf sein Orchester ein. Hast du gemerkt, daß er den Holzbläsern nie den Einsatz gegeben hat? Er hat sich einfach auf ihre Erfahrung verlassen.«

Ich sah ihm zu, wie er sich für den Beifall bedankte, sich umwandte und auf das Orchester wies. Als er ging, wurde ihm stürmisch applaudiert. Mir war, als hätte ich einen völlig Unbekannten erlebt.

Dieser Mann war gefährlich. Seine Genialität war geeignet, unvermutete Gefühle zu wecken. Darüber konnte man vergessen, daß es den Alltag gab und daß einen dieser Mann alltags niemals hinreißen und verzaubern konnte.

Wir hatten in Avignon viele Freunde, und kaum waren wir im Erfrischungsraum, wurden wir umringt. In diesem Gedränge war es für mich nicht schwer, zu entkommen. Ich fragte mich bei den Saaldienern durch und fand schließlich den Weg zu Dominicks Garderobe. Ich wartete noch einen Augenblick und hoffte, daß er Zeit genug gehabt hatte, das Hemd zu wechseln.

Als ich klopfte, öffnete mir Dominick selbst.

»Kommen Sie herein.« Er lachte und war in bester Stimmung. »Ich habe ein frisches Hemd an, bin trocken hinter den Ohren und hoffentlich auch sonst makellos.« Er schloß die Tür und legte die Arme um mich. »Nun, Rachel?«

»Es ist – wunderbar!« sagte ich herzlich. »Haben Sie diesen tollen Applaus gehört?«
»Ich glaube, ich habe noch nie so gut dirigiert. Und das ist ungewöhnlich, denn ich habe das Orchester nicht gekannt.«
»Das ist nicht seltsam, das ist Größe«, sagte ich, ohne genau zu wissen, was ich damit meinte, aber ich wollte ihm etwas Nettes sagen.
Er drückte seine Lippen auf mein Haar. »Wissen Sie, was ich als letztes gedacht habe, bevor ich den Stab in die Hand nahm? Ich habe gedacht: Rachel ist da, deswegen mußt du besser dirigieren als je zuvor. Das ist Liebe – vor das Publikum zu treten und nur für eine Frau zu dirigieren.«
»Sie treten vors Publikum, um für alle Zuhörer zu dirigieren«, sagte ich abwehrend. »Das ist der Weg zum Erfolg.«
Ich glaube, daß er mir gar nicht zugehört hatte. Er hatte wieder seinen alten, nach innen gewandten Blick. »Am Anfang, bei meinen ersten Konzerten, da wußte ich, daß meine Mutter irgendwo im Publikum sitzt, und das hat mir den Schwung gegeben, mein Bestes zu leisten. Dasselbe Gefühl hatte ich jetzt bei Ihnen.«
»Und wenn Irene da war und zugehört hat?«
Über sein Gesicht glitt ein Schatten. »Müssen wir denn unbedingt über sie sprechen?« fragte er müde.
»Weil sie Ihnen am nächsten steht.«
»Jetzt nicht mehr.«
Ich ging zu dem hohen Garderobenspiegel und schaute mich an. Ich tat es bewußt, um das beunruhigende neue Bild von Dominick zu zerstören. Ich wollte ihn wieder so sehen wie zu Hause, als »Rachels Schatten« – denn dieser Mann konnte mir nicht gefährlich werden. Ich hatte zwar keine Angst, mich in ihn zu verlieben, aber ich fürchtete, der Dirigent, Dominick Rond, den ich eben kennenge-

lernt hatte, könnte auf mich zu tiefen Eindruck gemacht haben.
Ich fuhr mir über's Haar, ordnete die Falten meines grünen Chiffonkleides über den Hüften und fingerte nervös an dem dünnen goldenen granatenbesetzten Halsband herum. Weshalb nur hatte ich mich dazu überreden lassen, ihn hier zu besuchen!
Auf einmal stand Dominick hinter mir. Er zog mich an sich, und ich ließ es geschehen. Wir lächelten uns im Spiegel zu. In diesem Augenblick glaubte ich zu verstehen, was Dominick brauchte: ein Gefühl, das nicht belastete. Zuneigung ohne Leidenschaft.
Es hatte nicht geklopft, aber ich sah, wie sich die Tür öffnete. Schnell trat ich von Dominick weg, aber es war schon zu spät.
»Guten Abend, mein Schatz.«
Dominicks Arme fielen herab. Wir drehten uns beide blitzschnell um.
Die Dame trug ein schwarzes Spitzenkleid, dem man ansah, daß es aus einem Atelier der Haute Couture kam. Ihr Haar war goldblond, das Gesicht schmal mit hohen Bakkenknochen. Ihr Mund lächelte strahlend.
Sie musterte mich amüsiert von oben bis unten und wartete auf eine Vorstellung.
»Das ist Miss Helston – Rachel Helston.«
»O – Engländerin.« Ihr Ton war kühl und höflich.
»Rachel, das ist meine Frau Irene.«
»Sind Sie im Urlaub hier, Miss Helston?«
Dominick fuhr sich mit der Hand übers Haar. »Rachel ist die Tochter von Rupert Helston, dem Schriftsteller. Du hast einmal sein Buch ›Die gelähmte Prinzessin‹ gelesen und warst sehr begeistert. Die Helstons leben in Issandre.«
Sie sah mich lange und nachdenklich an, wandte sich aber

an Dominick. »Ach, dort wo du wohnst. Du hättest mir wirklich deine Adresse hinterlassen können – obwohl ich dich natürlich durch Brunton immer finden kann. Ich glaube, er hat dir schon gesagt, daß du deinen Urlaub abkürzen mußt. Ich bin nur gekommen, um dich daran zu erinnern.«

»Brunton«, sagte Dominick zu mir, »ist mein Agent.« Dann fragte er Irene: »Was hat denn mein Urlaub mit ihm zu tun?«

»Es ist wegen Foix«, sagte sie. »Er hat angekündigt, daß er im Oktober ins Krankenhaus muß wegen einer Beinoperation. Das bedeutet, daß das London Classic Orchestra für die Amerikatournee ohne Dirigenten ist. Man hat dich eingeladen, an seiner Stelle zu dirigieren, und wir haben das Angebot angenommen.«

Dominick sagte ärgerlich: »Vielleicht gestattet man mir noch, daß ich zu solchen Angeboten selbst Stellung nehme! Ich sehe nicht ein, warum –«

»Die Konzerte beginnen Ende Oktober«, fuhr Irene ruhig fort.

Ich schlich mich so unauffällig wie möglich zur Türe, doch Irene hielt mich zurück. Sie streckte die Hand aus, und ich spürte ihre heißen Finger auf meinem Arm. »Bleiben Sie noch«, sagte sie. »Nur Dominick muß jetzt gehen.«

Jemand klopfte an die Türe. »Mr. Rond?«

»Ich komme, ich komme«, rief er ungeduldig und sah mich an.

Ich hatte Mitleid mit ihm, denn er sah auf einmal sehr zerquält aus. »Viel Glück«, sagte ich. Mir fiel ein, daß ich nicht wußte, ob Musiker auf diese Redensart mit ebensolcher abergläubischer Angst reagieren wie Schauspieler. Doch Dominick lächelte.

Die Türe schloß sich, und ich war mit Irene allein. Sie zog

sich vor dem Spiegel die Lippen mit einem blaßroten Lippenstift nach.
»Ich muß gehen«, sagte ich hastig. »Ich störe die anderen, wenn ich zu spät komme.«
»Jetzt läßt man Sie ohnehin nicht mehr in den Saal!«
Ich ging eilig zur Türe.
Sie lehnte sich gegen den Frisiertisch und schaute mir nach. »Sie sind schon zu spät dran. Also können Sie ruhig bleiben und hören, was ich Ihnen zu sagen habe. Wenn Sie dann immer noch das restliche Konzert anhören wollen, müssen Sie sich irgendwo hineinschleichen.«
Ich sagte schnell: »Bitte, bevor Sie irgend etwas sagen – ziehen Sie keine voreiligen Schlüsse. Das, was Sie gesehen haben, als Sie hereinkamen. – Ich meine, wir . . . Dominick und ich . . .« Ich verhaspelte mich, denn ihre Augen, die mich im Spiegel beobachteten, verwirrten mich. Sie waren nur forschend, ohne Schmerz oder Verwunderung.
Sie wandte sich mir zu und spielte mit der goldenen Hülse ihres Lippenstifts. »Voreilige Schlüsse? Was meinen Sie?«
»Ich möchte nicht, daß Sie denken, wir . . . daß ich . . .« Ich stotterte und machte dadurch alles noch viel schlimmer.
»Meine liebe Miss Helston, ich hoffe, daß ich genügend Verständnis für die kleinen Vergnügungen meines Mannes aufbringe.«
»Tut mir leid, wenn Sie es so ansehen. Das trifft in keiner Weise zu.«
Sie begann im Zimmer auf und ab zu gehen, mit einem merkwürdigen, gleitenden Schritt. Sie ist keineswegs ruhig, dachte ich. Sie ist nicht ruhiger als ich. Sie ist nur beherrscht, und dadurch kann sie ihre Erregung verbergen.

Sie sagte, immer noch auf und ab gehend: »Glauben Sie nicht, daß ich mir durchaus bewußt bin, was vorgeht? Dominick ist jetzt seit zwölf Tagen hier allein. Er ist einsam, und Sie trösten ihn. Ich bin dankbar, daß er in meiner Abwesenheit jemand gefunden hat, an den er sich anlehnen kann – denn er muß sich immer an jemand anlehnen. Ich habe in solchen Fällen eine hübsche, kleine Rede bereit für die Frauen, die ihn bemuttern, wenn ich nicht da bin. Wollen Sie sie mal hören?«

»Nein, danke.«

Etwas in meiner Stimme mußte sie geärgert haben, denn ich sah, wie ihr Gesicht schärfer wurde und sich anspannte. »Ist Ihnen klar, daß ich zwei Wochen in Paris war und Brunton mich nicht anrief? Ich hätte nie von diesem Konzert erfahren, wenn ich nicht in den Zeitungen gelesen hätte, daß Foix krank ist und Dominick ihn vertreten wird. Und dann war da noch«, fügte sie hinzu, »dieser Brief.«

Ich sagte gleichgültig: »Welcher Brief? Von wem?«

Sie schüttelte den Kopf. »Ich weiß es nicht. Er war nicht unterschrieben.«

Die Türklinke war schwer, und sie war reich verziert. Ich fuhr mit meiner Hand über die Bronzeornamente. Dann sagte ich, weil sie auf eine Antwort wartete: »Sie meinen, jemand hat Ihnen eine Nachricht wegen des Konzerts geschickt?«

»So möchte ich es nicht ausdrücken. Eher könnte man sagen, daß jemand der Ansicht war, es sei in meinem Interesse und dem meines Mannes, daß ich hierher nach Avignon kam. ›Um es mit eigenen Augen zu sehen‹, stand in dem Brief.«

»Was zu sehen?«

»Daß Dominick in Gefahr ist, wie der Schreiber es ausdrückte. In dem Brief stand, daß ›eine gewisse junge Frau‹

bei dem Konzert anwesend sei, und daß ich selbst sehen könne, was da los sei.« Sie machte eine Pause und setzte dann gereizt hinzu: »Es erschien mir alles so melodramatisch, aber anonyme Briefe wirken wohl immer so.«

»Dominick ist nur hierhergekommen, um mit George Bannock seinen Urlaub bei uns zu verbringen. Was könnte daran gefährlich sein?«

Wieder ging sie im Zimmer auf und ab.

»Ich nehme an, der Brief bezog sich auf die offenkundige Gefahr, in die jeder Mann geraten kann, der zeitweilig von seiner Frau getrennt ist.«

Ich sagte ärgerlich: »Dann war es gemein und sinnlos, so etwas zu schreiben.«

»O nein, sinnlos nicht. Es war noch eine Nachschrift da, in der stand: ›Sie rächt sich, wenn man ihre Pläne durchkreuzt!‹«

»›Sie‹! Nichts anderes als ›Sie‹?«

»Vermutlich wollte sich der Absender bewußt nicht eindeutiger ausdrücken. Aber als ich vorhin ins Zimmer kam, war mir natürlich alles klar.«

Ich fühlte wie ich rot wurde, und dummerweise machte ich auch noch ein schuldbewußtes Gesicht.

»Sie irren sich sehr, wenn Sie meinen, daß zwischen Dominick und mir etwas ist. Himmel nochmal, ich finde ihn nett, aber das ist auch alles. Ich weiß, daß er unglücklich ist, denn er hat es mir erzählt – und machen Sie bitte nicht so ein Gesicht. Ich habe gesagt, daß er es mir ›erzählt‹ hat. Manchmal hat man das Bedürfnis, Fremden sein Herz auszuschütten.«

Sie stieß ein kleines, bitteres Lachen aus. »Ich bin davon überzeugt, daß Sie nicht seine Geliebte sind – ganz egal, was in dem Brief angedeutet wird. Ich kenne doch meinen Dominick. Nein, das ist nicht die größte Gefahr. Die Gefahr ist, daß er glaubt, er habe jetzt jemand gefunden. Je-

mand, meine Liebe, der den Platz seiner Mutter einnehmen kann. Mein Gott, wie ich sie hasse – obwohl sie schon tot ist. Eine Frau dürfte ihren Sohn einfach nicht zu ihrem Lebensinhalt machen. Und gewöhnlich duldet ein Sohn so etwas auch nicht – wenn er nicht . . .«
Ich wartete darauf, daß sie den Satz beendete. Aber es geschah nicht. Und es war auch gar nicht nötig. »Wenn er nicht ein Mann ist«, hätte sie fortfahren können, »der von Natur aus ein Asket ist und keine andere Form der Liebe braucht.« Doch im Augenblick war das gar nicht so wichtig. Mir war etwas eingefallen. Dieser Brief konnte nur von einem bestimmten Ort aus abgeschickt worden sein.
»Kennen Sie die Gräfin d'Arachenne?« fragte ich.
Meine Frage überraschte sie. »Ich habe sie ein paarmal getroffen. Sie verkehrt in Musikerkreisen.«
»Dann kennen Sie vielleicht ihre Handschrift?«
Nun war ich am Zug. Ich fragte, und Irene antwortete.
»Nein, gesehen habe ich sie, glaube ich, nie. Aber was hat denn das mit dieser Geschichte zu tun?«
»Es könnte etwas damit zu tun haben«, sagte ich leise. »Es könnte. Der anonyme Brief –«
»Ach, Miss Helston, versuchen Sie doch nicht, Detektiv zu spielen! Was Sie sich da ausdenken, ist einfach lächerlich. Die Handschrift war ausgesprochen männlich. Und zudem war der Brief englisch geschrieben – obwohl vielleicht aus Höflichkeit mir gegenüber.«
Oder weil der Absender Engländer ist.
Max! Natürlich – Max Lambert, der täglich in unser Haus kam und alles beobachten konnte. Er hatte mich mit Dominick zusammen gesehen und gehört, wie die Familie in ihrer Ahnungslosigkeit von »Rachels Schatten« gesprochen hatte.
Der Brief – diktiert von der Gräfin d'Arachenne und geschrieben von Lambert?

Die an- und abschwellenden Klänge von Geigen drangen in den Raum. Ich schaute zu Irene hin. Seit ihrem ersten geringschätzigen Blick hatte sie mich kaum mehr angesehen.
Ich wartete, bis ich sicher war, daß mir meine Stimme gehorchte. Dann sagte ich: »Der Brief ist sehr geschickt abgefaßt, denn niemand wurde mit Namen genannt. Wer ihn auch geschrieben hat – er wußte, daß ich ins Konzert kommen wollte und daß auch Sie hier sein würden. Und er rechnete genau mit dem, was geschehen ist – daß Sie die Situation falsch beurteilen würden.«
Schon wieder, fühlte ich mich schuldbewußt. Hatte ich Dominick vielleicht ermutigt? Hätte ich anders handeln können? Doch wie? Wenn ein Mann sich an den Rettungsanker klammert – was sollte man schon tun, als ihm wenigstens zuhören? Ich hatte keine Erfahrung in diesen Dingen. Vielleicht hatte ich mich falsch verhalten. Vielleicht hätte ich abweisender sein sollen. Und sicher hätte ich heute abend nicht in seine Garderobe kommen sollen. Ich stand hilflos da und kam mir sehr jung vor. Und ich hatte Angst.
Wenn du Angst hast, lauf einfach fort. Das war die Logik eines Kindes, doch ich handelte danach. Ich machte die Türe mit einem heftigen Ruck auf.
»Benehmen Sie sich doch nicht so albern«, rief Irene hinter mir her. »Dominick ist doch nichts für Sie – und ich gebe ihn nie frei, auch wenn er als Ehemann nichts taugt.«
Ich lief weg, und die Stimme folgte mir. Genauso war ich in Sonnengarde vor der Stimme der Gräfin weggelaufen.

12

Ich lief den Korridor entlang und wäre beinahe mit einem Saaldiener zusammengestoßen. Von der Musik war nichts zu hören. Ich bog um eine Ecke, sah jamand vor mir und stieß einen Schrei aus. Entsetzt blieb ich stehen.
»O Gott«, stammelte ich. »Ausgerechnet Sie!«
»Wie schade, daß Sie soviel dagegen haben«, sagte Max.
Ich versuchte ihn wegzuschieben. »Lassen Sie mich vorbei!«
Aber ebensogut hätte ich versuchen können, einen Felsen aus dem Weg zu schieben.
»Wenn Sie weiter so dahinrasen, werden Sie irgendwann einmal überfahren. Draußen herrscht starker Verkehr. Und einen zweiten Unfall soll es doch nicht geben, oder?«
Ich wandte mich heftig ab, doch der verdammte Gang war viel zu eng für zwei Leute, wenn einer davon den Weg blockierte.
»Lassen Sie mich in Ruhe!«
Er betrachtete mich mit kühlem Interesse. Die Falte zwischen seinen Augenbrauen vertiefte sich. »Wovor haben Sie denn solche Angst? Oder vielmehr, vor wem?«
»Vor niemand. Und jetzt –«
»Na, na! Man läuft doch nicht wie eine Rasende von einem Konzert weg, wenn man neunzig Kilometer gefahren ist, um es anzuhören!« Er wartete. Dann sagte er: »Nun, wenn Sie es mir nicht sagen wollen, dann lassen Sie es eben. Ich bringe Sie nach Hause, da Sie offensichtlich den ›Schwan von Tuonela‹ nicht hören wollen.«

»Ich habe selbst einen Wagen.«
»Den wird Ihre Familie brauchen.«
»Ich kann ja auch mit dem Zug fahren.«
»Dazu ist es zu spät. Personenzüge verkehren nun mal nicht so, wie die Metro in Paris.«
Er trat zur Seite. Nun hätte ich leicht davonlaufen können, aber auf einmal wollte ich nicht mehr. Plötzlich hatte ich wieder Mut.
Ich warf den Kopf zurück und versuchte, ihm direkt in die Augen zu sehen. »Weshalb sind Sie eigentlich hier?«
»Ich hatte heute nachmittag beruflich in Avignon zu tun. Und dann bin ich geblieben, um mir noch einen Teil des Konzertes anzuhören. Aber weil ich müde bin, wollte ich nach Issandre zurück, bevor sich das ganze Publikum auf die Garderoben und Parkplätze stürzt.«
Das war eine ziemlich dürftige Ausrede, aber ich hatte keine Gelegenheit mehr, ihm das vorzuhalten. Er nahm mich am Arm und schob mich durch den Korridor an dem Pförtner vorbei auf die Straße.
Er hatte recht gehabt. Die Autos rasten auf der Straße vorbei wie auf einer Rennbahn.
»Sie können mich jetzt loslassen«, sagte ich. »Ich habe nicht vor, mich im Hechtsprung auf die Straße zu stürzen.«
»Dort steht mein Wagen.«
Er stand ordentlich geparkt links von der Konzerthalle.
Ich sagte anzüglich: »Wie hätten Sie eigentlich hier ins Gedränge kommen wollen? Ihr Wagen steht ja gar nicht auf dem Parkplatz!«
Er gab keine Antwort, ganz wie ich es erwartet hatte. Das Licht der Straßenlampen war sehr hell. Ich sagte steif: »Also, gute Nacht«. Ich versuchte, an ihm vorbeizusehen, doch es gelang mir nicht. Und plötzlich fragte ich: »Sie

wußten doch, daß Dominicks Frau heute abend hier sein würde, nicht wahr?«
»Tut mir leid, aber ich kenne die Dame nicht.«
»Das war auch nicht nötig – Sie brauchten nichts anderes zu tun, als ihr . . .«
»Als was? Sprechen Sie doch weiter!«
Ich hätte ihn nun direkt fragen können, ob er den Brief nach dem Diktat der Gräfin geschrieben hatte. Doch wozu? Er würde es ja doch nicht zugeben. Er wußte von dem Brief und war geblieben – aus Neugierde und um mich zu quälen.
Ich lehnte mich gegen einen Laternenpfahl und fühlte mich hilflos, weil ich nicht wußte, wie ich mit ihm dran war.
Dann hörte ich meine eigene empörte Stimme: »Ich werde verfolgt, obwohl ich unschuldig bin. Ich war nicht mit Paul zusammen, als er starb. Ich habe diesen Unfall nicht verursacht. Wenn jemand daran schuld ist, dann finden Sie diese Frau doch! Irgendwo muß sie ja schließlich sein. Lauern Sie ihr in Maladieu auf. Vielleicht kommt sie und holt sich ihre Mantilla. Man sagt doch, daß Verbrecher . . . Mein Gott, was hat das denn alles für einen Sinn!«
Warum konnte ich nicht ruhig bleiben, wenn ich mit ihm sprach? Warum stritt ich mich immer mit ihm? Ich brauchte ihn ja nur aus dem Weg zu gehen. Doch jedesmal, wenn ich ihn traf, rührte ich die ganze Geschichte wieder auf, versuchte mich zu rechtfertigen und machte damit wahrscheinlich alles noch schlimmer. Ich war nicht besonders literarisch gebildet – dafür war Vater zuständig –, doch fiel mir plötzlich ein Shakespeare-Zitat ein: »Mich dünkt, die Dame widerspricht zu viel.« Und genau das dachte Max Lambert wahrscheinlich auch von mir.

»Sollen wir nach Hause fahren?« fragte Max.
Die Frage klang lächerlich vertraut.
Max hielt die Wagentüre auf. »Da wir nun aufgehört haben, uns wie Untersuchungsbeamte zu benehmen, können Sie einsteigen!«
Mein Mund wurde trocken, und mein Herz schlug heftig.
»Ich habe nicht die Absicht, mit Ihnen zu fahren. Meine Familie ist hier.«
»Ich weiß. Ich habe im Foyer mit ihnen gesprochen. Sie haben mich gefragt, ob ich Sie gesehen habe. Ich habe gesagt, daß ich glaubte, Sie auf dem Weg zur Künstlergarderobe gesehen zu haben.«
»Also wußten Sie, wohin ich gegangen bin. Die ganze Zeit haben Sie –«
»Ich habe gesagt, wenn ich Sie finde, und wenn Sie genug von dem Konzert haben sollten, dann würde ich Sie nach Hause fahren. Man wartet also nicht auf Sie.«
Ich sagte wütend: »Sie wußten also, daß ich zu Dominick gehen würde, und Sie wußten auch, daß Irene zu ihm ging. Sie haben vermutet, daß es eine kleine Szene gibt, und daß ich hinterher vielleicht keine Lust mehr hätte, zu bleiben. Es macht Ihnen wohl noch Spaß, wenn Sie sehen, daß mir elend zumute ist. Vielleicht tut's Ihnen sogar gut, wenn jemand anderer unglücklich ist? Oder sind Sie so ein Teufel, daß Sie nicht nur mich, sondern auch sich selbst bestrafen wollen?«
»Vielleicht bin ich das.«
Die Art, wie er das sagte, beinahe obenhin, verletzte mich. Es war ganz verrückt – plötzlich tat mir auch der Magen weh. Ich stützte mich mit der Hand auf die alte Plantane neben mir. Die Rinde war warm und trocken.
»Ich will jetzt noch nicht nach Hause. Und auf gar keinen Fall will ich mit Ihnen nach Issandre fahren.«
Er sagte ruhig: »Wie Sie wollen.«

Ich hatte mich schon zum Gehen gewandt, da stieß ich noch hervor: »Wenigstens braucht Paul nicht zu bereuen, daß er Ihr Freund war. Das ist ihm immerhin erspart geblieben.« Kaum hatte ich das gesagt, diese häßlichen, unbarmherzigen Worte, da schämte ich mich schon entsetzlich. Ich hatte Grausamkeit mit Grausamkeit vergolten. Zweimal öffnete ich den Mund, um zu sagen: »Es tut mir leid«, aber es kam kein Laut heraus. Eine Sekunde lang standen wir uns bewegungslos gegenüber. Dann machte Max eine schnelle Bewegung. Seine Finger gruben sich in meine Arme, dann küßte er mich hart und ohne Zärtlichkeit oder Leidenschaft. Ich konnte mich nicht bewegen. Dieser Kuß – es war, als habe er mich gebrandmarkt. Dieses Mädchen hat meinen Freund getötet. Denk daran, denk immer daran . . .

So plötzlich wie er mich ergriffen hatte, ließ er mich auch wieder los.

Ein Liebespaar kam lachend und eng umschlungen vorbei. Max ging schnell zu seinem Wagen und stieg ein. Als ich ihn fortfahren hörte, rannte ich über die Straße.An der alten Stadtmauer blieb ich stehen und lehnte mich gegen einen Baum. Ich atmete schwer und zitterte am ganzen Körper.

Früher, als es noch Sitte war, einer Frau die Hand zu küssen, konnte ein Mann mit einem Handkuß zeigen, was er für sie fühlte. Genauso war es mir jetzt ergangen – nur mit dem Unterschied, daß mir nicht die Hand geküßt worden war.

Aber war ich nicht selbst daran schuld? Wem Schmerz zugefügt wird, der schlägt zurück.

Ich, die ich kaum geweint hatte, als Paul starb, brach in hilfloses Schluchzen aus.

Langsam ging ich weiter. Das Mondlicht glänzte auf dem Wasser der Rhône. Als ich zu weinen aufhörte, nahm ich die Spiegelung der Lichter in der weiten Biegung des Flusses wahr, die Fronten der alten Häuser und die Brücke, die nur noch zur Hälfte bestand. Allmählich wich meine Benommenheit, und ich konnte wieder klar denken.

Warum, so überlegte ich, hatte die Gräfin sich nicht einen französischen Schriftsteller, sondern gerade einen Engländer ausgesucht, der die Geschichte ihrer Familie schreiben sollte? Würde das Buch jemals publiziert werden? War das überhaupt so wichtig und der wahre Grund für den Auftrag nicht ein ganz anderer? Das Honorar, das sie meinem Vater zahlte, mußte beträchtlich sein, denn er verkaufte sich nie billig. Doch das war für eine reiche Bankiersfamilie nur ein Pappenstiel. Aber warum nur hatte sie gerade meinen Vater ausgesucht?

Und plötzlich wußte ich es: Max sollte ihm scheinbar helfen, in Wirklichkeit jedoch die Zeit dazu benützen, sich in unser Haus und unser Familienleben einzudrängen. Auf diese Weise konnte er mit jedem reden und alles über mich erfahren – über die Menschen, die mir lieb waren, und die Dinge, die mir etwas bedeuteten.

Ich mußte mit jemand über diese Sache sprechen, aber mit wem? Mir fiel niemand anderer ein als mein Vater. Ich würde ihm von dem Brief erzählen, und er sollte darüber mit Monsieur Duhamel reden, unserem Anwalt. Ich wußte nichts über die französischen Gesetze, aber es gab ganz sicher ein Gesetz, das Verleumdung bestrafte.

Ich hatte mir gewünscht, die schreckliche Nacht von Maladieu vergessen zu können. Nun schien es, als wollten das einige Leute verhindern.

Ich wußte nicht, wie lange ich schon so dahinlief. Plötzlich wurde mir ganz schwindlig vor Müdigkeit. Ich ging zur Konzerthalle zurück und wartete auf meine Familie. Die Sitze im Foyer waren tief und bequem, und es war ganz still. Aber ich war entsetzlich nervös und zupfte unentwegt an meiner Abendtasche herum, bis die Seide ausfranste. Ich hätte heulen können deswegen, denn Elise hatte mir diese Tasche einmal zu Weihnachten geschenkt, und ich mochte sie besonders gerne.

Die Zeit verging entsetzlich langsam.

Doch dann kamen sie endlich – die ganze Familie auf einmal. Vater sah mich zuerst. »Wo bist du denn gewesen?« fragte er.

»Ich bin einfach nicht musikalisch genug für so was. Da bin ich ein bißchen spazierengegangen.«

»Du hättest doch dableiben sollen. Die zweite Hälfte war verständlicher als die erste, wenigstens für mich. Da gab es mehr Melodien.« Er warf sein Programm auf einen der roten Plüschsessel. »Dominick fährt mit George zurück.«

»Dominicks Frau war heute abend hier.«

»Ich weiß, ich habe sie gesehen. Attraktive Person. Der ist schön dumm, wenn er mit ihr Schluß macht. Aber das ist seine Sache, nicht unsere.«

Als wir nach Hause fuhren, saß ich mit Lucia und Elise hinten im Wagen. Ich kannte den Weg in- und auswendig – die weit sich hindehnenden Felder, die aus Steinen geschichteten Mäuerchen, die zahllosen Wasserläufe. Und schon wurden die Felsen von Maladieu sichtbar – standen schwarz gegen den hellen Himmel.

Das Tachometer zeigte hundertzwanzig; in einer Viertelstunde waren wir zu Hause. Ich fragte mich, ob George auch bald kommen würde. So spät es auch war, ich mußte Dominick heute nacht noch sehen. Ich mußte herausbekommen, ob er von dem Brief etwas wußte. Und dann würde ich mit meinem Vater reden.

Als wir nach Hause kamen, ging jeder seiner Wege. Vater und Francis wollten noch einmal in die Werkstatt, um einen letzten Blick auf das große persische Wandmosaik zu werfen, das nun vollendet war und nur noch poliert werden mußte. Elise und Lucia gingen ins Bett. Ich setzte mich auf die Veranda und wartete auf Dominick.

Zwanzig Minuten später bog der Wagen in die Einfahrt ein. Als George stoppte, sah er mich. »Ihr jungen Leute wißt noch nicht richtig zu würdigen, wie wunderbar ein Bett ist«, sagte er. »Warte mal, bis du in mein Alter kommst, dann wirst du dich nicht mehr die halbe Nacht mit den Sternen unterhalten wollen.«

Er ging ins Wohnzimmer und goß sich einen doppelten Whisky ein. »Den brauch' ich jetzt, nachdem ich für Dominick Claqueur gespielt habe«, sagte er und grinste mir zu. »Gute Nacht.«

Von dem Sitzplatz im Garten unter dem Walnußbaum rief Dominick mir leise zu: »Rachel?«

Als ich zu ihm hinging, zog er mich neben sich. Er lehnte sich gegen meine Schulter, nahm meinen Arm und versuchte, ihn um sich zu legen. »Halten Sie mich«, sagte er. »Halten Sie mich ganz fest. Das brauche ich nach der Strapaze eines Konzerts.«

Ich rückte leicht von ihm ab und sagte: »Ich bin heute keine gute Trösterin. Und außerdem war der Abend für Sie ein Erfolg. Sie sollten vor Freude tanzen!«

Er fuhr hoch und sagte: »Ich nehme an, Irene ist daran schuld!«

»Woran schuld?«

»Daß Sie ärgerlich sind. Es tut mir leid, daß Sie heute abend mit ihr zusammengetroffen sind, aber ich konnte nichts dafür, außerdem ist es sowieso unwichtig.«

»Aber nicht für mich.«

Er fragte schnell: »Was ist denn passiert, als ich weggegangen war? Was hat sie gesagt?«

Ich erzählte ihm von dem anonymen Brief.

Er wußte nichts davon, schien zunächst etwas erschrokken, sagte dann aber: »Anonyme Briefe beachtet man doch nicht.«
»Irene hat das aber schon getan. Und nachdem sie uns zusammen in Ihrer Garderobe gesehen hatte, wußte sie genau, auf wen er sich bezieht.«
Er fragte hilflos: »Wer könnte ihn geschrieben haben?«
»Jemand, der hier lebt und mich haßt.«
»So etwas sollten Sie nicht sagen. Niemand kann Sie hassen. Warum sehen Sie mich so an, Rachel?«
Ich wandte das Gesicht weg. Mehr, als er ohnehin schon von Paul wußte, brauchte er nicht zu erfahren. Ich sagte: »Den Brief hat jemand geschrieben, der uns zusammen gesehen hat und weiß, wie Sie zu mir stehen.«
»Aber wer könnte das sein?«
»Sie haben es ja vor meiner Familie nicht verborgen«, sagte ich und ärgerte mich über die Schärfe in meiner Stimme.
»Aber wir haben doch nichts Böses getan, weiß Gott nicht.«
»Der Absender hat etwas anderes angedeutet.«
»Aber wie könnten Sie wohl etwas Böses tun? Rachel, bitte, denken Sie einfach nicht mehr an den Brief. Vergessen Sie diese ganze schreckliche Sache.«
Er schien sich wegen des Briefes nicht so aufzuregen, wie ich mir vorgestellt hatte, und das kam mir seltsam vor. Ich wandte mich wieder zu ihm. »Ich möchte den Brief gern sehen«, sagte ich. »Ich möchte, daß Sie ihn sich von Irene geben lassen.«
»Aber wie soll ich das machen?«
»Sie hat ihn ja schon gelesen, braucht ihn also nicht mehr – oder – oder doch?«
Die Läden in Lucias Zimmer wurden zurückgestoßen,

und das Licht fiel auf Dominicks Gesicht. Ich sah, daß er mich aufmerksam anblickte.
»Ich möchte die Handschrift sehen«, erklärte ich ihm.
»Es wäre für uns beide besser, wir würden die Sache vergessen. Wer den Falken losläßt, lockt die Hunde heraus.«
»Die Hunde sind schon auf der Fährte«, sagte ich bitter. Haben Sie Irene nach dem Konzert gesehen?«
»Ja.«
»Was haben Sie ihr gesagt?«
»Ach, nichts Besonderes. Wir reden im Kreis herum.«
Das klang so ausweichend, daß es mich stutzig machte. Ich fragte ihn: »Auf die Gefahr hin, daß ich Ihnen egozentrisch vorkomme – haben Sie auch über mich gesprochen?«
Er schwieg.
»Sie haben es also getan!«
Er rückte von mir weg. »Sie können es ruhig wissen – ich habe ihr die Wahrheit gesagt.«
Ich atmete tief ein, bevor ich ihn fragte: »Welche Wahrheit?«
»Daß ich Sie liebe.«
»O Dominick, Sie Narr!«
»Sie hat mich um Aufrichtigkeit gebeten, also habe ich es ihr gesagt.«
»Und mich in die Sache hineingezogen.«
»Da sind Sie sowieso schon drin.«
»Nein, das bin ich nicht. Weshalb zwingen Sie mich denn, verletzend deutlich zu werden? Können Sie eine Tatsache nicht einfach hinnehmen, muß man über alles immer wieder reden?«
»Was soll ich hinnehmen?«
Ich mußte daran denken, wie unbarmherzig ich heute mit Max gewesen war. Es war die instinktive Reaktion auf den

Schmerz gewesen, den er mir zugefügt hatte. Nun mußte ich nochmals jemand wehtun – aus reinem Selbsterhaltungstrieb.

»Ich habe es Ihnen schon gesagt: Ich liebe Sie nicht. Ich werde Sie nie lieben, und Sie hatten kein Recht, mich in Ihren Streit mit Irene hineinzuziehen.«

»Sie waren schon hineingezogen, bevor ich mit ihr gesprochen habe«, sagte er. »Durch den Brief.«

Ich stand unvermittelt auf, weil ich es nicht mehr ertrug, neben ihm zu sitzen, ging zum Blumenbeet und begann, die vertrockneten weißen Trompeten der Tabakstaude abzuzupfen.

Dominick erhob sich ebenfalls und zog mich wieder neben sich. »Man hat Ihnen wehgetan, Rachel. Wenn Paul –« Er sah, wie ich zusammenzuckte. »Es tut mir leid, daß ich von ihm sprechen muß, doch sehen Sie – wenn man einen so großen Verlust erlitten hat, dann gibt's nur eines: versuchen, aus dem, was einem geblieben ist, das beste zu machen. Und das tun Sie nicht.«

»Ich möchte nicht über mich sprechen«, sagte ich abweisend.

»In Ordnung. Aber beantworten Sie mir wenigstens ein paar Fragen. Ist das Dasein für Sie hier wirklich so schön? Wollen Sie Ihr Leben damit zubringen, ein Haus in Ordnung zu halten, das nicht Ihnen gehört, sich um Menschen zu kümmern, die nicht einmal mit Ihnen verwandt sind? Wollen Sie das wirklich?«

»Nicht für immer, natürlich nicht. Doch ein Familienleben hat viel für sich, auch wenn es nicht die eigene Familie ist. Und ich muß erst über verschiedenes hinwegkommen, bis ich wieder für einen Menschen empfinden kann.«

»Ich verlange nicht mehr, als Sie geben können – und jetzt Ihrer Familie geben. Mehr will ich gar nicht.«

»Aber vielleicht will ich mehr.«

Er drehte mich dem Sitz zu, und als ich widerstrebte, setzte er sich hin, schlang die Arme um meine Hüften und legte den Kopf an meine Brust. »Sie glauben, daß Sie Liebe wollen. Auf die Gefahr hin, eingebildet zu erscheinen – die Liebe wird vielleicht noch kommen.«

Ich gab keine Antwort. Er schmiegte sich eng an mich, und ich legte ihm die Arme um den Kopf und hielt ihn fest, so wie ich es mit Nicki gemacht hätte. Dies alles geschah ohne jede Leidenschaft.

Dann schob ich ihn sacht weg und ging zwischen den Büschen den Weg entlang, bis ich wußte, daß er mich nicht mehr sehen konnte. Ich lehnte mich gegen die Mauer der Werkstatt und atmete tief die reine Nachtluft ein.

13

Ich hatte in dieser Nacht einen schrecklichen Traum. In dem Traumzimmer war es stockdunkel. Ein Mädchen, das kein Gesicht hatte, lag nackt auf einem blauseidenen Bett, und ihre Haut leuchtete weiß wie die einer Nymphe. Paul beugte sich lachend über sie. Dann hörte ich, wie jemand das Licht einschaltete. Der Kristallüster über dem Bett strahlte auf, und seine Glasprismen funkelten und tanzten. Das Mädchen war immer noch da, nur hatte es jetzt ein Gesicht – mein Gesicht. Es war Paul, der gesichtslos neben mir lag. Und ich wußte, daß er tot war.

Ich wachte auf und schrie laut: »Ich war es nicht . . . ich war es nicht . . .«

Der Traum hatte mich vollkommen erschöpft. Ich lag da und wartete, bis meine Kräfte zurückkehrten. Dann stand ich auf und ging nach unten, um mir Tee zu machen. Es dauerte eine Ewigkeit, bis das Wasser endlich kochte. Ich schaute aus dem Fenster, und mich fröstelte.

Es dämmerte schon fast. Der Mond war nicht mehr zu sehen, und der zarte Silberschimmer, der über den Gästehütten und der Werkstatt lag, kam vom ersten Morgenlicht. Ich nahm an, daß der Mistral wehte, denn ich sah, wie sich die tiefhängenden Zweige der Büsche am Ende des Gartenweges leicht bewegten.

Ich machte mir meinen Tee, nahm ihn mit hinauf und trank ihn im Bett. Heute würde ich meinem Vater von dem Brief erzählen.

Dann schlief ich ein. Ich erwachte davon, daß Francis nach Peppina rief und sie fragte, wo denn sein Hemd mit dem

Flamingomuster sei. Er trug bei der Arbeit gern farbige Hemden.
Peppinas rauhe Stimme antwortete: »Es war zerrissen. Ich habe Putzlumpen daraus gemacht.«
»Mein gutes Hemd!«
»Es wäre eine Schande, wenn du noch länger damit herumgelaufen wärst. Ihr habt so viele Besucher in der Werkstatt. Was sollen die Leute denn denken, wo du so viele Haare auf der Brust hast!«
»Sie sind goldblond, und ich bin stolz darauf!«
»Aber vielleicht sind wir nicht so stolz darauf – he?«
»Peppina, du bist ein Biest. Wo ist mein Tigerhemd?«
»Dort, wo es hingehört, in deiner Schrankschublade.«
Ich hörte, wie Francis pfeifend in sein Zimmer zurückging. Dieser kleine Wortwechsel am Treppengeländer ermunterte mich. Der Tag würde sicher ganz normal werden.
Ich kam sehr spät zum Frühstück hinunter. Als ich in die Veranda kam, war Vater nicht da.
»Er hat Dominick zur Bahn gebracht, zum Zug nach Avignon«, sagte Elise. »Dominick hat heute morgen einen Anruf von seinem Agenten Brunton bekommen. Es ist wegen dieser Amerikatournee. Dominick sagte, daß er heute nachmittag wieder zurück ist. Du möchtest ihn vom Fünf-Uhr-Zug abholen.«
Einer nach dem andern beendete sein Frühstück, und zuletzt saß ich ganz allein da. Ich versuchte Zeitung zu lesen, aber es ging nicht. Ich starrte auf die üppig wuchernden Bougainvilleas und Ringelblumen und erinnerte mich an das, was Dominick mir in der letzten Nacht gesagt hatte. »Ist das Dasein für Sie hier wirklich so schön? Wollen Sie Ihr Leben damit zubringen, ein Haus in Ord-

nung zu halten, das nicht Ihnen gehört, und sich um Menschen zu kümmern, die nicht einmal mit Ihnen verwandt sind?«

Aber ich liebte sie doch! Ich sah Nicki zu, der platt auf dem Bauch lag und Cléry streichelte, die alle viere in die Luft streckte. Nicki liebte ich am meisten. Was wollte ich eigentlich? Oder lag der Tod von Paul noch nicht lange genug zurück, um so eine Frage zu stellen?

Ich war meiner Liebe zu ihm so sicher gewesen. Doch nun zweifelte ich daran. Hatte mich vielleicht nur sein Charme bezaubert? Wahrscheinlich hatte ich Paul gar nicht wirklich gekannt. Ich hatte seine Fröhlichkeit geliebt, seine Großzügigkeit, seine Aufmerksamkeit mir gegenüber – alles Dinge, die an der Oberfläche lagen. Wohl deswegen hatte ich trotz aller Trauer und Sehnsucht nicht das Gefühl, durch seinen Tod alles verloren zu haben. Aber vielleicht würde ich nie wieder für einen Mann so empfinden können wie für ihn.

Ich stützte den Kopf in die Hände. Der Kaffee wurde kalt, und eine fürwitzige Ameise krabbelte über meinen bloßen Fuß. Als ich sie wegwischte, hörte ich in der Ferne aufgeregte Stimmen.

»Rachel, Rachel, komm sofort her!«

Ich lief zum Ende der Veranda und sah Francis wie einen zornigen jungen Stier beim Blumenbeet stehen. Mit einem Fuß trat er eine Tigerlilie nieder.

»Das Wandmosaik«, sagte er.

»Was ist damit?«

»Was ist damit, verdammt nochmal! Es ist kaputt – in tausend Stücke!«

Ich lief schnell in den Garten und an ihm vorbei in die Werkstatt. Cléry machte einen Satz und lief mir aus dem Weg. Nicki rappelte sich auf und lief neben mir her. »Was ist los? Rachel, was ist denn passiert?«

Ich beachtete ihn nicht. Atemlos kam ich in der Werkstatt an und riß die Tür des Ausstellungsraums auf.
Das Sonnenlicht, das durch das große Fenster fiel, ließ die tausend silbernen, roten und grünen Steinchen, die auf dem Boden lagen, aufleuchten. Das persische Pferd und sein Reiter lagen zertrümmert vor mir.
Ich starrte auf das, was Francis beste Arbeit gewesen war.
»Wie ist das nur geschehen, wie nur?« flüsterte ich.
»Woher, verdammt nochmal, soll ich das wissen? Ich bin hereingekommen, und da lag es schon am Boden.«
Nicki, der mir gefolgt war, rief entsetzt: »Ooooh! O, Francis!«
Francis fuhr herum. »›O Francis‹ – verdammt nochmal. Hast du das vielleicht angerührt?«
Ich sagte sofort: »Natürlich hat er das nicht getan!«
»Der kann doch selbst reden ... Hast du es getan?«
»Nein«, sagte Nicki.
»Er ist doch viel zu klein, um so etwas Schweres zu bewegen«, sagte ich. »Schau mal, das Bein von dem Tisch steht ganz schief. Das Gewicht muß zu groß gewesen sein, dadurch ist alles zusammengestürzt.«
»Dieser Tisch ist extra für so schwere Dinge gemacht, das weißt du ganz genau!«
Ich sagte bedrückt: »Ja, aber mit der Zeit sind die Beine vielleicht doch wacklig geworden.«
»Der Tisch ist ganz neu!«
Lucia mischte sich ein und sagte betont sanft: »Er meint, Rachel, daß jemand absichtlich dem Tischbein einen Stoß gegeben hat, so daß das Mosaik heruntergerutscht ist.«
»Wie kannst du so etwas sagen?« fuhr Elise sie zornig an. »Das ist gemein von dir! Und wie sollte jemand hier hereingekommen sein? Die Tür ist ja immer verschlossen, wenn wir nicht in der Nähe sind.«

Lucia ließ sich nicht beirren. »Ein paar Leute haben Zugang zu dem Schlüssel, nicht wahr? Wir alle, zum Beispiel.«

Wir schauten einander an. Draußen heulte ein Kompressorwagen vorbei. Die elektrische Uhr an der Wand sprang um eine Minute weiter.

Francis stieß die zerbrochenen Stücke ärgerlich mit dem Fuß fort. »Jemand soll sie aufkehren. Ich kann es nicht.« Er ging zur Tür. »Und wenn ich zurückkomme, möchte ich kein einziges Stück mehr davon sehen.«

»Wohin gehst du?«

»Ich rufe in Avignon an und sage dort Bescheid. Und dann fang ich von vorne an.« Er schaute uns wütend an. »Und jeder von euch wird dafür Überstunden machen. Hört ihr, jeder einzelne von euch!«

»Ach, hör doch auf«, sagte Lucia. Als die Tür hinter Francis zuschlug, ging sie zum Fenster und sagte über die Schulter zu mir: »Du warst doch heute nacht im Garten, nicht wahr?«

»Ja.«

»Und du hast natürlich niemand gesehen.«

»Nur Dominick.«

»Der ging gegen zwölf ins Bett. Ich habe ihn von meinem Fenster aus gesehen. Doch du bist noch spazierengegangen, nicht wahr? Unten im Garten?«

Ich sagte ruhig: »Ich bin genau bis zur Werkstatt gekommen. Ich habe sogar probiert, ob die Tür abgeschlossen ist.«

Sie sah mich spöttisch an. »So? Und du hast niemand gesehen oder gehört?«

»Der Tisch kann zu jeder Zeit zwischen gestern abend und heute morgen zusammengebrochen sein«, sagte Elise. »Warum sollte Rachel also jemand gesehen haben?«

»Ich frage ja nur. Schließlich ist es doch naheliegend, nicht? Jemand könnte neidisch gewesen sein, daß Francis mit diesem Mosaik den Wettbewerb gewonnen hat, oder? Neid führt oft zu solchen Reaktionen.«

Elise schrie sie an: »Jetzt hör endlich auf! Das Unglück ist geschehen, und nun hat es keinen Sinn mehr, eine Untersuchung anzustellen. Francis hat eine Entwurfskizze, und nach der kann er arbeiten. Er muß ja nicht alles neu entwerfen.« Sie ging hinaus, um Besen und Kehrichtschaufel zu holen.

Als sie zurückkam, machte sie sich an die Arbeit und kehrte die Mosaikstückchen zusammen. Lucia sagte: »Da Francis nicht hier ist, um mir zu sagen, was ich –«. Doch sie beendete den Satz nicht und schaute auf Elise. Die stand gebückt da und betrachtete etwas, was sie auf dem Boden gefunden hatte.

»Rachel ...« Sie hielt mir auf der Handfläche einen kleinen Gegenstand hin. Doch Lucia war schneller als ich. Sie ging auf Elise zu und beugte sich über ihre Hand. »Das ist doch Rachels Ring. Wo hast du ihn denn gefunden?«

»Unter diesen Steinchen«, sagte Elise und wies mit dem Fuß auf den Boden. Es war ein alter Ring, der sternförmig mit Granaten und Amethysten besetzt war. Tante Solange hatte ihn mir vor einigen Jahren geschenkt. Ich liebte ihn sehr und hatte ihn in der vergangenen Nacht getragen.

Ich nahm ihn in die Hand und wischte langsam den Zementstaub von den Steinen. »Aber ich habe ihn auf meinen Nachttisch gelegt. Ich erinnere mich –«

Elise sah mich mit ihren freundlichen Augen erstaunt an. Lucias Ausdruck war alles andere als freundlich.

»Vielleicht glaubst du nur, daß du ihn dorthin gelegt hast? Vielleicht hast du ihn, als du hereinkamst –«

»Ich bin heute nacht nicht hier hereingekommen.«
»Schon gut, schon gut, wenn du es sagst.«
»Ja, ich sage es.«
Elise kehrte den Rest auf und sagte: »Auf jeden Fall bin ich froh, daß ich ihn gefunden habe. Es wäre schrecklich, wenn du ihn verloren hättest. Du hast ihn doch so gern, nicht, Rachel?«
Ich streifte den Ring über und sagte ratlos: »Aber wie ist er hierhergekommen? Wie konnte er hierherkommen, wenn ich ihn in meinem Zimmer gelassen habe?«
»Na, er wird kaum Flügel bekommen haben«, sagte Lucia.
Ich verließ die Werkstatt.
Francis hatte gerade sein Gespräch mit Avignon beendet, als ich das Haus betrat. Er sagte: »Wir haben Glück! Sie hätten das Mosaik noch gar nicht brauchen können, weil die Halle noch im Bau ist. Also habe ich Zeit genug, ein neues Wandbild zu machen. Vater ist wütend und hat meine mangelnde Sorgfalt, wie er es nennt, verflucht. Und jetzt hat er sich in seinem Studio eingeschlossen, und das Schild ›Bitte nicht stören‹ hängt an der Tür.«
Ich hielt ihm meine Hand entgegen, und der kleine Ring glitzerte in der Sonne. »Elise hat ihn unter den Trümmern gefunden.«
»Dein Ring? Wann hast du ihn denn verloren?«
»Überhaupt nicht«, sagte ich. »Ich habe ihn heute nacht auf meinen Nachttisch gelegt.«
»Wie erklärst du es dir dann –«
»Ich kann es mir eben nicht erklären.«
»Du hast ihn sicher heute morgen mitgenommen, ohne es zu bemerken, und dann irgendwie in der Werkstatt verloren.«
Ich sagte kläglich: »Aber Francis, ich habe das nicht getan, ich weiß es genau.«

»Er kann doch nicht Füße bekommen haben –«
»So etwas Ähnliches hat Lucia auch schon gesagt. Ich glaube, sie denkt, ich habe es getan – ich habe dein Mosaik kaputtgemacht.«
»Meine Güte, das sind doch alles Hirngespinste.« Er fuhr sich heftig mit der Hand durchs Haar, so daß es in die Höhe stand. »Ich glaube, der verdammte Tisch ist zusammengebrochen, und damit hat sich's. Ich bin froh, daß noch Zeit genug ist, um alles nochmal zu machen. Kommst du wieder in die Werkstatt? Ich brauche jetzt jeden. Es müssen Farben gemischt und Glasstücke geschnitten werden.«
»Ich komme ein bißchen später«, sagte ich.
Ich ging über die Veranda in mein Schlafzimmer und betrachtete die bis zum Boden reichenden französischen Fenster. Da sie nachts immer offen standen, konnte leicht jemand hereingekommen sein und den Ring vom Nachttisch geholt haben.
Doch wer, wer hatte sich während der Nacht über die Terrasse geschlichen? Hatte vielleicht mit der Taschenlampe das Zimmer abgeleuchtet, um zu sehen, was er von meinen Sachen zwischen die Trümmer des persischen Mosaiks praktizieren konnte? Wer wußte überhaupt, daß mein Zimmer im Parterre war? Alle unsere Freunde in Issandre, doch die konnte man ausschließen. Die Familie natürlich und – Max.
Hatte Max hier gestanden und mich im Schlaf beobachtet? Weil er mich wegen eines Racheakts haßte, den ich gar nicht begangen hatte?
Der verrückte Gedanke schoß mir durch den Kopf, daß ich selbst dies alles getan haben könnte. Vielleicht hatte der Schock der Nacht von Maladieu dazu geführt, daß ich nachts schlafwandelte? Vielleicht hatte ich das Mosaik zerstört, weil ich Francis im Unterbewußtsein beneidete?

Nein, nein! Selbst der mächtigste, mir unbewußte Trieb hätte mich nicht dazu bringen können, das wußte ich ganz sicher.

Aber zum erstenmal, seit ich als Kind nach Issandre gekommen war, fürchtete ich mich davor, weiter in meinem Zimmer im Parterre zu schlafen.

14

Am Vormittag rief mich mein Vater über das Haustelefon an – ein weiteres sicheres Zeichen dafür, daß er im Studio nicht gestört werden wollte. Gegen Stimmen am Telefon hatte er nichts einzuwenden, doch Menschen, die persönlich bei ihm erschienen, störten seine Konzentration.
»Max hat einige Bücher für mich«, sagte er. »Ich glaube, er hat aber heute morgen mit beruflichen Arbeiten zu tun. Könntest du bitte ins Schloß gehen und alles holen?«
Ich sagte vorsichtig: »Ich werde dafür sorgen, daß sie geholt werden.«
Er merkte nicht, was ich damit sagen wollte. »Gut«, sagte er und legte auf.
Nichts hätte mich dazu bewegen können, ins Schloß zu gehen, und so stand ich neben dem Telefon und dachte darüber nach, wen ich schicken könnte. Wenn Peppina dort erschiene, würde sie wahrscheinlich für eine Landstreicherin gehalten und verjagt werden, bevor sie ein Wort hervorbringen konnte. Auch wollte ich niemand aus der Werkstatt holen, obwohl es ein Auftrag war, den Lucia sicher nur zu gern übernommen hätte. Allerdings wußte ich nicht, ob Sonnengarde immer noch eine so starke Anziehungskraft auf sie hatte oder ob sie nicht inzwischen der Mann dort mehr interessierte. Meines Wissens war sie in der vergangenen Woche dreimal mit Max ausgegangen, und vielleicht hatten sich die beiden noch öfter gesehen. Ich wußte aber, daß Francis wütend würde, wenn ich Lucia von der Arbeit an dem neuen persischen Mosaik fortholte.

So blieb nur Nicki übrig, und der machte Botengänge liebend gerne. Ich rief ihn also und erklärte ihm, was er tun sollte.
Ich räumte gerade im Wohnzimmer auf und fragte mich wieder einmal, weshalb Männer die gelesenen Zeitungen immer auf den Boden werfen mußten und mit Vorliebe Blumenvasen als Aschenbecher benutzten, als das Telefon läutete. Doch bevor ich abheben konnte, hörte das Läuten auf. Vater hatte also den Anruf von seinem Anschluß im Studio beantwortet.
Kurz darauf sah ich, wie er den Fahrweg hinunterging. Ich nahm an, daß er sich eine Arbeitspause gönnte.
Etwas später fiel mir auf, daß Nicki viel zu lange fortblieb. Plötzlich bekam ich Angst. Ich hatte keine Ahnung, was geschehen sein könnte, reagierte aber sehr schnell.
Einer der Wagen war unter den Bäumen abgestellt. Ich rannte hin, startete und jagte den Fahrweg hinunter, vorbei an dem silbrigen Olivenhain, nach Sonnengarde. Als ich am Tor ankam, zögerte ich zunächst, die lange Ulmenallee hinabzufahren.
Doch ich hätte mir keine Gedanken zu machen brauchen.
Hinter dem Tor standen drei Menschen – mein Vater, Nicki und die Gräfin d'Arachenne.
Nicki schlug mit den Fäusten auf den Arm meines Vaters los. Ich parkte den Wagen am Straßenrand, stieg aus und ging durchs Tor.
Als ich näherkam, schauten die drei auf, und ich merkte sofort, daß dicke Luft war. Mein Vater, die dunklen Augenbrauen zornig zusammengezogen, schüttelte Nicki ab, Nicki weinte, und die Gräfin stieß ihren goldenen Stock ungeduldig auf den Boden. Sicher nahm sie ihn nur mit, um die Leute einzuschüchtern, und nicht, weil sie ihn brauchte. Ihr Haar wirkte im Sonnenlicht wie von

Reif überzogen, der Mund war zusammengepreßt, die Mundwinkel herabgezogen.
»Rachel«, rief Nicki und versuchte, zu mir zu rennen.
Mein Vater packte ihn. »O nein, diesmal wirst du nicht bei ihr Schutz suchen!«
»Schutz – wovor?« Ich versuchte, die Gräfin nicht anzusehen, doch sie zwang mich dazu. Sie hob ihre Hand. Ich sah, wie eine schmale Klinge aufblitzte. Der Griff war mit blauen und roten Edelsteinen besetzt.
Erstaunt sagte ich: »Ein Dolch?«
»Ja. Ich benutze ihn als Brieföffner«, sagte sie.
Jetzt erinnerte ich mich, daß ich ihn damals bei ihr gesehen hatte, nachdem sie die Fensterläden aufgemacht hatte.
Ich schaute Nicki erschrocken an. Er stand sehr gerade da, aber er zitterte am ganzen Leib. Seine Hände sahen viel zu groß aus für die kleinen zarten Handgelenke, und seine Haare standen wie die schwarzen Borsten einer Haarbürste in die Höhe.
»Dies«, sagte mein Vater, »lag auf dem Schreibtisch der Gräfin. Und diesen –«, seine Hand packte Nickis Nacken –»diesen Verbrecher habe ich aus der Gosse geholt –«
»Er ist kein –«, begann ich.
»Dieser Verbrecher«, fuhr mein Vater fort, »hat es gestohlen.«
Nicki schaute ängstlich zu mir hoch. »Rachel, ich habe es nicht getan.«
»Halt den Mund!«
»Nein!« Er wand sich geschmeidig aus Vaters Griff und warf sich gegen mich. »Ich habe nichts gestohlen!«
Ich schaute von meinem Vater zur Gräfin. Es war mir unendlich zuwider, mit ihr zu sprechen, aber ich mußte.
»Können Sie mir bitte sagen, welchen Beweis Sie dafür haben, daß er Ihren Brieföffner gestohlen hat?«

Ihr Gesicht war sehr bleich, wie bei einem Menschen, der nie an die Luft kommt. Die dünnen, blaugeäderten Lider schlossen sich über den Augen.

»Ich habe das Kind entdeckt, als es über den Rasen gelaufen ist. Es hatte den Dolch oben in seine Hosen hineingesteckt – offensichtlich, um ihn zu verstecken. Doch ich habe gesehen, wie der Griff geglänzt hat. Als er mich sah, ist er weggerannt, aber mein Gärtner hat ihn gepackt und festgehalten, während ich ins Haus ging und Ihren Vater angerufen habe.«

»Ich – ich bin gelaufen«, sagte Nicki, der schon wieder seinen Schluckauf hatte, »weil der Mann gesagt hat, daß ich hier nichts zu – zu suchen habe.«

»Weil du höllische Angst gehabt hast, bist du gelaufen!«

»Vater, bitte, laß Nicki selbst erzählen, was geschehen ist.«

»Ein Mann hat ihn mir gegeben.«

»Du meinst den Dolch? Welcher Mann?«

»Ich weiß es nicht. Ich – ich hab ihn nicht gesehen.«

»Hat man sowas schon einmal gehört? Ein Mann, den er nicht gesehen hat, gab ihm einen wertvollen Dolch. Das ist ja noch besser als das Märchen vom Christkind!«

Ich beachtete Vaters Sarkasmus nicht, sondern beugte mich zu Nicki hinunter und nahm seine Hände in die meinen. »Sag mir, was geschehen ist – über den Mann, über alles. Ganz langsam. Erzähl es mir.«

»Du hast mir gesagt, daß ich Bücher für Papa holen soll, aber ich konnte nicht zu der Glocke hinaufreichen. Deswegen bin ich einfach um das Haus rumgegangen. Ich wollte sehen, ob da hinten auch eine Tür ist wie bei uns. Und da waren große Glastüren, die offen standen. Und dann rief mich ein Mann. Er hat gesagt: ›Du hast hier nichts zu suchen.‹ Doch ich habe gesagt, daß ich wegen der Bücher gekommen bin. Er hat gefragt: ›Was für Bücher‹? Und ich hab gesagt, daß ich es nicht weiß, einfach Bücher. Und dann hat er gesagt: ›Denk dir das nächstemal eine bessere Lüge aus.‹ Und dann hat er gesagt: ›Ich verzeih' dir, daß du einfach hier eingedrungen bist, doch die Gräfin nicht. Wenn du ein guter Junge bist und schnell wegrennst, dann kannst du eine Gabe mitnehmen. Guck, sie liegt auf dem Schreibtisch. Nimm sie. Den Dolch meine ich.‹ Und ich bin da hineingegangen und hab' ihn geholt, und er hat gesagt: ›Jetzt lauf los.‹ Und das hab ich getan.«

»Wer war denn dieser Mann?«

»Ich – ich weiß es nicht.«

»Aber Nicki! Du hast ihn doch gesehen, er hat ja mit dir gesprochen.«

»Ich hab' es doch gesagt, ich hab' ihn nicht gesehen. Es war furchtbar dunkel in dem Zimmer. Und da war eine Tür zu einem anderen Zimmer, die auf war. Ich glaube, dort war der Mann. Ich meine, direkt hinter der Tür.«

»Höchstwahrscheinlich«, sagte mein Vater bissig.

Ich drang weiter in Nicki: »Und seine Stimme? Nicki, denk nach. Denk nach! Kannst du dich nicht an irgend etwas erinnern, das dir bekannt vorkam – ich meine, was du wiedererkannt hast?«

Er schüttelte kläglich den Kopf. »Er hat gesprochen wie ich, wenn ich die Hand vor den Mund halte, damit es ein bißchen hohl klingt, weißt du?« Er legte die Hand über den Mund und sagte: »So.«

»Danke, nun reicht es mir«, schrie mein Vater. »Auf weitere Beweise deiner großartigen Phantasie können wir verzichten. Du hast den Dolch gestohlen, und ich –«

»Ich habe es nicht getan, Papa –«

»Und von jetzt ab möchte ich von dir nicht mehr so genannt werden. Ein Dieb kann nicht mein Sohn sein. Und du wirst auch nicht länger in meinem Haus bleiben. Die

Polizei weiß, wie man junge Verbrecher behandelt. Die werden dich dort hinstecken, wo du hingehörst.«
»O nein«, rief ich empört und drückte Nicki fest an mich. »Du kannst nicht einfach ein Kind, von dem du annimmst, daß es etwas Unrechtes getan hat, auf die Straße setzen.«
Mein Vater sah mich mit seinen schwarzen Augen so zornig an, daß ich erschrak. Dann wandte er sich an die Gräfin. »Verzeihen Sie, Madame. Wir werden unsere Auseinandersetzung zu Hause fortsetzen.«
Verzeihen? Ich blickte sie an. Sie wirkte sehr verärgert, aber dahinter glaubte ich, eine boshafte Freude an dieser Szene zu entdecken.
»Es gibt doch Männer in Ihrem Haus, Madame«, sagte ich. »Max Lambert oder Ihr Diener Morven. Einer von ihnen könnte mit Nicki gesprochen haben.«
»Mein Diener war zu der Zeit im obersten Stockwerk, und Monsieur Lambert hat in seinem Zimmer gearbeitet. Und keiner von ihnen würde die Frechheit besitzen, ein Kind dazu aufzufordern, meinen kostbaren Dolch mitzunehmen.«
Irgend etwas hielt mich noch zurück. Ich hatte auf einmal eine Idee und eine winzige Hoffnung, daß Nickis Geschichte wahr sein könnte.
»Ich glaube bestimmt«, sagte ich, »daß er wirklich glaubt, jemand habe ihm gesagt, er solle den Dolch von Ihrem Schreibtisch nehmen. Er hat von einer ›Gabe‹ gesprochen, und Kinder gebrauchen dieses Wort nicht, sie sprechen von einem ›Geschenk‹!«
»Das ist auf französisch dasselbe. Oder wollen Sie damit vielleicht sagen, daß das Kind behauptet, die Stimme habe mit ihm englisch gesprochen?«
»Es scheint aber doch so. Hat er englisch gesprochen, Nicki?«

»Ja – aber es war sehr komisch. Wie ich es dir gesagt hab' – ganz hohl.«
Die Spitze des Stockes grub sich in die Erde. Ich hatte das Gefühl, daß sie mich am liebsten geschlagen hätte, nur hätte das nicht zu ihr gepaßt – sie hatte andere Mittel, mich zu verletzen. Mit übertriebener Gelassenheit sagte sie zu meinem Vater: »Nun, Monsieur Helston, es ist Ihre Aufgabe, das herauszubekommen. Doch jetzt muß ich Sie bitten, mich zu verlassen. Ich bin sehr in Eile.«
Mein Vater, der noch nie in seinem Leben vor irgend jemandem den Rücken krumm gemacht hatte, deutete eine unbeholfene Verbeugung an. »Sie können versichert sein, Madame, daß der Junge angemessen bestraft wird. Ich habe ja schon gesagt, daß ich in meinem Hause keinen Verbrecher dulde.«
»Er ist kein . . .«
»Ich fürchte, meine Tochter hat sich in ihrer Zuneigung etwas verrannt. Aber meine Entscheidung wird das nicht beeinflussen.«
»Ich habe mich durchaus nicht verrannt . . .«, begann ich, verstummte aber sofort.
Die Gräfin hatte uns schon den Rücken zugekehrt – wir waren entlassen. Doch als wir schon ein paar Schritte gegangen waren, rief sie uns nach: »Monsieur Helston!«
Mein Vater drehte sich ruckartig um, halb ärgerlich und halb beflissen. »Madame?«
»Ich habe da noch einiges Material für Sie, sehr alte Briefe, die ich entdeckt habe, und dann sind noch die Bücher da, die dieses Kind abholen sollte. Monsieur Lambert wird sie Ihnen bringen.«
Ich hörte, wie Vater erleichtert aufatmete. »Danke, Madame. Ich bin froh, daß Sie mir diese unmögliche Sache nicht persönlich übelnehmen.«

»Ich würde mich damit ins eigene Fleisch schneiden, Monsieur Helston. Sie sind für mich sehr nützlich!«
Noch nie zuvor hatte ich bei meinem Vater Liebedienerei erlebt, und wie ich ihn da stehen sah, wie einen gedemütigten Riesen, stieg blinder Zorn in mir hoch. Das war einfach unerträglich! Ich legte den Arm um Nicki und ging schnell fort. Mein Vater holte uns außerhalb des Tores ein.
Wir fuhren zu gleicher Zeit aufeinander los. Ich sagte: »Ich weiß, daß alles gegen Nicki spricht, ich weiß es ganz genau. Aber wie konntest du das alles vor ihr sagen?«
Mein Vater schrie: »Beinahe wäre alles aus gewesen! Sie hätte mir jederzeit den Auftrag wieder entziehen können, und alles was du tust, ist . . .«
Wir tobten beide, und keiner gab nach.
»Nicht, o bitte, nicht«, jammerte Nicki.
Ich hatte immer noch den Arm um ihn gelegt und machte, als der Olivenhain in Sicht war, eine heftige Schwenkung nach links. Mein Vater schrie hinter mir her: »Hast du vor, den Wagen hier stehenzulassen?«
Ich hatte ihn ganz vergessen. Ich drehte mich um und sah, wie er einstieg, die Tür zuschlug und Gas gab. Wir gingen im Schatten der Olivenbäume weiter.
Ich war bedrückt, denn ich wußte, daß ich keinen Beweis für Nickis Unschuld hatte. Wieder mußte ich an die Frau in Monsieur Briacs Laden denken, die gesagt hatte: »Einmal fängt man eben damit an.«
Nicki machte sich von mir los und lief unter die Bäume. Ich lief hinter ihm her und sah, wie er sich auf den Boden warf. »Bitte, er darf mich nicht wegschicken. Rachel – ich will sterben, wenn er es tut.«
Ich kniete mich neben ihn nieder und zog ihn an mich. »Du vertraust mir doch, nicht?«
»J–Ja.«

Ich hielt ihn von mir weg und nahm sein Gesicht in meine Hände. »Wir sind jetzt ganz unter uns. Vater ist nicht da, deswegen brauchst du auch keine Angst zu haben. Willst du mir die Wahrheit sagen?«

Er schaute mich mit ernsten, tränennassen Augen an.

»Hat dir ein Mann gesagt, daß du den Dolch haben kannst?«

»Ja, Rachel, er hat es gesagt. Er hat es wirklich gesagt.«

Ich lehnte mich gegen einen Baum und starrte in die Zweige.

»Rachel, Papa wird mich doch nicht wegschicken, nicht?«

»Wart einen Augenblick. Laß mich mal nachdenken.«

Ich mußte jetzt versuchen, mich genau daran zu erinnern, was vor ein paar Tagen in Issandre geschehen war. Eine Tafel Schokolade und ein Päckchen Makronen waren in Nickis Korb gefunden worden. Doch der Mann, der ihn beschuldigt hatte, verschwand, nachdem er es Monsieur Briac gesagt hatte. Und auch heute hatte Nicki den Mann nicht gesehen, der ihm gesagt hatte, er solle den Dolch nehmen. War es das Lügengespinst eines Kindes? Oder war es die Wahrheit? Und wenn es die Wahrheit war – was hatte es zu bedeuten, daß sich die Männer beide Male nicht zeigten?

Ich schaute auf Nicki hinunter. Er saß mit gekreuzten Beinen da und sah mich flehend an. Sein mageres Hälschen sah unsagbar rührend aus.

Ich sagte drängend: »Denk mal nach. Hast du in dem Laden von Monsieur Briac jemand gesehen, den du kennst?«

»Nein.«

»Zum Beispiel Monsieur Lambert?«

»Ich glaube nicht. Ich habe zugesehen, wie Monsieur Briac Kaffee gemahlen hat. Ich habe niemand gesehen.«

Er machte eine Pause und sagte dann ängstlich: »Rachel, du bist böse, nicht?«
»Ja, aber nicht mit dir.« Ich war im Augenblick geneigt, ihm seine Geschichte zu glauben.
Als wir nach Hause kamen, nahm ich Nicki mit in die Werkstatt und sagte Elise, daß er bei Vater wieder in Ungnade gefallen sei.
»O Gott, schon wieder!«
»Ich erzähl's dir später. Aber wahrscheinlich wirst du die Geschichte vorher schon von Vater hören. Er ist sehr böse. Bitte, behalt' Nicki bis zum Mittagessen bei dir, ja?«
Ich ging in mein Zimmer und legte mich flach aufs Bett. So konnte ich immer am besten nachdenken.
Vor zwei Wochen hatte mir die Gräfin d'Arachenne gesagt: »Ich werde einen Weg finden, Sie zu strafen. Und werde dafür sorgen, daß diese Strafe Sie schlimmer verletzt als jeder körperliche Schmerz.«
War es nicht möglich, daß alles, was sich seit Maladieu ereignet hatte, für mich eine Strafe sein sollte? War es möglich, daß ich ihr genau in die Hände gespielt hatte, als ich heute morgen Nicki losschickte, um die Bücher zu holen?
Hatten Max und die Gräfin gesehen, wie Nicki aufs Schloß zuging? Hatten sie dann vielleicht schnell beschlossen, dieses Kind, das nicht sehr wach war und noch sehr kindlich, für ihre Zwecke zu mißbrauchen? Dieser Gedanke war abscheulich, doch er ließ mich nicht mehr los.
Nicht einmal die Fensterläden konnten die Schwüle, die über dem Tal hing, abhalten. Ich warf mich ruhelos auf dem Bett herum. Nahmen wir einmal an, ich war der Wahrheit nähergekommen. Nahmen wir es nur einmal an ... Nein, das sind Hirngespinste, halt dich an die

Tatsachen! Also gut. Was waren die Tatsachen? Es waren verschiedene Dinge geschehen, die auch Leute betrafen, die mir nahestanden. Und warum hatte man das alles getan? Weil man mein Familienleben zerstören wollte. Weil man mich verdächtig machen wollte. Rachel setzt sich für einen kleinen Verbrecher ein. Rachel ist eine Opportunistin. Sie hat den Tod eines Mannes verursacht, weil er nichts mehr von ihr wissen wollte, und nun, nur ein paar Wochen später, hat sie sich an einen verheirateten Mann herangemacht, der einmal reich und berühmt werden wird . . . Rachel ist vor Neid vergangen, weil Francis den Mosaikwettbewerb gewonnen hat, und deswegen hat sie das persische Wandbild zerstört.

Max, der uns beobachtete, Max, der alles der alten Frau in ihrem großen, dunklen Zimmer berichtete, Max, der mit unserer ahnungslosen, geselligen Familie sprach. Max, der mit Lucia ausging und sie in Gespräche verwikkelte. Weil er wie viele Männer ihre Schönheit unwiderstehlich fand – oder weil er alles über mich herausbekommen wollte: an wem ich hing, woran ich hing?

Dann, zwischen all diesen verwirrenden und beängstigenden Gedanken, fiel mir ein, daß ich mit meinem Vater noch gar nicht über den Brief an Irene gesprochen hatte. Jetzt, nach dieser Szene im Schloß, war er gewiß nicht in der Stimmung, mich anzuhören.

Ich erhob mich, ging zum Fenster und stieß den Laden auf. In der Werkstatt wurde gearbeitet. Peppina, anzusehen wie ein großer schwarzer Vogel, war im Kräutergarten und beugte sich über das Rosmarinbeet.

Würde mein Vater Nicki wegschicken? Konnte er das überhaupt? Gesetze – englische, französische oder andere – hatten mich nie besonders interessiert, doch nun wurden sie auf einmal sehr wichtig, weil ich Nicki versprochen hatte, daß ich ihn nicht verlassen würde.

Wenn Vater ernst gemeint hatte, was er sagte, könnte ich dann Nicki mit mir nach Paris nehmen und versuchen, bei Tante Solange unterzukommen? Ich wußte, daß sie mich immer gern bei sich hatte. Doch sie kannte Nicki nicht und hatte auch nie den Wunsch geäußert, daß er sie einmal besuchen solle. Ihre schöne Wohnung war nicht für ein kleines Kind geeignet, und auch zu ihrem hochkultivierten Lebensstil und zu ihren Interessen paßte kein Kind.

Oder sollte ich mir irgendwo ein billiges Appartement nehmen? Aber ich hatte ja kein Geld, bis auf das Taschengeld, das ich von Vater bekam. Und womit sollte ich Geld verdienen? Ich verstand nur etwas vom Entwurfzeichnen und vom Mosaikhandwerk. Würde ich mit diesen Kenntnissen Arbeit finden? Oder sollte ich eine Stelle als Haushälterin annehmen? Doch wer würde mich nehmen, zusammen mit Nicki? Mein impulsives Versprechen, ihn nicht zu verlassen, war vielleicht für uns beide gar nicht so vorteilhaft.

Doch hier liegenbleiben konnte ich auch nicht. Ich stand auf und ging zum Schrank, um mir ein anderes Kleid herauszuholen. Als ich es vom Bügel nahm, sah ich den kleinen wildledernen Handkoffer, den Paul mir geschenkt hatte. Ich hatte ihn seit jener Nacht, als ich ihn verstohlen in den Schrank gestellt hatte, nicht mehr angesehen.

Ich nahm das Köfferchen heraus und machte es auf. Das Nachthemd und die hübschen Slipper würde ich nun niemals tragen, und auch den Kamm und die Bürste brauchte ich nicht mehr. Doch vielleicht konnte ich diese Dinge jemandem schenken – einer Freundin zum Beispiel, die sich verheiratete oder Geburtstag hatte. Ich dachte an Elise. Sie würde nie erfahren, woher das Köfferchen kam, doch eines Tages, so dachte ich, freute sie sich gewiß über so hübsche Nachtsachen. Sie und Francis standen sich sehr nahe, und ihr Bruder-Schwester-Verhältnis hatte sich in letzter Zeit so entwickelt, daß es sogar Vater beunruhigte. Elise würde das meergrüne Nachthemd sehr gut stehen. Ich legte es zusammen, tat es zurück in das Köfferchen und ließ das Schloß zuschnappen.

Ich streichelte das weiche Leder. Paul. Die Pariser Erinnerungen waren immer noch schmerzlich, und trotzdem erschien mir alles merkwürdig unwirklich. Es war so, als hätte ich in einem Theaterstück auf der Bühne gestanden, das nur eine Woche lang gegeben und dann abgesetzt worden war.

15

Am Nachmittag mußte ich Dominick vom Bahnhof abholen. Mein Vater war mit dem großen Wagen nach Issandre gefahren, um mit Monsieur Duhamel zu sprechen, seinem Anwalt. Das Essen verlief ungemütlich, denn Nicki war in die Küche verbannt worden und mußte dort mit Peppina essen. Elise stand auf meiner Seite und weigerte sich, daran zu glauben, daß Nicki auch nur das geringste stehlen würde. Francis konnte sich für keine Seite recht entscheiden, und Lucia gab sich von all dem gelangweilt. Mein Vater und ich kannten die Meinung des anderen zu gut und diskutierten deshalb nicht mehr darüber. George hielt sich aus allem heraus. Er schlang seine Langusten in Weißwein hinunter und jammerte über seinen Sonnenbrand an der Schulter.

Ich hatte vor, etwas früher nach Issandre zu fahren, weil ich vor Ankunft des Zuges noch einige Zeitschriften besorgen und ein Kunstbuch abholen wollte, das Madame Geraldine, die Besitzerin der Buchhandlung, für mich bestellt hatte.

Als ich zur Garage ging, um den Mini zu holen, sah ich Max, der gerade einen Sack aus seinem Wagen holte.

Als er mich erblickte, sagte er: »Ich glaube, Francis kann jede Menge farbiges Glas brauchen. Deswegen habe ich für ihn ein bißchen gesammelt.«

Ich bin sonst durchaus nicht unhöflich, aber diesmal ging ich wortlos an ihm vorbei.

Er schleifte den Sack auf den Rasen. »Auf der Rückseite der Kapelle waren einige kaputte Fenster. Sie waren so mit Efeu überwachsen, daß man sie von außen nicht se-

hen konnte. Ich habe sie entdeckt, als ich dort herumgelaufen bin, und habe die Glasstücke aufgesammelt.«
»Mir wäre es lieber, Sie hätten das nicht getan.«
Er ließ den Sack los, so daß die Scherben klirrten.
»Vielleicht denkt Francis anders darüber!«
»Weiß die Gräfin, daß Sie das da hierhergebracht haben?«
»Nein. Aber die Scherben haben ja keinen Zweck mehr für sie.«
»Am besten nehmen Sie das Glas gleich wieder mit. Sonst beschuldigt man vielleicht Nicki oder mich, daß wir es gestohlen haben.«
»Machen Sie sich doch nicht lächerlich!«
Ich kam mir vor ihm wie ein kleines Mädchen vor, und das ärgerte mich noch mehr. »Sie kommen sich wohl sehr überlegen vor, weil Sie Anwalt sind!«
»Manchmal sind Sie sehr kindisch.«
War ich kindisch? Vielleicht. Aber nur deshalb, weil ich so durcheinander war und einfach nicht wußte, wie ich mit meiner Situation fertigwerden sollte. Ich konnte verstehen, daß Kinder, die zu Unrecht bestraft werden, mit den Fäusten losschlagen. Sie sind hilflos, können nicht mit Worten ausdrücken, was sie fühlen – mir ging es genauso. Immer, wenn ich mit Max zusammen war, hatte ich das Gefühl, das Falsche zu sagen oder vielleicht das Richtige auf falsche Weise.
»Also?« fragte Max ungeduldig. »Was soll ich mit dem Zeug machen?«
»Bringen Sie es wieder zurück.«
»Nachdem ich im jahrhundertealten Staub herumgewühlt habe, um die Scherben zusammenzusuchen? Ich verschwende nicht gern meine Zeit. Alles, was man tut, sollte einen Sinn haben.«
»Der Ansicht bin ich allerdings auch.«

Hinter der Hecke waren Schritte zu hören. »Gottlob«, sagte Max, »dort kommt Francis. Vielleicht kann ich mit ihm ein vernünftiges Wort reden.« Er rief ihm zu: »Ich habe altes Farbglas gebracht, das Sie vielleicht brauchen können. Wo soll ich es hinbringen?«
»Donnerwetter, wo haben Sie denn das her?« Francis stellte sich breitbeinig vor den Sack und schaute entzückt hinein.
»Aus der Kapelle.«
»Aber ich dachte, wir sollten es nicht haben?«
»Ach, Max kann Wunder wirken«, sagte ich und ärgerte mich über meinen spöttischen Ton.
Sie nahmen keine Notiz von mir. Francis strahlte. »Tausend Dank. Wir arbeiten besonders gern mit farbigem Glas. Ich bringe es hinüber in die Werkstatt.«
Während ich den Mini holte, sagte ich mir, daß es wegen dieser Glasscherben wohl keine Schwierigkeiten geben konnte. Max hatte ganz offen gesagt, woher sie stammten, und dann hatte sie ja Francis angenommen, nicht ich. Wie mißtrauisch und verängstigt ich schon geworden war! Hinter jeder freundschaftlichen Geste witterte ich bereits böse Absichten.
Es war Markttag. Ich reihte mich in den dichten Verkehr nach Issandre ein. Am Bahnhof fand ich einen schattigen Parkplatz. Ich beobachtete die Leute, wie sie Körbe voll Erdbeeren, fette Gänse und Hühner zum Markt brachten. Ein mit uns befreundeter Maler kam vorbei. Im Lauf der Jahrhunderte haben die Künstler der Provence unerhörte Fähigkeiten im Aufeinanderstapeln von Bildern entwikkelt. Ich beugte mich aus dem Fenster und wollte Victor sagen, daß er mitfahren könne. Doch als er zu mir herübersah, brachte ich ein mattes Winken fertig. Hinterher kam ich mir furchtbar schäbig vor.
Aber ich war einfach zu nervös, als daß ich jetzt irgend

etwas Belangloses hätte reden können. Immerzu mußte ich daran denken, daß Vater jetzt mit Monsieur Duhamel zusammensaß und eine Entscheidung traf, die nicht nur für Nicki, sondern auch für mich das Ende unseres Lebens in der Villa Daphnis bedeuten konnte.

Ich vermied es, die Leute genau anzusehen, denn es hätte immerhin sein können, daß ein Nachbar darunter war, den man unbedingt hätte mitnehmen müssen. Statt dessen starrte ich in die Wolken, die vom Mistral über den Himmel gejagt wurden.

Darüber bemerkte ich zunächst gar nicht, daß der Zug bereits eingelaufen war. Nun beobachtete ich den Ausgang.

Da war auch schon Dominick. Er ging rasch durch die Sperre und kam auf mich zu. Sein helles Haar war von der Sonne gebleicht, die Haut jedoch nur leicht gebräunt. Er hatte viel zu oft im Wohnzimmer am Klavier gesessen, während ich in der Nähe arbeitete.

Er setzte sich neben mich und warf seine dicke Aktenmappe auf den Rücksitz. »Ich mußte sie in Avignon kaufen, um ein paar Partituren unterzubringen, die Brunton mir aufgezwungen hat«, sagte er mit einem tiefen Seufzer. »Wie wunderbar – ich meine, wieder hier zu sein.«

»War Brunton zufrieden mit dem Konzert in Avignon?«

»O ja. Und er hat viel zuviele Pläne für weitere Konzerte!«

Als wir aus Issandre heraus und auf der Landstraße waren, beschäftigte mich die Frage, was Monsieur Duhamel wohl meinem Vater geraten hatte, noch immer so stark, daß ich ziemlich einsilbig war. Meine Geistesabwesenheit war so offensichtlich, daß Dominick als wir in den schmalen Abkürzungsweg zur Villa einbogen, mir befahl: »Nun halten Sie bitte mal und sagen Sie mir endlich, was los ist.«

Ich ließ den Wagen unter einem Baum ausrollen. Anstatt ihm aber mein Herz auszuschütten, fragte ich nur: »Haben Sie Irene gesehen?«

»Das ist es also!«

»Nicht nur«, sagte ich. »Aber bitte, erzählen Sie.« Er sagte zögernd: »Ich wünschte, wir müßten nicht über sie sprechen.« Er blickte mich kurz an. Mein Ausdruck muß sehr entschlossen gewesen sein, denn er sagte: »Also gut. Sie war mit Brunton dort im Hotel, als ich ankam. Er wußte, daß ich Irene verlassen hatte, war aber wohl der Ansicht, es sei besser, so zu tun, als wäre alles in bester Ordnung. Er hat geschäftlich viel von ihrem Vater profitiert, und Sie wissen ja, welche Rolle Geld und Einfluß spielen. Irene hat sich benommen wie eine besorgte Ehefrau, schien ganz aufgeregt über die geplante Amerikatournee und hat für mich Pläne gemacht. Mein Gott, war das schrecklich! Und noch schlimmer war es, als Brunton dann wegging. Dann ließ sie sofort die Maske fallen, und wir hatten den schönsten Krach miteinander.«

Ich sah, wie ein Vogel auf ein Feld hinabstieß. »Und dann?«

Er machte eine kleine Pause. »Warum sollte dann noch etwas gewesen sein?«

Ich sagte müde: »Weil noch etwas gewesen ist, nicht wahr?«

»Also gut. Ja, es war noch etwas. Sie hat Sie erwähnt. Sie hat darüber gelacht. Sie – ach, lassen wir das doch.«

»Sprechen Sie weiter – bitte. Sonst muß ich versuchen, es zu erraten.«

»Sie hat mich an den Brief erinnert. Sie hat gesagt: ›Du wirst dich in etwas verrennen, und am Ende muß ich dich wieder retten.‹ Sie hat pausenlos auf mich eingeredet, bis ich nicht mehr konnte. Ich habe sie geschlagen. Rachel, zum erstenmal in meinem Leben habe ich eine Frau ge-

schlagen. Sie war noch nicht einmal böse, eher erschrokken. Aber es war schrecklich. Sie hat gesagt . . .«
»Was hat sie gesagt?«
»›Du bist noch nie gewalttätig gewesen. Das hat nur sie fertiggebracht. Das ist ihr Einfluß. Im Brief stand, daß sie . . .‹«
»Los, weiter, weiter!«
»›Daß sie böse ist.‹«
Ich sagte scharf: »Das hätten Sie mir nicht zu sagen brauchen.«
»Es tut mir leid, aber Sie haben danach gefragt.« Dann sagte er beschwichtigend: »Rachel – da es nicht wahr ist, spielt es doch auch keine Rolle.«
Es war nicht wahr, aber eine Rolle spielte es doch. Ich saß hinter dem Steuer und starrte in die lichterfüllte Landschaft. »Hat sie Ihnen den Brief gezeigt?«
»Nein.«
»Dann wissen Sie also nicht, ob – was oben in Maladieu geschah – über Pauls Tod. Ich meine – war das darin erwähnt?«
»Was meinen Sie? Was soll darin erwähnt worden sein? Ich verstehe nicht.«
Er sah so verwundert aus, daß ich wußte, er sagte die Wahrheit. Von dem Inhalt des Briefes schien er wirklich nicht viel zu wissen.
»Rachel, was ist dort oben geschehen?«
»Es hat nichts auf sich«, beruhigte ich ihn. Ich hatte keine Lust, weiter darüber zu sprechen. Statt dessen sagte ich: »Es sind zwei Dinge geschehen, während Sie fort waren. Das persische Wandbild von Francis ist zerstört worden, und Nicki wurde beschuldigt, etwas gestohlen zu haben.«
Er sagte bestürzt: »Bitte, erzählen Sie mir alles«, und griff nach meiner Hand. Seine Finger, die die meinen

umschlossen, wirkten wunderbar beruhigend. Ich saß ganz ruhig da und begann zu erzählen.
Als ich fertig war, sagte er: »Aber das glauben Sie doch nicht – das mit Nicki, meine ich.«
»Nein.«
»Ich glaube es auch nicht.«
Er legte zögernd den Arm um mich, und ich empfand es als sehr tröstlich. Daß ich mich über ihn geärgert hatte, war vergessen. Plötzlich begann ich zu weinen.
»O Rachel.«
Ich lehnte den Kopf an seine Schulter und schluchzte fassungslos. Mit tränenerstickter Stimme hörte ich mich sagen: »Es tut mir leid, es tut mir sehr leid. Es ist gar nicht meine Art, zu weinen.«
Er hielt mich fest und schwieg.
Als ich das letztemal geweint hatte, stand ich an der Brücke in Avignon. Ich erschauerte, und Dominick drückte mich noch fester an sich.
Die Erleichterung darüber, daß ich noch fähig war, mich gehenzulassen, war so stark, daß ich mich an ihn schmiegte. Mein Kummer nahm mich so vollständig in Anspruch, daß ich gar nicht daran dachte, er könnte das mißverstehen. Doch ehe ich mich's versah, bedeckte er mein Gesicht mit kleinen, scheuen, verwirrten Küssen.
»Was soll ich denn tun?« fragte ich immer noch recht kläglich. »Ich hätte Nicki wahrscheinlich nicht versprechen dürfen, ihn nicht zu verlassen. Doch ich hab's nun mal getan. Und wenn Vater ihn wegschickt –«
»Nicki kann mit uns kommen.«
Ich hob den Kopf und schaute ihn verdutzt an. »Mit uns? Mit Ihnen und mir? Aber –«
»Das ist die einzige Lösung – wenn Sie dem Jungen ein Versprechen gegeben haben, das Sie halten wollen. Ich weiß nicht, wie Sie sonst allein durchkommen wollen.«

»Ich auch nicht. Aber das ist meine Angelegenheit. Irgendwo werde ich schon Arbeit finden. In Paris oder mehr hier in der Nähe, vielleicht in Orléans.

»Und wer kümmert sich um Nicki, während Sie arbeiten?«

»Da muß ich eben eine Möglichkeit finden. So schwer kann das doch nicht sein.«

»Sie wissen ganz genau, daß das sehr schwer ist«, sagte er ärgerlich.

Ich rückte von ihm ab. »Machen Sie doch nicht alles noch komplizierter.«

»Wenn Sie vernünftig wären, würden Sie einsehen, daß ich versuche, Ihnen alles leichter zu machen. Sie lieben mich nicht. Ich habe Ihnen gesagt, daß ich das verstehe. Mir genügt das, was Sie mir geben können.« Dann sagte er in weniger sachlichem Ton: »Verstehen Sie denn nicht? Es sind zwei da, die Sie brauchen!«

Jetzt vertauschten wir die Rollen. Es war Dominick, der seinen Kopf gegen meine Schulter lehnte. Er rieb sich an meinem Hals wie ein kleiner Hund. Ich starrte mit nassen Augen auf die sonnenbeschienenen Felder. Stockend begann ich zu sprechen. »Ich kann Ihnen nichts geben. Auf die Dauer wird Ihnen das nicht genug sein.«

»Sie allein sind schon genug für mich. Rachel, bitte – sind es die Umstände, die Sie stören? Es kann sein, daß Irene sich rächen will und sich lange nicht von mir scheiden läßt. Wenn es das ist –«

»Nein, das ist es nicht.«

»Was dann?«

»Zwei Dinge«, sagte ich. »Erstens denke ich an Irene. Ich glaube, daß sie Sie auf Ihre Weise liebt. Und dann – wir haben beide nichts gemeinsam. Ich bin nicht musikalisch.«

»Dazu könnte ich sagen: Gott sei Dank!«

»Und selbst wenn Irene Sie nicht liebte und ich mich entschließen könnte, mit Ihnen zu leben, würde ich Sie enttäuschen. Ich würde Sie enttäuschen, denn eines Tages – wenn ich nicht auch lernte, Sie zu lieben – würde ich Sie verlassen. Und wenn ich Sie lieben würde . . .«

»Ja?«

Ich holte tief Atem und sagte unumwunden: »Dann würde ich mehr wollen, als Sie mir geben können.«

Er hob den Kopf und schaute mich traurig an. »Bin ich denn so ein Versager?«

Ich legte den Arm um ihn und sagte sanft: »Sie Schaf! Natürlich sind Sie das nicht.«

Ich wünschte, er würde das Thema wechseln, doch er tat es nicht.

»Sie wollen Liebe, nicht wahr, Rachel?«

Mein Gott, was für eine Frage! Ich nahm den Arm weg und schaute auf die Uhr.

»Noch nicht«, sagte er und griff nach meinem Handgelenk. Er sagte sehr zart: »Sie haben Paul geliebt. Dieses Unglück muß furchtbar für Sie gewesen sein, denn es hat Ihnen plötzlich den Boden unter den Füßen weggezogen. Ich weiß, daß ich nur zweite Wahl bin. Aber könnten Sie sich denn nicht mit dem Gedanken befreunden? Sich vorstellen, daß es mit uns beiden klappen könnte?«

Dominick, das merkte ich, verfügte bei all seiner Sanftheit über jene Hartnäckigkeit, die man häufig bei labilen Menschen findet. Das war unter Umständen nicht ungefährlich.

Ich hatte zu lange in die Sonne gestarrt, meine Augen schmerzten. Seine Geduld war rührend. Ich wußte aber, daß ich ihm jetzt die Wahrheit sagen mußte, sonst würde er mir in den nächsten Tagen immer wieder die selben Fragen stellen.

»Sie denken nicht an die Zukunft«, sagte ich so sanft ich

konnte. »Aber ich denke daran. Wenn es nach Ihrem Willen ginge, würden wir eines Tages vielleicht heiraten. Ich weiß nicht, wie Sie in ein paar Jahren zu mir stehen werden. Aber was mit mir geschehen würde, das weiß ich. Eines Tages würde ich aufwachen und das Bedürfnis haben, jeden Spiegel im Haus zu zerschlagen. Ich könnte kein neues Kleid und keinen neuen Hut mehr probieren. Und wissen Sie warum? Ich hätte Angst, zu entdecken, daß ich alt geworden bin und daß ich die ganzen Jahre über nicht wirklich Ihre Frau gewesen bin.«
»Aber mit allem, was Sie tun, schenken Sie doch Liebe!«
Ich sagte etwas ärgerlich: »Verstehen Sie mich denn wirklich nicht?«
»Madame, Monsieur. Ich bringe Knoblauch zum Markt. Schönen Knoblauch. Bitte – möchten Sie welchen haben?«
Dominick und ich drehten uns zugleich um und sahen, wie uns jemand einen Korb unter die Nase hielt. Darüber grinste uns ein kleines, unverschämtes Gesicht an.
»Nein«, sagte ich. »Danke, keinen Knoblauch.«
Der Junge schaute mich an. »*Dommage!* Und es ist so schöner Knoblauch!«
Als er wegging, schüttelte ich mich vor Lachen. Liebe und Knoblauch! Ich drehte mich zu Dominick um. Er sah ernst aus, und mir fiel auf einmal ein, daß ich ihn in den zwei Wochen bei uns kein einziges Mal hatte lachen hören.

Als wir zur Villa kamen und in die Einfahrt einbogen, sah ich, daß Max und Lucia unter einem Nußbaum lagen. Lucia hatte das Gesicht auf die Arme gelegt und blickte ihn von der Seite an. Und Max sah sie ebenfalls an. Ich merkte, daß sie in ihrer eigenen Welt waren, ganz ineinander vertieft, und wurde plötzlich furchtbar wütend.

»Passen Sie auf!«
Dominick hatte mich noch gerade zur rechten Zeit gewarnt. Ich war nur um Zentimeter am linken Seitenpfosten des Tores vorbeigekommen.
Lucia hörte den Wagen und hob ein wenig den Kopf, ließ ihn aber sogleich wieder auf die Arme sinken, als sie merkte, wer gekommen war. Gegen das Blau ihrer Shorts sahen ihre Beine honiggolden aus. Sie hatte die Sandalen abgestreift, und ihre Zehen bewegten sich wohlig und sinnlich. »Sie sehen«, sagte Dominick, als wir an ihnen vorbeifuhren, »sobald die Leute Ihre Familie besser kennenlernen, hält sie nicht einmal der Luxus des Schlosses davon ab, hierherzukommen.
Ich gab ihm keine Antwort, stoppte den Wagen und ließ ihn aussteigen, dann fuhr ich in die Garage. Es war kühl und dunkel, und ich wünschte, ich könnte in dieser Kühle und Dunkelheit einschlafen und würde erst nach hundert Jahren wieder aufwachen und nichts mehr von der Nacht in Maladieu wissen.
Mein Vater kam quer über den Rasen. Augenblicklich hörte ich auf, mich selbst zu bemitleiden. Es gab jetzt Wichtigeres. Ich lief zu ihm und fragte: »Was hat Monsieur Duhamel gesagt?«
»Nicht das, was du dir offenbar gewünscht hast. Ich muß dieses Kind nicht unter meinem Dach behalten. Das französische Recht zwingt niemanden dazu, ein Märtyrer zu sein. Aber –«
»Aber was?«
Er blickte finster über mich hinweg. »Wenn ich zur Polizei gehe und sage, daß ich mit meinem Adoptivkind nicht mehr fertigwerde, wenn ich sage, daß er sich zu einem Verbrecher entwickelt hat, dann kann ich ihn loswerden. Doch da ich bekannt bin, werden die Zeitungen darüber schreiben. Und das will ich nicht. Publicity ja. Aber als

Mann dastehen, der mit einem siebenjährigen Kind nicht fertig wird . . . Nein, verdammt nochmal, das will ich nicht.«

»Also . . . bleibt Nicki.«

»Nein, Nicki bleibt nicht. Duhamel hat mir gesagt, daß es eine Schule in der Nähe von Orléans gibt, eine Art Besserungsanstalt. Dorthin schicken die Leute, die es sich leisten können, ihre schwierigen Kinder, wenn sie nicht wollen, daß sich die Polizei einmischt. Das wird für mich höllisch teuer werden. Aber es ist immerhin eine Lösung. Ein Kind kann dort so lange bleiben, wie man für es zahlt. Und wenn sie keinen anständigen Bürger aus ihm machen können, dann greift die Polizei ein.«

»Und wenn Nicki dorthin geht – für wie lange –«

»Er wird nicht mehr hierher zurückkommen«, sagte Vater bestimmt. »Er wird in der Schule bleiben, bis er alt genug ist, für sich selbst zu sorgen.«

»Wie kannst du ihm nur das antun!«

»Ich gebe gutes Geld für ein Kind aus, das nicht einmal mein eigenes ist. Die Schule kostet einen Haufen. Ich tue, was überhaupt möglich ist. Sonst muß ich ihn den französischen Behörden übergeben. Kein Kind wird aus mir eine Spottfigur machen.«

»Und wenn man in der Schule feststellt, daß er absolut ehrlich ist? Immerhin konnte man ihm nichts nachweisen, und er macht niemals Schwierigkeiten. Vielleicht schicken sie ihn wieder zurück?«

»Das werden sie nicht. Die Schule wird von einem ehemaligen Polizeiinspektor geleitet, von seiner Frau, die früher Gefängniswärterin war, und einem Lehrer. Außerdem ist noch ein Psychiater da. Sie haben alle jahrelange Erfahrung. Meiner Meinung nach sind Charaktereigenschaften angeboren. Aber das werden wir ja sehen.«

»Ich lasse Nicki auf keinen Fall gehen!«
Mein Vater, der der liebenswürdigste Mensch war, wenn alles nach seinem Willen ging, warf mir einen eisigen Blick zu, drehte sich um und sagte im Gehen: »Red keinen solchen Unsinn.«
»Mutter hätte das niemals zugelassen«, schleuderte ich ihm nach.
Er blieb eine Sekunde stehen, drehte sich aber nicht um. Als er weiterging, kam er mir wie ein zorniger Bär vor.
Ich stürzte mich in die Arbeit, um nicht zu viel nachdenken zu müssen, doch es half nichts. Ich mußte mir immerzu vorstellen, was mit Nicki in der Schule passieren würde. Er war ja noch so kindlich und so sehr sensibel – wie sollte er mit all diesen Rowdys dort auskommen, die ihn vielleicht sogar schlagen würden? Je länger ich darüber nachdachte, desto mehr wurde diese Schule für mich zu einer Art Alptraum wie aus einem Dickens-Roman.
Und jetzt hatte ich Vater gegenüber einen Fehler gemacht. Zur Teezeit, als er die Verandastufen heraufkam, ging ich zu ihm.
»Es tut mir leid«, sagte ich. »Ich hätte Mutters Namen nicht erwähnen dürfen.«
Er zuckte die Achseln. »Ach, mit ihr hätte ich sicher die gleichen Schwierigkeiten gehabt . . . Hat Peppina Baisers zum Tee gemacht?« Er setzte sich an den Tisch und sah den leeren Stuhl neben mir. »Ich nehme an, Nicki ißt mit Peppina in der Küche?«
Jemand – ich glaube, es war Elise – sagte: »Ja, Vater. Du hast gesagt, daß er von nun an immer dort essen muß.«
Ich mußte mir noch einmal anhören, wie Vater der übrigen Familie mitteilte, was er mit Nicki vorhatte. Elise war empört und ebenso Francis, doch wir drei kamen gegen Vater nicht auf. Dominick schwieg und beobachtete mich, und George sagte: »Das ist das beste, was geschehen

konnte. Mach einen Mann aus ihm!« Ich hoffte inbrünstig, daß sein Sonnenbrand ihn die ganze Nacht nicht schlafen ließ.
Nachdem ich den Teetisch abgeräumt hatte und wieder in die Veranda zurückkehrte, fand ich Dominick allein vor. Auf dem Tisch lag eine Partitur mit vielen Notizen, die für mich wie Hieroglyphen aussahen. Doch er war nicht damit beschäftigt, sondern schaute, den Kopf in die Hand gestützt, vor sich hin. Als er mich hörte, blickte er auf. Er sah verhärmt aus. Ich legte eine Hand auf die Partitur: »Kommen Sie nicht damit zurecht?«
Er sagte: »Ich habe heute morgen einen Brief von Irene bekommen. Sie besteht darauf, mich bei dieser Oktobertournee zu begleiten. Ich weiß nicht, wie ich sie davon abhalten soll. Denn wenn sie mitkommt, wird es ein Fiasko geben.«
Ich setzte mich ihm gegenüber. »Am besten, Sie fahren gleich nach Paris oder London oder wo sie sonst jetzt ist und sprechen mit ihr.«
»Es gibt nur eins, was sie abhalten könnte.«
»Ja?«
»Sie wissen es doch.« Er hob den Kopf und schaute mir fest in die Augen. »Wenn Sie mitkämen.«
»Das ist unmöglich.«
»Warum denn? Sagen Sie mir doch nur einen vernünftigen Grund!«
Ich beobachtete eine schillernde Fliege die über den Tisch krabbelte. »Ich habe Ihnen schon mehrere Gründe gesagt.«
»Sie haben mir nur gesagt, daß Sie mich nicht lieben. Und ich habe es akzeptiert. Also brauchen wir nicht mehr darüber zu reden.« Er berührte sanft meine Hand. »Ich habe beim Tee gehört, was Ihr Vater mit Nicki vorhat. Das alles ist für Sie sehr schlimm, nicht wahr?«

»Das wissen Sie doch.«
»Dann weiß ich eine Lösung. Kommen Sie mit und leben Sie ein Jahr mit mir zusammen – nur ein Jahr. Und Nicki nehmen Sie mit. Ich werde für Sie beide sorgen. Es wären nur zweiundfünzig Wochen Ihres Lebens!«
Ich sagte bestürzt: »Und dann? Was dann?«
»Wenn Sie nach einem Jahr das Leben mit mir nicht mehr ertragen können, dann lasse ich Sie gehen. Das ist doch ein fairer Vorschlag. Sie haben dann beide eine Atempause. Sie können sich vielleicht auf einen Beruf vorbereiten. Und Nicki – ihn wird es vor dieser Schule bewahren.«
Ich sagte gerührt: »Weshalb sind Sie nur so gut zu mir?«
»Ich bin immer ein Optimist. Ich glaube, daß Sie nach einem Jahr bei mir bleiben, weil Sie mit mir zusammen glücklich sind. Und wenn nicht, dann habe ich Sie wenigstens ein Jahr gehabt.«
Ich schüttelte den Kopf. »Das kann ich nicht tun. Das würde nicht gutgehen.«
Er runzelte die Stirn und starrte auf seine Partitur. »Die Sache ist die, daß Sie hier nicht fort wollen, stimmt's? Sie wollen irgendeinen Kompromiß schließen. Sie kämpfen um Nicki, aber auch um sich selbst. Das hier ist Ihre kleine Welt und an die klammern Sie sich. Ist es nicht so, Rachel?«
»Die Umstände sind so, daß ich bleiben muß.«
»Aber Sie könnten doch fort. Elise kann Sie doch ersetzen. Sie wollen nur nicht weg.«
Ich sagte gereizt: »Woher wollen Sie wissen, was ich will? So gut kennen Sie mich wirklich nicht. Sie haben sich in das Bild verliebt, das Sie sich von mir gemacht haben, das ist alles.«
»Das stimmt nicht«, sagte er gequält. Ich habe hier, in

diesem Haus, fast drei Wochen neben Ihnen gelebt. Da lernt man einen Menschen kennen.«

»Das stimmt überhaupt nicht. Vielleicht verberge ich etwas vor meiner Familie, und Sie haben gar nichts davon gemerkt?«

Ich war nahe daran, mit ihm einen Streit anzufangen und ärgerte mich über mich selbst.

Dominick sagte friedlich: »Also gut, beweisen Sie mir, daß ich unrecht habe. Nehmen Sie Nicki und fahren Sie mit ihm fort. Fort aus Frankreich. Gehen Sie nach England. Hören Sie, Rachel, ich habe in St. Johns Wood eine Wohnung. Ich habe sie damals gemietet, als ich vor Irene geflohen bin. Irene kommt nie dorthin. Wenn Sie Nicki wirklich vor dieser Anstalt bewahren wollen, dann gehen Sie nach London in meine Wohnung. Versuchen Sie, in London einen Job zu bekommen. Da Sie Französisch können, müßte sich doch etwas finden lassen. Die Wohnung wird von einer Frau in Ordnung gehalten – sie könnte sich auch um Nicki kümmern.«

Ich sagte ruhig: »Das ist leider eine ziemlich verrückte Idee. Auch wenn ich mit allem einverstanden wäre – da ist immer noch das Schulproblem. Und wahrscheinlich kann ich Nicki gar nicht ins Ausland mitnehmen, wenn Vater dagegen ist.«

»Auch das wäre kein Hindernis. Sie nehmen einfach das Fährschiff von Calais nach Dover. Gepäck brauchen Sie nicht, neue Kleider kaufen Sie sich in London. Ich gebe Ihnen Geld.«

»Die ganze Sache ist völlig verrückt! Nein, nein, Dominick, es geht einfach nicht!«

Er suchte in seiner Tasche herum. »Hier sind die Schlüssel zu der Wohnung. Es sind zwei da.« Er machte sie von einem Ring los. »Denken Sie erst einmal darüber nach, ehe Sie endgültig nein sagen. Und wenn Sie dann wirklich

nicht wollen, können Sie mir die Schlüssel immer noch zurückgeben. Aber jetzt nehmen Sie sie mit.« Er schob sie mir über den Tisch zu.
Ein Schatten fiel zwischen uns. Ich schaute auf. Lucia war leise auf die Veranda gekommen. Sie setzte sich aufs Geländer und fächelte sich Luft zu mit dem kleinen Elfenbeinfächer, den sie in einem Antiquitätengeschäft in Châteauroux entdeckt hatte. Das Weinlaub warf Schatten auf ihr Gesicht, so daß ihr Lächeln geheimnisvoll wirkte.
Ich deckte schnell die Hand über die Schlüssel, die auf dem Tisch lagen und schob sie in die Tasche. Hoffentlich hatte sie sie nicht gesehen. Wenn aber doch – würde es ihr wohl Spaß machen, es Max zu erzählen?
»Francis ist unmöglich«, sagte sie. »Ich streike jetzt eine Stunde lang. Schließlich habe nicht ich das persische Wandbild kaputtgemacht – warum behandelt er mich dann wie einen Arbeitssklaven?« Sie blickte über den Rand des Fächers zu Dominick hin. »Merkwürdig, daß Sie in der Nacht, als Sie vom Konzert kamen, nichts gesehen haben. Aber Sie sind natürlich nicht in die Nähe der Werkstatt gekommen. Nur Rachel war dort.«
»Das Unglück kann geschehen sein, als wir alle schon geschlafen haben«, gab Dominick zur Antwort.
Er wandte sich zu mir: »Das stimmt doch, oder?«
Ich sagte mit harter Stimme: »Lucia glaubt, daß jemand neidisch auf Francis' Erfolg bei dem Wettbewerb war und das Wandbild absichtlich zerstört hat.«
Sie sprang vom Geländer herunter. »Wir stellen doch untereinander keine Nachforschungen an. Wir sind ja eine so nette Familie. Wir haben nur unseren Verdacht.« Sie strich an uns vorbei und fuhr mit einem Finger über den Tischrand. »Fragen Sie mich bitte nicht, wer es meiner Meinung nach getan hat, denn ich würde es Ihnen nicht

sagen. Ich gehöre ja auch zu der netten Familie. Ich spreche nicht über so etwas.«
Wir saßen schweigend da, bis sie weggegangen war, dann sagte Dominick: »Ich dachte, das Wandbild sei für den Tisch zu schwer gewesen, und er sei deswegen zusammengebrochen?«
Ich sagte heftig: »Das Wandbild, Nickis angeblicher Diebstahl, der Brief an Irene . . . Wenn ich sicher wüßte, was ich vermute, dann hätte ich die Antwort auf alles.«
»Was vermuten Sie denn? Wollen Sie es mir nicht sagen?«
»Nein«, sagte ich. »Aber Sie können eins tun, wenn Sie mir helfen wollen. Sie können versuchen, den Brief zu bekommen, den man Irene geschickt hat. Oder, wenn sie ihn nicht aus der Hand geben will, dann sehen Sie ihn sich genau an, vor allem die Handschrift. Das würde mir sehr viel helfen.«
»Es tut mir leid«, sagte Dominick.« Aber sie hat ihn vernichtet. Sie hat es mir selbst gesagt.«

16

In Issandre war Festtag. Die beiden Musikkapellen marschierten wie jedes Jahr zum Stadtplatz; die eine kam von Norden, die andere von Süden. Vor ihnen gingen Fackelträger und Männer, die Fahnen schwangen. Die Kapelle, die von Norden kam, hatte ein rotes Rentier auf blauem Feld auf ihrer Fahne, die von Süden kommende einen grünen Drachen auf Weiß.

Die Jugend der Stadt folgte ihnen singend und winkend, Burschen und Mädchen hielten sich umschlungen, und einige von ihnen jagten Feuerwerkskörper in die Luft.

In der Mitte des Stadtplatzes stand das Denkmal von Issandres erstem Bürgermeister. Für diese eine Nacht jedoch wurde der dickbäuchige Mann von einem Kran herabgehoben und in einen Lagerraum verbannt. An seine Stelle wurde ein goldener Esel aus Papiermaché gesetzt. Schon einige Tage, bevor das Fest begann, bearbeiteten die Maler das Tier und gaben ihm ein neues goldenes Fell.

Schon als Kinder waren wir jedes Jahr zu dieser *fête* gekommen. Da Vater ein bekannter Schriftsteller war, wurden für uns im Café Chinois immer Tische reserviert, so daß wir einen guten Blick auf die tanzenden Menschen hatten. Und Vater konnte dort von allen gesehen werden, und er konnte sich die Leute herbeiwinken, mit denen er sich unterhalten wollte.

Dies Jahr versuchte ich zum erstenmal, dem Trubel zu entkommen. Ich gab vor, Kopfweh zu haben, zu müde zu sein und zuviel zu tun zu haben. Doch alles Sträuben half

mir nichts, die ganze Familie redete auf mich ein, und so ging ich schließlich mit.
Der Esel stand im Scheinwerferlicht. Seine Ohren glänzten wie lange goldene Pfeilspitzen. Immer wieder kamen Leute und bewarfen ihn mit Blumen. Um seinen Hals hing eine Weingirlande.
»Es wirkt alles so heidnisch«, sagte Dominick.
»Wahrscheinlich ist es auch heidnisch«, sagte ich. »Soviel ich weiß, kennt man die Ursprünge dieses Brauchs gar nicht.«
»Aber wie sie ihn mit Blumen bewerfen – als ob sie ihn verehrten!«
Er nahm das alles so ernst! Ich mußte lachen. »Es ist doch nur ein Spaß«, sagte ich. »Selbst wenn man ihn früher mal verehrt hat – heute bestimmt nicht mehr!«
»Doch, ich tue es«, sagte Lucia. »Er ist aus Gold!«
Um unseren Tisch scharten sich bald die Freunde. Pascal, dem das Café gehörte, zauberte noch weitere Tische herbei und schob sie an die unseren. Wir tranken Kaffee und Cognac, und wir tanzten. Francis entdeckte Ginette Valois, die Tochter des bekanntesten Notars von Issandre, und führte sie zum Tanz.
Mein Vater tanzte nie. Er zog es vor hofzuhalten, und das verstand er glänzend. Lucia, Elise und ich kamen kaum zum Sitzen. Sobald ein Tanz zu Ende war, wurden wir schon zum nächsten fortgeschleppt.
Wie alle anderen sang ich zur Begleitung der Musikkapellen, die abwechselnd aufspielten. Ich wurde von Fremden vom Tisch geholt und drehte mich mit ihnen im Takt der heimischen Volkstänze. Auf einmal hatte ich alles, was mich beschwerte, vergessen, und ich war wieder so fröhlich wie früher. Lachend und erschöpft saß ich schließlich am Tisch und beobachtete das Treiben ringsum. Bunte Feuerwerksraketen schossen in den

Himmel und schwebten als rote, grüne und blaue Sterne wieder herab. Der goldene Esel stand knietief in Blumen.

Die Frau des Lumpensammlers von Issandre wand jedes Jahr Kränze aus wilden Blumen und verkaufte sie bei dem Fest. Vater nahm ihr drei ab und hängte sie uns um den Hals. Meiner war aus Bougainvilleen geflochten, die die Frau sicher von der Mauer einer der Villen abgerissen hatte. Ich berührte die kühlen violetten Blütenblätter.

Dann schaute ich auf und sah Max.

Vater hatte ihn gleichzeitig gesehen, winkte ihn heran und bestand darauf, daß er sich zu uns setzte. Sofort war es mit meiner Fröhlichkeit vorbei. Ich konnte ihn nicht übersehen, denn er saß am runden Tisch neben Lucia, aber ich rückte meinen Stuhl so, daß ich ihn nicht direkt anschauen mußte.

Elise begann eine Unterhaltung mit ihm: »In England gibt es solche Feste nicht, glaube ich.«

»An manchen Orten gibt es sicherlich heute noch ähnliche Bräuche.«

»Aber nicht in London.«

»Nein, dort nicht.«

»Max«, sagte Elise, »Sie haben uns nie erzählt, wo Sie wohnen! Haben Sie ein großes Haus mit einem Garten? Oder wohnen Sie in der Nähe der Westminster Abbey? Gehen Sie zum Gericht und verteidigen Verbrecher?«

Lachend sagte er: »Ich muß auf alle Fragen mit nein antworten. Ich lebe in einer Wohnung im Nordwesten Londons. Sie hat einen Balkon, aber keinen Garten. Ich lebe allein, aber eine Mrs. Strangeways kümmert sich um mich. Sie ist sehr dick, hat leuchtend rote Backen und kocht wie ein Engel. Und als Anwalt habe ich mich auf Gesellschaftsrecht spezialisiert.«

»Sie haben aber lange Urlaub.«
Max lächelte Elise zu, ihre Neugierde amüsierte ihn.
»Ich habe gerade bei einer Firma zu arbeiten aufgehört und trete in ein paar Monaten in eine andere ein.«
Sie gab immer noch keine Ruhe: »Ich frage mich, warum Sie nicht verheiratet sind.«
»Die Frage ist allerdings berechtigt.«
Sie unterhielten sich immer noch, als Bernard, der Bruder von Ginette Valois, mich zum Tanz holte.
Die Menschenmenge schob uns dreimal um den Platz herum. Hin und wieder konnte man ein paar Takte tanzen, dann stieß man gegen die Stämme der Platanen, dann wieder ging man ein paar Schritte – wenn der Lärm so groß war, daß man die Musik nicht hören konnte –, und dann begann man wieder zu tanzen.
Während der vierten Runde, gerade als wir an den Tischen vorbeitanzten, stoppte die Polizei einige Autos, die, versucht hatten, den Platz zu überqueren.
Bernard schüttelte den Kopf. »Wissen die denn nicht, daß sie während der *fête* nicht über den Platz fahren dürfen? Was macht die Polizei – läßt sie sie durch?«
Ich wollte gerade sagen, daß es sich vielleicht um Touristen handelte, die nicht Bescheid wußten, dann stieß ich einen Schrei aus und machte mich von Bernards Arm los.
»Der Wagen dort . . .« Ich kämpfte mich durch das Gewühl der Tanzenden, um zu den wartenden Autos zu kommen. Ich mußte den Mann aus der Nähe sehen, der in einem der Wagen saß! Fieberhaft überlegte ich, was ich ihn fragen wollte.
»Sie haben mich doch oben in Maladieu gesehen, in der Nacht, als das Unglück geschah, erinnern Sie sich? Sie haben gesehen, wie ich den Berg heraufgekommen bin. Ich war noch nicht dort, als Sie schon oben standen, nicht? Danke, danke! Bitte, könnten Sie nur für einen Augen-

blick in eine Seitenstraße fahren? Ich hole nur rasch jemand, dem Sie das erzählen müssen.« Dann würde ich gehen und Max holen.
Doch die Wagen fuhren weiter. Ich stürmte auf die Straße und rannte ihnen nach. Da war er, der zweite Wagen! Los, schnell, bevor die Polizisten sie weiterfahren lassen. Los, schnell!
Ich war an der Ecke des Platzes angekommen und stürzte mich auf den großen Wagen. Ich weiß, daß ich eines der Fenster berührte.
Im gleichen Augenblick kamen ein paar junge Burschen vorbeigerannt, die aufeinander einschlugen. Ich wurde fast zu Boden geschleudert. Eine andere Gruppe, die hinterherkam, fing mich auf. »He, he!« riefen sie, richteten mich auf und lachten.
»Tut mir leid«, sagte ich und riß mich los.
Der Wagen war nun an der Ecke und bog ein. Wieder rannte ich auf die Straße und hinter ihm her.
Ein anderer Wagen hupte, und das Kreischen der Reifen vermengte sich mit der Musik und den Stimmen. Plötzlich wurden meine Handgelenke gepackt.
»Sie verdammte Närrin!« sagte Max und zerrte mich auf den Gehsteig.
»Lassen Sie mich los!«
Er packte noch fester zu.
»Der Wagen, ich muß zu dem Wagen!«
»Die Wagen sind alle fort«, sagte er. »Der Polizist hat sie vom Platz gewiesen.«
»Verdammt«, schrie ich und drehte mich in ohnmächtigem Zorn zu ihm um. »Das haben Sie mit Absicht getan! Sie wollten nicht, daß ich den Wagen anhalte. Sie wollten –«
Er packte mich an den Schultern und schüttelte mich. »Sie kleine Verrückte! Bevor Sie den Wagen hätten stoppen

können, hätte der nächste Sie gestoppt, und zwar für immer! Wenn Sie also nicht lebensmüde sind, müssen Sie mir dankbar sein!«

Mein Zorn legte sich. Ich sagte verzweifelt: »Aber es war derselbe Wagen, den ich in jener Nacht oben in Maladieu gesehen habe –«

»Was sagen Sie da?«

Ich schrie ihn ungeduldig an: »Der Wagen, der dem Mann gehörte, der Paul ins Krankenhaus gebracht hat. Es war derselbe Wagen. Ich habe ihn an der Kühlerfigur wiedererkannt.«

»Aber die gibt's doch überall zu kaufen.«

»Nein, die nicht, sowas Ausgefallenes nicht – ein silbernes Einhorn mit dem Kopf eines Mannes.«

»So, tatsächlich?« Er blickte mit zusammengekniffenen Augen in die Ferne, und ich wußte nicht, was das zu bedeuten hatte. Vielleicht langweilte ich ihn.

Jetzt tat es mir schon wieder leid, daß ich geredet hatte. Diese zusammengekniffenen Augen konnten bedeuten, daß ihm auf einmal etwas eingefallen war. Vielleicht hatte ich ihm einen Wink gegeben und war durch meine Offenheit selbst in die Schlinge gegangen. Mit Max mußte man vorsichtig sein und durfte nicht zuviel sagen – das alles paßte nicht zu meinem Wesen. Doch ich hatte das Bedürfnis, ihm meine Unschuld zu beweisen, ich mußte ihm sagen, daß ich den Wagen unbedingt hatte anhalten müssen, um den Besitzer zu identifizieren. Wegen des Lärms auf dem Platz mußte ich schreien. »Der Mann, der in dem Wagen saß, war vielleicht derselbe, der Paul in Maladieu gefunden hat. Und Sie sind daran schuld, daß ich ihn nicht habe aufhalten können. Er hätte Ihnen sagen können, daß ich erst nach Maladieu gekommen bin, als der Unfall schon geschehen war – und daß ich also gar nichts damit zu tun haben kann.«

»Ich fürchte, auch diese Aussage würde noch nichts beweisen. Sie könnten ja erst weggelaufen und dann wieder umgekehrt sein.«
Ich sagte unfreundlich: »Sie haben wohl auf alles eine Antwort?«
»Ich wünschte weiß Gott, es wäre nicht so.« Er drehte sich um und verschwand unter der Menge.
Diesmal sah ich nach links und rechts, ehe ich die Straße überquerte. Als ich an unseren Tisch zurück kam, sagte Vater: »Bernard hat dich gesucht. Er sagt, du seist mitten im Tanz davongestürzt und verschwunden.«
Der Blütenkranz an meinem Hals war während der Auseinandersetzung mit Max zerdrückt worden. Ich nahm ihn ab und legte ihn auf den Tisch.
Bernard sah mich und kam zu mir her. »Sie waren so schnell weg, als wollten Sie einen Verbrecher jagen«, sagte er lachend.
»Sie müssen entschuldigen, Bernard. Ich dachte, ich hätte in einem der Autos jemand gesehen, den ich kenne. Aber ich habe den Wagen nicht mehr erwischt.«
Er sah mich mit seinen lustigen Augen an. »So, so, Sie sind also von mir weg zu einem anderen Mann gelaufen! Aber ich will Ihnen vergeben. Und jetzt tanzen wir noch einmal. Den Kranz legen Sie sich wieder um, er paßt so gut zu ihrem hellen Kleid.«
Ich legte ihn gehorsam wieder um, und wir tanzten. Doch zum Mitsingen war mir die Lust vergangen. Max sah ich in dieser Nacht nicht mehr.

17

Von meinem Schlafzimmerfenster aus sah ich, daß ein Mann den Fahrweg heraufkam. Ich schloß die Läden. Ich ging aus dem Zimmer und sah, daß Peppina an der Haustür stand. Von dem Mann auf der Schwelle sah ich nur einen dunklen Umriß, weil er die Sonne im Rücken hatte. Dann erkannte ich ihn – es war Morven.
Er übergab Peppina einen Briefumschlag und sagte: »Es ist wichtig, daß sie es gleich bekommt.«
»Ich werde es ihr sofort geben, Monsieur.«
Unsere Haustüre wurde nur nachts geschlossen. Jetzt ließ Peppina sie weit offen und ging eilig durch die Halle. Sie drehte den Briefumschlag um und schaute auf die Rückseite. Dann sah sie mich und sagte: »Es ist eine Nachricht für Lucia – aus dem Schloß. Na, die wird jetzt nicht mehr zu halten sein! Weißt du, wo sie ist?« »Ich werde sie suchen.«
Auch ich sah mir den Umschlag an. Die Handschrift war groß, dünn und zittrig. Auf der Rückseite stand in verschlungenen Buchstaben: »Sonnengarde«.
Peppina zögerte wegzugehen, und ihre Augen glänzten vor Neugierde. »Was will denn die Gräfin von Lucia?«
»Das weiß ich auch nicht.«
»Sicher steckt da Monsieur Lambert dahinter, der kommt doch nicht nur herher, um deinem Vater zu helfen. Es ist wegen Lucia. Schade, schade!«
»Warum schade?«
»Schade um Monsieur Lambert.«
»Du vergeudest deine Gefühle«, sagte ich kurz und verließ sie.

Es war schon beinahe Zeit zum Abendessen und die übliche Arbeitszeit in der Werkstatt längst überschritten. Aber Francis hatte sich selbst einen Termin gesetzt, wann er mit dem persischen Wandbild fertig sein wollte. So umgänglich er war, in manchen Dingen blieb er eigen. Wir wußten das alle und respektierten es.

Ich fand Lucia in der Werkstatt. Sie mischte gerade verdrossen Farbe für die Mosaiksteinchen. Francis benutzte vor allem farbiges Glas für das Wandbild, brauchte aber auch einige lichtundurchlässige Farbtöne für den Hintergrund. Lucia sah aus, als hätte sie ihm am liebsten den ganzen Farbtopf vor die Füße geworfen. Ich ging zu ihrem Arbeitsplatz.

Francis sah mich. »Wenn du sie mir wegnimmst, breche ich dir das Genick! Sie ist heute nachmittag schon zweimal fortgewesen.«

»Ich gebe ihr nur etwas«, sagte ich und legte den Brief auf den Tisch.

Lucia nahm ihn, betrachtete die Schrift, drehte den Umschlag um und sah das Wort auf der Rückseite. Sie riß den Brief eilig auf, und ihre flinken kleinen Finger zitterten vor Aufregung.

Die Mitteilung war kurz. Als sie gelesen hatte, hielt sie mir den Briefbogen entgegen. »Da du so gerne wissen möchtest, was drinnen steht und wer es geschrieben hat, bitte, lies!«

Ich wich einen Schritt zurück. »Es interessiert mich nicht.«

Sie sagte belustigt: »Der Vorname ist Monique. Ob du den Nachnamen erraten kannst?«

Ich gab ihr keine Antwort.

Sie schaute zu Francis hinüber. »Du kannst deine Farben selbst weitermischen.«

Er stürzte sich auf die Farbtöpfe. »Laß das um Himmels

willen nicht so stehen, du dumme Gans, du verdirbst ja alles.«

»Zu schade«, sagte sie betont sanft. »Aber ich habe heute abend eine wichtige Verabredung und muß mich zurechtmachen.« Sie machte eine Pause, um die Wirkung ihrer Worte zu steigern – ganz so, als sei sie wirklich die Tochter meines Vaters. »Ich bin nach Sonnengarde eingeladen worden«, sagte sie.

Lucia kam zum Abendessen in dem rotseidenen Kleid, das Madame Olivette in Issandre nach einem Pariser Modell für sie gearbeitet hatte. Zu Madames Kundinnen gehörten verschiedene Damen aus den großen Villen in Arles und Avignon. Sie hatte bei Balenciaga gearbeitet und hätte ein Vermögen machen können, wenn sie in Paris geblieben wäre. Doch in Issandre lebten ihre Geschwister, Tanten und Cousinen, und deshalb war sie in unsere kleine Stadt zurückgekommen.

Das saphirblaue Rohseidenkleid, das Lucia trug, war ein Meisterwerk. Es betonte ihre vollendete Figur und wirkte trotzdem dezent. Gegen den intensiven Blauton sah ihre Haut wie Samt aus. Zu dem Kleid trug sie Perlen, die meiner Mutter gehört hatten – sie hatte sie von mir geliehen und nie zurückgegeben. Ich nahm mir vor, sie am nächsten Tag zurückzufordern.

Wenn Lucia wollte, konnte sie bezaubernd sein. Ich bemerkte, wie sie die Blicke der Männer während des Essens anzog. Sie verfügte über ungeheuren Charme, verschwendete ihn jedoch niemals an uns. Heute nun hatte sie ihre große Chance. Wir waren nur Teil des Vorspiels vor dem ersten Akt – dann kam ihr großer Auftritt im Schloß. Ich konnte mich noch genau daran erinnern, was sie vor ein paar Jahren gesagt hatte: »Eines Tages werde ich nach Sonnengarde kommen – aber nicht als Touristin.«

Als wir mit dem Essen fertig waren und Elise und ich den Tisch abräumten, sagte Lucia: »Ich werde den großen Wagen nehmen.«
»Das wirst du nicht«, sagte Vater. »Gestern erst hat der Mini eine Beule gekriegt wegen deiner ungeduldigen Fahrerei; wozu brauchst du überhaupt einen Wagen? Die paar Minuten bis zum Schloß kannst du doch auch zu Fuß gehen!«
Sie blickte auf ihre Sandaletten, die nur aus dünnen Riemchen bestanden. »Aber doch nicht mit solchen Schuhen!« George sagte: »Ich würde sie hinfahren, aber mein Wagen ist beim Abschmieren und Ölwechseln.«
Lucia beachtete ihn nicht und ging hinaus. George sagte zu Vater: »Ich könnte sie ja in deinem Wagen fahren.«
»Sie soll ruhig zu Fuß gehen.«
Es war merkwürdig, wie Vater, was Lucia anbetraf, von einem Extrem ins andere fiel. Entweder verwöhnte er sie mehr als uns andere, oder er war übermäßig streng mit ihr. Ich hatte manchmal das Gefühl, er schäme sich deswegen, weil sie sein geheimer Liebling war. Vater war ein Mann, der eine große Schwäche für schöne Frauen hatte.
Nachdem Lucia gegangen war und Elise und ich Peppina beim Abwaschen geholfen hatten, schlugen die Männer vor, daß wir alle zusammen nach Issandre fahren sollten. Ich war die einzige, die zu Hause bleiben wollte.
Dominick sagte sofort: »Dann bleibe ich auch hier!«
»Ich müßte Sie ja doch allein lassen«, sagte ich. »Ich habe eine Menge zu tun – lauter langweilige Dinge: Hausarbeit und Rechnungen bezahlen. Wenn ich rasch damit fertig werde, komme ich nach. Ihr seid doch sicher im ›Chinois‹?«
Vater bejahte, und sie verließen geräuschvoll das Haus.

Kaum waren sie abgefahren, da tat es mir leid, daß ich zu Hause geblieben war. Es konnte sehr amüsant sein, abends in Issandre im Café zu sitzen.
Damit ich mir nicht gar so allein vorkam, schaltete ich im Radio das dritte Programm ein. Jemand spielte Orgel. Die schwermütigen Töne waren nicht dazu angetan, mich aufzuheitern.
Ich arbeitete mich gerade durch den kleinen Stapel von Rechnungen hindurch und schrieb Schecks aus, als das Telefon läutete.
Ich hob den Hörer ab. »Hier Villa Daphnis.«
Eine männliche Stimme sprach in holprigem Englisch und mit einem schauderhaften Akzent. »Eine Frau, sie ist, glaube ich, bei Ihnen angestellt, hat mich gerade angehalten und gefragt, ob ich auf der Straße ein dunkelhaariges Kind gesehen habe. Ich hatte keines gesehen. Aber als ich jetzt am Schloß vorbeikam, hab ich einen kleinen Jungen im Garten gesehen. Ich glaube, dort sind sonst keine Kinder, deswegen habe ich gedacht, es könnte der Junge sein, nach dem Ihr Dienstmädchen gesucht hat.«
»Danke. Aber ich glaube sicher, daß mein Bruder hier ist.«
»Besser, Sie sehen einmal nach.«
»Mit wem spreche ich denn?«
Die Stimme sagte ungeduldig: »Ich habe Ihnen doch schon gesagt, ich bin zufällig Ihrem Dienstmädchen begegnet, und ich bin ziemlich in Eile, aber ich dachte, ich sollte es Ihnen sagen.«
»Vielen Dank, das ist nett von Ihnen, Monsieur.«
Ich legte auf und ging in die Küche.
Peppina war nicht da. Manchmal ging sie abends noch hinauf zur Villa Oisan. Sie und Monsieur Cambés Mädchen Albertine hatten widerstrebend Freundschaft geschlossen, gezwungen sozusagen durch die Macht der

Umstände, weil sie in dieser Gegend die einzigen Frauen im gleichen Alter und mit der gleichen Beschäftigung waren. Doch Peppina hätte niemals Nicki mitgenommen, ohne es mir zu sagen.

Ich lief in den Garten hinaus und rief: »Nicki, Nicki, Nicki.«

Bei jedem Mal wurde meine Stimme lauter, und beim dritten Mal hatte ich ein paar verschlafene Vögel aufgeschreckt.

Ich durchsuchte die Werkstatt und die Gästehütten. Das Studio meines Vaters war verschlossen, und außerdem würde Nicki dort ohnehin nicht hingehen. Er hatte viel zu große Angst vor Vater.

Ich hielt mich nicht lange damit auf, die Haustür zu schließen, sondern lief den Fahrweg hinunter und über die Straße. Die Olivenbäume warfen schwarze Schatten über den Weg, und beim Laufen gerieten mir Steinchen in meine offenen Sandalen.

»Nicki.« Meine Stimme klang schrill durch die stille Nacht. Ich rief, horchte und rief wieder. Aber nur die Stille antwortete mir.

Als ich zum Tor von Sonnengarde kam, ging ich auf dem Gras im Schatten der Ulmen. Das große dunkle Bauwerk wirkte wie die Kulisse eines schaurigen Theaterstücks. Ich hielt an und lauschte wieder, aber es war kein Laut zu hören.

Nun war ich mir sicher, daß Nicki beim Eindringen in den Park erwischt worden war, und daß sie – ich wußte, wer »sie« waren – schon auf mich warteten.

In der Ferne sah ich einen Lichtschein. Ich hielt mich vorsichtig im Schatten und schlich mich ums Haus, bis ich die Terrasse an der südlichen Mauer erreicht hatte. Jetzt sah ich, daß das Licht aus den hohen, offenen Fenstern des Erdgeschosses drang.

Mit dem großen Zeh stieß ich gegen den Fuß einer steinernen Urne, die neben den Terrassenstufen stand. Ich zuckte vor Schmerz zusammen und lehnte mich einen Augenblick gegen einen Pfeiler.
Doch nun hörte ich Stimmen, die aus dem erleuchteten Raum drangen – wessen Stimmen? Der Gräfin? Max? Nicki? Oder Morven? In meiner wilden Angst, daß man mich hören könnte, schlich ich langsam die Stufen hoch und die Terrasse entlang, dabei hielt ich mich dicht an die von Magnolien überwachsene Mauer.
Ich dachte verzweifelt: Es darf nicht Nicki sein, der dort drinnen ist. Alles andere, aber es darf nicht Nicki sein!
Es war nicht Nicki. Ich war jetzt so nahe, daß ich zwischen den dicken, glatten Magnolienblättern hindurchsehen konnte. Ein Kronleuchter und eine Stehlampe erhellten das große Zimmer.
Monique d'Arachenne saß in dem hohen, geschnitzten Lehnsessel. Lucia saß ihr in einem kleineren Sessel gegenüber. Von Nicki konnte ich nichts entdecken. Das war alles, was mich interessierte. Ich atmete tief auf und zog mich vom Fenster zurück. Nun würde ich den Park durchsuchen. Doch bevor ich ganz außer Hörweite war, hörte ich meinen Namen.
Die Gräfin sagte in ihrem steifen, feierlichen Französisch: ». . . Rachel. Sie glauben, daß ich sie nicht kenne, weil ich gerade erst hierhergekommen bin. Doch ich kenne sie, mein Kind, ich kenne sie.« Sie machte eine kleine Pause. »Es ist mir schmerzlich, das zu sagen, doch ich tue es um Ihretwillen.« Wieder machte sie eine Pause. Dann sagte sie: »Ihrer Schwester Rachel ist nicht zu trauen.«
Ich klammerte mich so fest an die Magnolie, daß ich einige Blätter abriß. Ich beugte mich vor und sah ins Zimmer.

Die Faszination die von dieser regungslosen schwarzgekleideten Gestalt mit den blitzenden Brillantohrringen ausging, war außerordentlich. Mann hätte mich jetzt mit Gewalt fortreißen müssen.
Lucias Hände lagen anmutig im Schoß, das Kleid hatte sie wie einen Fächer um sich ausgebreitet. »Aber, Madame ...« Ein höflicher, nichtssagender Protest.
Die Gräfin fuhr fort: »Wir wollen aber nicht weiter über Ihre Schwester sprechen – ich habe Ihnen wichtige Dinge zu sagen.«
Lucia hob kaum merklich ihren Kopf. Ich wußte, daß sie trotz ihrer scheinbaren Ruhe jetzt vor Erregung bebte.
»Sie halten es wohl für merkwürdig, daß ich mich für Sie interessiere, obwohl ich Sie gar nicht kenne? Alte Menschen haben nicht nur Marotten, meine Liebe, sie sind auch weise. Ich lebe zwar abgeschlossen in meiner eigenen Welt, doch ich habe meine Leute, die mich über alles, was draußen geschieht, unterrichten.«
»Max?«
»Er ist an Ihnen interessiert, und ich billige seinen Geschmack. Sie haben Vornehmheit.« Die trockene, pedantische Stimme wurde plötzlich warm. »Und wie ich Schönheit liebe!«
Die Blätter der Magnolie lagen kalt an meinem Hals. Ich mußte weiter lauschen, denn ich hatte die wilde Hoffnung, daß ich nun endlich etwas erfahren könnte, was Licht in das Dunkel brachte. Vielleicht würde ich hören, ob die Gräfin und Max oder nur Max allein mir schaden wollten.
Ich drückte mich noch näher an das Fenster. Die Blätter raschelten, und ich blieb wieder unbeweglich stehen.
»Sie wissen natürlich«, fuhr die Gräfin fort, »daß Paul mein einziger Sohn war. Was Sie jedoch vielleicht nicht

wissen, ist, daß ich meinen Vetter heiratete. Der Name d'Arachenne ist mir also nicht nur durch die Ehe zugefallen, er ist auch der Name meiner eigenen Familie. Unglücklicherweise habe ich jedoch keine Vorliebe für den Zweig der Familie aus der mein Mann stammt. Unser Bankgeschäft bringt uns viel Geld ein, doch ich habe darüber hinaus mein eigenes Vermögen. Nun, da ich meinen Sohn verloren habe, beschloß ich, mein Vermögen aus dem Geschäft meines Mannes herauszunehmen.«
Sie hielt inne, lehnte den Kopf zurück und schloß die Augen halb. »Ich habe vor, Max Lambert zu meinem Erben zu machen. Er war sehr gut zu mir – sehr, sehr gut – und so hilfreich. Trotz unseres strengen französischen Erbrechts weiß ich, daß es einen Weg gibt, um Max zu meinem Erben zu machen – und ich werde diesen Weg gehen.«
Lucia sagte atemlos: »Max – Erbe von all dem . . .« Es gelang ihr nicht, ihre Erregung zu verbergen.
»Sie lieben Geld, nicht wahr? Und alles, was man damit kaufen kann? Doch, sicher tun Sie das. Das spricht ja ganz deutlich aus Ihrem schönen, ehrgeizigen Gesicht. Sie dürfen mir meine Offenheit nicht übelnehmen.« Sie lachte leise. »Es würde Ihnen gefallen, Herrin von Sonnengarde zu werden, nicht wahr?«
Lucia sagte: »Aber ich verstehe nicht –«
Die Gräfin verzichtete auf ihre vornehme Redeweise und sagte leicht gereizt: »Aber ich bitte Sie, spielen Sie mir doch kein Theater vor.«
»Es tut mir leid, Madame, ich verstehe wirklich nicht.«
Wie gut sie versteht, hätte ich am liebsten laut herausgeschrien, ganz genau sogar! Ich zitterte vor Ungeduld, weil ich es nicht erwarten konnte, bis die Gräfin endlich zur Sache kam. An ihrem Finger steckte ein großer Brillantsolitär. Als sie mit der Hand eine weite Bewegung

machte, blitzte er auf. »Dieses Haus wurde viel zu lang von einem erbärmlichen Einsiedler bewohnt, und nun lebe ich alte, leidende Frau hier. Ich möchte, daß nach mir in Sonnengarde wieder Jugend und Leben einzieht. Meine Sache ist es, zu geben, die Ihre, *ma petite*, zu nehmen!«

Lucia rührte sich nicht. Ihre schönen Augen schauten wie gebannt auf das alte Gesicht, das von dem roten Polster umrahmt wurde.

Das weißhaarige Haupt nickte wohlgefällig. »Wir sind von nun an befreundet. Die nahe Verwandtschaft wird das endgültige Band sein. Gefällt Ihnen die Idee?«

Lucia stand auf. Sie wandte langsam den Kopf und blickte um sich – ihr Blick glitt von dem Kronleuchter zu den Gobelins an den Wänden und den prächtigen Möbeln. Sonnengarde! Sie nahm ihre Erbschaft in Besitz.

Ich hatte genug gehört und gesehen und drehte mich um. Mir war unendlich elend. Doch beim nächsten Wort der Gräfin blieb ich wie angewurzelt stehen.

»Und nun muß ich noch einmal von Ihrer Schwester Rachel sprechen. Sie müssen sehr vorsichtig sein ihr gegenüber, *ma petite*.«

Lucia lachte. »Gewiß, Madame, das werde ich.«

»Sie hat meinen Sohn getötet.«

Lucia sagte leise: »Der Unfall – in Maladieu?«

»Wir wollen jetzt nicht davon sprechen. Und Sie dürfen es niemandem sagen, hören Sie? Ich habe meine Gründe dafür, daß diese – diese Machenschaft – nicht öffentlich bekannt wird, und ich möchte mich auch nicht mit Ihnen darüber unterhalten. Ich bitte Sie nur – um Ihrer selbst willen – daß Sie Rachel gegenüber vorsichtig sind. Einst werden Sie besitzen, was sie sich so brennend gewünscht hat, und deswegen würde sie auch Sie vernichten wollen.«

Lucia sagte langsam: »Rachel ... und Paul?«
»Sie müssen einen Weg finden, damit Rachel aus dem Haus verschwindet – und auch aus Ihrem Leben. Verstehen Sie?«
»Vater würde sie niemals gehen lassen.« Lucia hielt inne, dachte einen Moment nach und fügte dann hinzu: »Es sei denn ...«
»Es sei denn was?«
Lucia sagte langsam, als müsse sie erst nachdenken: »Vater hat vor, Nicki in eine Besserungsanstalt zu schicken. Darüber regt Rachel sich sehr auf. Sie hat sogar damit gedroht, das Haus zu verlassen und ihn mitzunehmen. Ich weiß nicht, ob sie das im Ernst gemeint hat. Vielleicht hat sie nur damit gedroht – obwohl sie sehr an ihm hängt.«
»Dann müssen Sie eben zusehen, daß sie ihn mitnimmt. Ich kann Ihnen versichern, Sie haben keine ruhige Stunde mehr, wenn Rachel erst erfährt, daß Sie und Max Sonnengarde erben.«
»Ich bin stärker als Rachel. Ich werde schon mit ihr fertig.«
»Sie verstehen mich immer noch nicht«, sagte die Gräfin ungeduldig. »Ein Mädchen, das einen Mord begangen hat! – Kommen Sie doch mal her zu mir.«
Sie erhob sich von ihrem Sessel und Lucia ging auf sie zu. Die alte Frau legte ihre Hände auf Lucias Schultern und küßte sie auf die Wange. »Sie werden für mich wie eine eigene Tochter sein.«
Lucia sagte sehnsüchtig: »Das wäre wunderbar.«
»Dann hören Sie jetzt gut zu und tun Sie, was ich Ihnen sage – oder Sie werden alles verderben.«
»Ich werde tun, was Sie mir sagen, Madame.«
»Gut – dann sorgen Sie dafür, daß Rachel aus dem Haus kommt – sie muß aus dem Leben Ihrer Familie verschwinden!«

»Wenn ich es kann.«
»Sie können es!«
Einen Augenblick sahen sie sich an. Dann hörte ich, wie Monique d'Arachenne lachte. »Der Preis lohnt sich, nicht wahr, *chérie?*«
»Es ist der Preis, von dem ich immer geträumt habe«, sagte Lucia.

Jemand berührte meine Schulter. Ich drehte mich mit einem unterdrückten Schrei um. Eine Hand legte sich auf meinen Mund.
»Sie wollen sich wohl noch mehr Schwierigkeiten machen, indem Sie hier eindringen und an den Fenstern lauschen?« sagte Max.
Ich wand mich aus seinem Griff. »Wo ist Nicki?«
»Pst!« Er zog mich vom offenen Fenster fort und flüsterte: »Was ist los mit Nicki?«
»Das wissen Sie doch ganz genau. Wo ist er also?«
»Ich hoffe, er schläft und ist in seinem Bett.«
»Warum haben Sie mich dann angerufen und Ihre Stimme verstellt, als seien Sie ein Franzose, der nicht ordentlich Englisch kann?«
»Und was soll ich Ihnen gesagt haben?«
»Daß Nicki hier im Park ist.«
»Wirklich?« Ich konnte sein Gesicht nicht sehen, weil es ganz im Schatten lag. Plötzlich hatte ich Angst vor ihm. Meine Stimme bebte, als ich ihn fragte: »Wo ist Nicki?«
»Woher soll denn ich das wissen? Kommen Sie, hier können wir nicht stehenbleiben.« Er packte mich am Handgelenk und führte mich in den tiefen Schatten der Bäume. »Also, was ist nun eigentlich los!«
Warum sollte ich ihm nicht alles erzählen? Was konnte mir schon noch passieren! Ich hätte nur gewünscht, daß es heller gewesen wäre, damit ich ihn genau beobachten

hätte können. Wenn ich nur nicht so nervös gewesen wäre! Als ich ihm von dem Anruf berichtete, bekam ich vor Aufregung kaum Luft.
Als ich fertig war, schwieg er eine ganze Weile. Ich dachte schon, er würde überhaupt nichts dazu sagen. Doch als er dann zu sprechen anfing, klang seine Stimme ernst. »Ob Sie mir glauben oder nicht – ich habe Sie nicht angerufen.«
»Wer soll es dann getan haben?«
»Woher zum Teufel soll ich das wissen?« Im Mondlicht konnte ich die scharfen Linien in seinem Gesicht erkennen. »Doch eines kann ich mit Bestimmtheit sagen: Nicki ist nicht hier. Ich bin gerade an Ihrem Haus vorbeigekommen, und er war mit Peppina im Garten. Irgend jemand hat einen schlechten Scherz gemacht.«
»Nichts von all dem, was bisher geschehen ist, war ein Scherz!« sagte ich heftig.
»Wie meinen Sie das?«
»Das wissen Sie sehr gut. Und ich nehme an, Sie wissen ebenfalls, daß Lucia bei der Gräfin ist?«
»So?«
Eine Weile herrschte ein unbehagliches Schweigen. Ich fragte mich, wie er reagieren würde, wenn ich sagte: Dort drinnen wird gerade eine Heirat arrangiert! Aber vielleicht wußte er es schon. Zumindest mußte er von der Erbschaft wissen, die Madame la Comtesse ihm zugedacht hatte. Aber als echter Jurist verriet er natürlich nichts. Doch ich wußte zuviel, und das war mein Vorteil. Genaugenommen verfügte ich über die stärkeren Waffen, hatte aber keine Ahnung, wie ich sie einsetzen oder wie ich es anstellen könnte, Max dazu zu zwingen, die Wahrheit zu sagen.
Ich mußte mich wohl bewegt haben, denn plötzlich fiel Licht aus dem Fenster des Schlosses auf mein Gesicht.

Max blickte mich durchdringend an. »Was geht eigentlich in Ihrem Kopf vor? Und was wollten Sie mir vorhin sagen?«
»Ich bin überzeugt, Sie wissen das sehr gut. Und wenn Lucia und Sie . . .« Ich konnte nicht weitersprechen.
»Lucia und ich – was?«
»Gehen Sie doch zu ihr und fragen Sie sie selbst!« rief ich. »Fragen Sie sie doch alle beide!« Ich haßte ihn in diesem Augenblick. Und in ohnmächtiger Verzweiflung und Wut schrie ich ihn an: »Und lassen Sie mich um Gottes willen in Ruhe!«
Er stand jetzt direkt vor mir. Ich hatte keine Möglichkeit, ihm zu entkommen, es sei denn über die Terrasse. Oder jedenfalls redete ich mir das ein. Ich wußte selbst nicht, warum ich nicht einfach nach links oder rechts auswich. Wahrscheinlich wirkten die erleuchteten Fenster wie ein Magnet auf mich. Ich wußte nur, daß ich wieder dorthin mußte, und sei es nur, um mich zu peinigen, wenn ich noch mehr hörte, obwohl ich doch schon genug erfahren hatte.
Ich flüchtete mich auf die Terrasse, und diesmal machte ich keinen Versuch, leise zu sein. Ich blieb vor der offenen Tür stehen.
Die Gräfin war zu ihrem Sessel zurückgekehrt. Auf dem Tisch stand eine offene Schmuckschatulle. Irgend etwas glitzerte rötlich wie Rubine.
Sie sagte: »Wenn Sie morgen kommen wollen, werde ich Ihnen das Schloß zeigen. Es hat eine lange Geschichte.«
»Sie sind so schön«, sagte Lucia versonnen.
»Schön? Was?« Monique d' Arachenne blickte sie fragend an. Dann folgten ihre Augen Lucias Blick. »Ach, Sie meinen die Ohrringe. Nun, Sie bekommen sie zur Hochzeit. Doch Sie müssen sehr geschickt und sehr vorsichtig sein. Wenn Rachel –«

»Wenn Rachel – was?« Ich hörte meine klare, harte Stimme und erschrak selbst darüber. Ich hatte nicht vorgehabt, mich in das Gespräch einzumischen. Doch mein Mut, der mich bei Max verlassen hatte, war zurückgekehrt. Ich trat durch die Fenstertür und stand wie eine Rachegöttin mit weißem, verzerrtem Gesicht auf dem Aubussonteppich.
Die Stimme der Gräfin war wie ein Peitschenhieb. »Mademoiselle, ich habe Sie nicht in mein Haus gebeten.«
»O doch, in gewisser Weise schon. Oder irgendein Mitglied Ihres Hauses hat es getan – mich angerufen und behauptet, daß mein Bruder Nicki in Ihrem Park gesehen worden sei. Sie konnten sich denken, daß ich daraufhin sofort hierherkommen würde.«
»Wenn er im Park ist, werde ich diesmal die Polizei rufen.«
»Er ist nicht hier, und Sie wissen das. Dieser Anruf war ein Trick. Er sollte mich so schnell wie möglich hierherbringen. Weshalb?«
»Es steht Ihnen nicht zu, mir Fragen zu stellen, Mademoiselle. Verlassen Sie das Zimmer!«
Ihr Gesicht hatte alle möglichen Regungen widergespiegelt – Haß, Bosheit, Triumph. Doch keine Überraschung. Sie hatte mich also erwartet, hatte gewußt, daß ich draußen stand und zuhörte.
Erst jetzt bemerkte ich einen großen, reichverzierten Spiegel auf einem Tisch neben der Fenstertür. Er stand so, daß man in ihm einen Teil der Terrasse überblicken konnte.
Eines aber hatte die Gräfin nicht bedacht: Lucia konnte bezeugen, was sie zu mir gesagt hatte. Sie würde gegen die Gräfin aussagen. Madame war in ihre eigene Falle gegangen.

Ich blickte meine Schwester an. »Kommst du mit?« Ihre Hand ruhte auf dem Tisch neben der Schmuckschatulle und sie sagte mit konventioneller Liebenswürdigkeit: »Wenn die Gräfin es wünscht?«

»Ich wünsche es nicht.« Der alte Kopf hob sich, die Augen blitzten mich an. »Doch sicher wird Mademoiselle Helston uns verlassen, bevor ich meinen Diener rufe.«

»Lucia und ich werden beide gehen.«

»Ihre Schwester wird gehen, wenn ich es wünsche.«

»Lucia . . .«

Sie wandte sich von mir ab.

Da ich keine Gewalt anwenden konnte, war nichts zu machen. Es traf mich schwer, als sich dieses junge, schöne Gesicht von mir abwandte: doch ich wollte es mir nicht anmerken lassen.

»Bevor ich gehe«, sagte ich zu der Gräfin, »möchte ich Sie noch darauf hinweisen, daß Verleumdung eine strafbare Handlung darstellt.«

»Versuchen Sie doch, mir das nachzuweisen! Glauben Sie mir, Sie schaden sich nur selbst dabei. Und nun gehen Sie.« Es fröstelte sie heftig. Sie sagte »Und schließen Sie die Terrassentüre hinter sich.«

Ich sagte wütend: »Wie ungemütlich es für Sie in der letzten halben Stunde gewesen sein muß, Madame – die kalte Nachtluft und die vielen Insekten.« Ich wich einem herumschwirrenden Nachtfalter aus. »Ich käme mir sehr jämmerlich vor, wenn ich einen Menschen so haßte, wie Sie mich hassen.«

Sie legte die Hand auf die Stirne. Ihre Stimme verlor die Kraft und wurde die einer alten Frau. »Ich hatte einen Sohn, Mademoiselle. Ihre Wut über seine Sinnesänderung hat ihn mir genommen. Ich habe dem nichts mehr hinzuzufügen.«

Jetzt verlor ich meine Haltung. »Ich habe Paul geliebt.

Und weil ich ihn liebte, bin ich in jener Nacht nach Maladieu gegangen. Den Brief, den er mir geschrieben hatte, bekam ich nicht. Und dann lag Paul tot auf der Straße. Haben Sie denn gar kein Mitgefühl?«
»Nein.«
Ich hatte nichts anderes erwartet und doch war ihre Antwort wie ein Schlag ins Gesicht. Ich hätte gehen sollen. Aber meine Erregung war so groß, daß ich sie völlig außer mir anschrie: »Und da Sie kein Mitgefühl haben, versuchen Sie, meine Schwester gegen mich auszuspielen. Man horcht nicht draußen am Fenster – trotzdem bin ich froh, daß ich es getan habe. Denn nun bin ich gewarnt. Sie würden vor nichts zurückschrecken, um mir zu schaden. Sie haben es ja schon versucht. Nichts von dem, was mir in den letzten Wochen passiert ist, geschah zufällig – nichts! Alles ist von Ihnen arrangiert worden. Aber jetzt weiß ich es wenigstens. Und auch andere wissen Bescheid. Ich kann Sie nicht daran hindern, mich zu hassen. Doch ich werde Sie daran hindern, daß Sie Unfrieden zwischen meiner Familie und mir stiften . . . Lucia!« sagte ich und wandte mich ihr zu. »Um Gottes willen, bitte, laß dich nicht durch leere Versprechungen betören, denn du rennst in dein Unglück. Hör sie nicht an! Sie hat nicht das geringste Interesse an dir. Sie will nichts anderes, als mich damit treffen –«
Monique d'Arachenne blickte mich mit verschleierten Augen an. »Mein Kind, Sie tun mir wirklich leid. Schuldgefühl und Enttäuschung haben Ihnen wohl den Verstand genommen!«
Ich wandte mich noch einmal an Lucia. »Ich muß mit dir sprechen – doch nicht hier.«
Lucia blickte mich gelangweilt an. »Ach, hör doch auf, hier eine Szene zu machen!«
Ich drehte mich um und verließ den Raum. Ich zitterte

am ganzen Leib und mußte aufpassen, daß ich nicht stolperte. Die Luft draußen war warm. Die Frösche hatten mit ihrem abendlichen Quaken begonnen. Es kam mir vor, als ob sie mich verhöhnten. Der Mond stand als schmale, glänzende Sichel am Himmel. Mir liefen die Tränen übers Gesicht – nicht weil mich die Gräfin beleidigt hatte, sondern weil das Mädchen, das dreizehn Jahre lang meine Schwester gewesen war, mich angeblickt hatte, als sei ich eine verhaßte Fremde.

18

Ich lief nach Hause so schnell ich konnte. Ich wollte zu meiner Familie – zu Peppina, Nicki und sogar Vater. Sie sollten bei mir sein, ich brauchte die Gewißheit, daß sie zu mir gehörten.

Peppina saß wie ein schwarzer Schatten auf den Stufen der Veranda. Als sie mich sah, stand sie auf und sagte vorwurfsvoll: »Alle seid ihr weggegangen, und niemand hat es Peppina gesagt. Ich habe dich gesucht. Das Haus ist leer. Und Nicki weint schon wieder.«

»Hast du ihn ins Bett gebracht?«

»Natürlich. Dein Vater hat ihm heute abend noch einmal mit dieser Schule gedroht. Der arme Kleine, er zittert am ganzen Körper. So.« Sie machte mir vor, wie Nicki zitterte. »Ich habe ihm gesagt, daß du mitkommst, wenn er in diese Schule muß. Ich habe gesagt: ›Rachel wird sich um dich kümmern, *mon gars*‹.«

»Entschuldige, daß ich fortgegangen bin, ohne es dir zu sagen, aber ich konnte dich nicht finden.«

»Dann hast du nicht gründlich genug gesucht«, erwiderte sie. »Ich bin mit Nicki im Wald gewesen, weil er dort Cléry gesehen hatte und Angst bekam, sie könnte sich im Dunkeln verirren. Er ist doch noch so ein Kind.« Dann sagte sie versöhnlicher: »Ich mache dir jetzt einen Kaffee.«

»Ja, bitte, den kann ich jetzt wirklich brauchen. Ich komme und hol' mir ihn.«

In der Küche blickte sie mich mit ihren dunklen Augen forschend an. »Du hast wieder geweint, Rachel. Was macht dich denn so unglücklich?«

Ihre Stimme war wieder sanft, denn im Augenblick war ich ihr Kind.

Ich setzte mich in den Schaukelstuhl, der einst meiner Mutter gehört hatte und den Peppina liebte. »Ich sehe keinen Ausweg mehr.«

»Aha! Dann geht es also um Nicki!«

»Zum Teil. Oder vielleicht auch ganz«, sagte ich und begann leicht zu schaukeln. »Wenn ich beweisen könnte, daß er diese Sachen nicht gestohlen hat, dann könnte ich einige andere Dinge auch aufklären.«

»Was denn?«

Ich sagte: »Wer hat Francis' Wandbild zerstört?«

»Das war ein Unglück. Diese Tische, sie sind –« Da ihr das passende Wort nicht einfiel, machte sie eine entsprechende Bewegung mit den Händen, um die Wackligkeit der Tische anzudeuten.

»Sie sind so stabil, daß sie schwere Lasten tragen können«, sagte ich. »Nein, das ist vorsätzlich geschehen. Und all die anderen Dinge auch ...«

Sie fragte scharf: »Welche anderen Dinge?«

Es hatte keinen Sinn, ihr das zu erzählen. »Ach, da sind noch einige merkwürdige Dinge passiert«, sagte ich unbestimmt.

»Erzähl mir davon!«

»Nicht jetzt, nicht jetzt«, sagte ich.

»Du bist unglücklich wegen Nicki – also mußt du etwas dagegen tun.« Sie stützte die Hände auf den Tisch und blickte mich an. »Geh mit Monsieur Dominick fort. Er soll dich beschützen. Er ist ein guter Mensch, und er –«

»Einen Augenblick mal – woher weißt denn du etwas darüber?«

»Das sieht man doch. Und was ich nicht sehe, fühle ich hier«, sagte sie und klopfte auf ihre flache Brust.

»Du hast an der Tür gehorcht.«

»Vielleicht. Doch nur, weil du mir nie etwas erzählst – deswegen muß ich es selbst herausbekommen.«

»O Peppina!« Ich lehnte meinen Kopf gegen das alte grüne Kissen. »Nun – da du schon so viel herausbekommen hast, weißt du vielleicht auch, daß dein Vorschlag mit Dominick sinnlos ist. Ich liebe ihn nicht.«

»Ach – Liebe!« Sie zuckte die Achseln. »Heute liegst du im Arm eines Mannes und sagst ›Wie herrlich, ich habe alles, was mein Herz sich wünscht‹, und eines Tages sagst du ›Ach, ich bin es jetzt leid, seine Hemden zu waschen, ich bin seiner Leidenschaft überdrüssig, ich habe seine ständigen beruflichen Schwierigkeiten satt.‹ Ach – Liebe!«

Peppina war von Natur aus eine Männerverächterin. Ich gab ihr keine Antwort. Sie sagte beharrlich: »Oder vielleicht ist da noch jemand anderes, von dem ich nichts weiß? Sag es Peppina.« Sie lehnte sich an den Herd und schaute auf mich herunter. »Ist es vielleicht Monsieur Lambert?«

»Nein!« sagte ich heftig. Dann fragte ich ruhiger: »Wie um Himmels willen kommst du denn auf den Gedanken?«

»Es wäre für ihn besser, dich zu lieben als Lucia«, sagte sie. »Ich mag ihn – er ist so ruhig und stark.«

»Da irrst du dich. Er ist schwach. Er steht vollkommen unter dem Einfluß der Gräfin.«

»Das glaube ich nicht. Der läßt sich von keiner Frau beeinflussen.«

»O doch, ich weiß es.«

»Du bist jung – du kennst die Menschen noch nicht.«

»Und ob ich sie kenne!« Ich brach ab und machte eine kleine hoffnungslose Geste. Ich habe mich verändert, dachte ich. Früher bin ich immer ruhig geblieben, und nun schreie ich, wenn ich meinen Standpunkt vertrete.

Weshalb nur mußte ich unentwegt mich und meine Meinung verteidigen? Ich war doch keine Verbrecherin! Oh, ganz sicher würde man nicht versuchen, mir mit Gewalt beizukommen. Die Leute im Schloß verfügten über andere Mittel. Peppina blickte nachdenklich in den blankgeputzten Kochtopf, den sie in der Hand hatte. Sie sagte mit betonter Lässigkeit, obwohl sie vor Neugierde platzte: »Es gibt etwas in diesem Haus, das ich nicht verstehe.«

»Ich glaube, wir verstehen es alle nur zu gut. Nicki soll weggeschickt werden.«

Sie schüttelte heftig den Kopf und setzte den Kochtopf nieder. »Nein, nicht nur das. Früher wart ihr alle glücklich, und nun ist das ganze Haus voll Unruhe. Dein Vater und Monsieur George merken es nicht – sie denken nur an das, was sie selbst betrifft und an ihre eigene Bequemlichkeit. Doch alle andern . . .« Sie schüttelte den Kopf. »Gestern habe ich gehört, wie Francis zu Elise gesagt hat: ›Wer kann mich so hassen, daß er mein Wandbild zerstört?‹ Und Elise hat gesagt, daß sie es nicht weiß und ist in Tränen ausgebrochen. Francis hat gesagt: ›Was glaubst du? Wer?‹ Und Elise sagte nur: ›Laß es sein, Francis, laß es sein.‹ Und er hat gesagt: ›Vielleicht weiß ich es.‹ Und darauf hat sie noch mehr geweint. Dann ist er zu ihr gegangen und hat ihr einen Kuß gegeben, und ich habe nichts mehr hören können.« Sie seufzte und rieb ihre dünnen Arme. »Und dann ist Nicki da und du und Monsieur Dominick. Keiner von euch ist mehr glücklich. *Eh bien*, warum? Sag es Peppina!« Sie brachte ihr Gesicht ganz nah an meins. Ich ertrug es nicht, in ihre kleinen, liebevollen Augen zu sehen.

Francis . . . Elise . . . Was hatten sie für geheime Gedanken, die sie einander nicht anvertrauen wollten? Daß Nicki das Wandbild zerstört hatte? Oder daß ich es tat –

aus Neid, weil mein Entwurf für den Wettbewerb keinen Preis bekommen hatte?
Als ich die Küche verließ, rief Peppina hinter mir her: »Es wäre besser, du würdest jetzt Monsieur Max suchen.«
Ich drehte mich erschrocken um.
»Er ist vor einer Weile gekommen und hat nach dir gefragt. Ich habe ihm gesagt, daß ich nicht weiß, wo du bist. Ich glaube, er wartet irgendwo auf dich.«
Max hier im Haus! Mir verschlug es die Sprache. Ich drehte mich wütend um, ging ins Wohnzimmer und machte Licht. Das Zimmer war leer.
Nicki rief aus dem Kinderzimmer.
Ich rannte die Treppe hinauf. Die Tür zu seinem Zimmer stand auf, und die Nachttischlampe brannte. Er saß im Bett, das Haar verwuschelt, und seine Augen waren hellwach. Am Fußende des Bettes stand Max.
Ich fragte verärgert: »Was machen denn Sie hier oben?«
»Ich habe gehört, daß Nicki geweint hat und wollte nachsehen, was los ist.«
»Peppina war ja in der Küche. Warum haben Sie sie nicht geholt? Und was wollen Sie überhaupt hier?«
»Ich wollte Sie sehen.«
Ich hatte das Gefühl, daß meine Beine unter mir nachgaben. Haß und Liebe haben oft dieselbe Wirkung.
»Sie müssen verzeihen«, sagte Max. »Aber ich glaubte, es sei besser, wenn ich mich um Nicki kümmerte.«
Nicki sagte: »Ich wollte nur etwas Saft – ich konnte nicht schlafen.«
»Ach, Nicki, du weißt genau, daß du schlafen kannst. Du bist nur –«
»Papa will mich wegschicken. Rachel, bitte, das darf er nicht tun. Ich will bei dir bleiben. Du hast mir gesagt, daß ich immer bei dir bleiben kann.«

Ich sah Max an. »Sie wissen doch, worum es geht?«
»Ich fürchte, ja.«
Ich sagte zornig: »Ach was – fürchten – Ihnen kann man nicht so schnell Angst machen!« Ich nahm Nicki in den Arm und sagte ungeduldig: »Wollen Sie uns nicht endlich allein lassen?«
»Ich bin gekommen, um Sie zu sehen.«
»Was wollen Sie von mir?«
»Ich wollte noch einmal hören, was Sie mir vorhin im Schloßpark gesagt haben.«
»Die Gräfin wird Ihnen mehr sagen können als ich.« Ich drückte meine Wange in Nickis schwarzes Haar. »Er schläft nicht ein, wenn Sie hier sind.«
Er blickte mich unverwandt an. Wieder hatte ich das Gefühl, meine Beine würden nachgeben. »Ich nehme an«, sagte ich kurz, »daß Lucia auf Sie wartet.«
Zu meiner Verwunderung brach er in lautes Lachen aus. »Also sind Sie doch ein menschliches Wesen!« Er ging um das Bett herum und blieb vor mir stehen. »Sie tun mir unrecht«, sagte er. »Aber allmählich glaube ich, daß wir uns gegenseitig unrecht tun. Der Himmel sei uns gnädig!«
Hätte ich ihm eine Antwort geben wollen, so wäre dazu keine Gelegenheit mehr gewesen. Die Tür schloß sich, und ich war mit Nicki allein.
Ich setzte mich zu ihm aufs Bett und versuchte, ihn zum Schlafen zu bringen. Ich saß ruhig da und hielt seine Hand, doch meine Gedanken jagten sich.
So konnte es nicht weitergehn. Ich mußte Monique d'Arachenne entkommen, sonst würde sie mich vernichten. Und nun gab es noch ein anderes Problem – Max. Ich mußte mich von ihm lösen, mußte mich von den zwiespältigen Gefühlen befreien, die mich überfielen, wenn ich ihn sah.

Dominick hatte gesagt: »Geben Sie mir ein Jahr Zeit. Danach können Sie mich verlassen, wenn Sie es noch wollen.«

Nur dreihundertfünfundsechzig Tage von den Tausenden, die mir wahrscheinlich noch bevorstanden. Für Nicki wäre es die Rettung und für mich eine Zuflucht.

Aus jenen Urgründen, welche die Psychologen das Unbewußte nennen, stieg ein Gedanke hoch. Ich erschrak und stieß ihn zurück. Doch der Gedanke kam wieder, nahm Gestalt an und ließ sich in Worte fassen: Die Liebe existiert zunächst in unserer Vorstellung, dann projezieren wir sie auf den Mann oder die Frau, die am meisten diesem Bild entspricht.

Ich hatte auf einem Brunnenrand im Park von Sonnengarde gesessen, und ein Mann hatte mich trösten wollen – bis er entdeckt hatte, wer ich war.

Im verzweifelten Bemühen, mich selbst zu bewahren, wußte ich, daß ich Max Lambert hassen mußte. Denn wenn ich ihn nicht haßte, dann – müßte ich ihn lieben. Wie konnte man das nur: zur gleichen Zeit hassen und lieben?

Nicki schlief, wer weiß, wie lange schon. Ich blieb sitzen. Doch schließlich verließ ich ihn und ging hinunter in mein Zimmer. Ich setzte mich an meinen Schreibtisch und legte den Kopf auf die Arme.

Als ich jemand vor meiner Türe hörte, fragte ich: »Wer ist da?«

Die Türe öffnete sich, und Lucia kam herein. Sie hielt den Kopf hoch erhoben, und die Perlen meiner Mutter sahen an ihr sehr kostbar aus. Sie hätte wirklich schon Herrin von Sonnengarde sein können.

Sie ging langsam zum Fenster und warf mir über die Schulter hin: »Du hast dich vor der Gräfin sehr lächerlich benommen.«

Ich war erstaunt, daß sie immer noch vermochte, mir wehzutun. Mühsam zwang ich mich zur Ruhe und sagte: »Du solltest nur wissen, daß ich alles gehört habe, was gesprochen wurde.«
»Das muß ja für dich sehr unterhaltsam gewesen sein.«
Ich verlor meine Selbstbeherrschung. »Wie konntest du nur zulassen, daß sie solche Dinge über mich gesagt hat! Wie konntest du nur!«
Lucia drehte sich zu mir um und sagte mit ausdruckslosem Blick: »Welche Dinge?«
»Das weißt du sehr gut! Sie wirft mir vor, Paul getötet zu haben, behauptet ich sei tückisch und rachsüchtig und ich müsse mit allen nur möglichen Mitteln aus Issandre verjagt werden. Lucia, das hast du doch selbst gehört! Du bist Zeugin gewesen.«
Ihre veilchenblauen Augen blickten starr. »Ich weiß überhaupt nicht, wovon du sprichst!«
»Lucia!«
»Du weißt, daß sie mich respektiert – du regst dich immer viel zu sehr über alles auf. Eine solche Szene zu machen wegen Nicki – als ob er zur Familie gehörte!«
»Er gehört ebenso zur Familie, wie Elise, Francis und du!«
»Ach – ich gehöre nicht dazu«, sagte sie. »Ich habe nur hier gelebt, bis ich –«
»Bis du – was?«
»Bis ich zu dem Leben zurückkehren konnte, für das ich geboren bin.«
»Deine größenwahnsinnigen Ideen interessieren mich nicht.«
»Gleiches zu Gleichem«, sagte sie leise. »Aber nun weißt du es ja, Rachel. Du hast ja draußen am Fenster gelauscht. Du hast gehört, daß ich Max heiraten werde.«

Ich sagte kaum hörbar: »Vorausgesetzt, daß er es will.«
»Er will es!« Irgend etwas in meinem Ausdruck schien ihr zu mißfallen, denn sie platzte heraus: »Glaub doch ja nicht, daß Max die ganze Zeit nur aus Sympathie zu einer alten Frau in Sonnengarde geblieben ist – aus Großherzigkeit, Freundlichkeit und wie diese Tugenden alle heißen!«
»Ich glaube das ja auch nicht. Aber ich habe gemeint, daß du es glaubst. Sehr viel Achtung vor ihm scheinst du aber nicht zu haben. Und trotzdem willst du ihn heiraten.«
Sie lachte mir ins Gesicht. Wenn Max seinen berechnenden Plan auf Pappe geschrieben und sich um den Hals gehängt hätte – man könnte nicht genauer darüber Bescheid wissen. Er ist nach Pauls Tod doch nur hiergeblieben, um sich bei einer reichen alten Frau einzuschmeicheln, die in ihren Sohn vergafft war.« Sie warf mir einen verächtlichen Blick zu. »Ist dir das denn nicht klar? Er steht der Gräfin bei, und hinterher kassiert er ab. Das mußt du doch auch gehört haben, als du an der Tür gehorcht hast: Er wird das Vermögen der Gräfin erben.«
Mir wurde fast schlecht bei soviel Zynismus. Ich lehnte mich gegen die Kommode und grub die Fingernägel in die Handflächen, bis sie mich schmerzten.
»Und du, du wagst es wahrhaftig, Max zu heiraten!«
»Ich heirate nicht Max – ich heirate Sonnengarde.« Ihre Stimme bekam einen träumerischen Klang. »Natürlich für einen konventionellen Typ wie dich habe ich einen ganz miesen Charakter. Aber das sage ich dir – niemand hat dieses Schloß jemals so geliebt wie ich es lieben werde.«
»Wenn du nicht auch den Mann liebst, der dir zu diesem Schloß verhilft, könnte die Sache recht jämmerlich ausgehen.«
»Nur Mittelmäßigkeit ist jämmerlich.«

»Hast du überhaupt schon einmal darüber nachgedacht, weshalb die Gräfin das tut? Ist dir denn nicht in den Sinn gekommen, daß sie vielleicht gar nichts für dich übrig hat?«
»Sicher hat sie das nicht. Aber das ist mir gleich. Sie muß irgend jemand ihr Geld hinterlassen, und wahrscheinlich gibt es ihr ein Gefühl von Macht, wenn sie das Leben zweier Menschen arrangieren kann. Sicher sitzt sie jeden Morgen in ihrem riesigen Bett und schmiedet Pläne. Du hast dieses Bett natürlich noch nicht gesehen, aber ich. Es ist ein Museumsstück – aus rotem Brokat und geschnitzten Ebenholz. Sie sagt, daß schon Generationen von d'Arachenne in diesem Bett geboren wurden. Ich werd's allerdings nicht behalten. Sicher könnte ich darin nicht schlafen. Ich will ein Bett aus Schmiedeeisen und eine Decke aus weißem Fuchsfell.« Sie breitete weit die Arme aus. »Die Gräfin gehört einem anderen Zeitalter an. Es gibt noch mehr französische Aristokraten, die so sind wie sie – sie spricht ja auch in dieser altmodischen, gestelzten Weise. Na – wenn ich erst in Sonnengarde bin, dann sorge ich schon dafür, daß die Dienstboten aus ihrem Dornröschenschlaf aufwachen.«
»Lucia, hör mich doch an. Aber so hör doch!«
Sie seufzte und wandte sich vom Spiegel ab, in dem sie ihr schönes Gesicht betrachtet hatte. »Was ist denn nun schon wieder!«
»Monique d'Arachenne ist böse. Soll ich dir sagen, was ich glaube? Nicki hat niemals etwas gestohlen – er ist völlig unschuldig. Sie hat das alles arangiert – sie und noch jemand haben das geplant und ausgeführt, um mich zu bestrafen, weil sie glaubt, daß ich für Pauls Tod verantwortlich bin.«
»Um dich zu bestrafen? Dich schickt man doch nicht in die Besserungsanstalt nach Orléans!«

»Aber ich werde doch mit bestraft, weil sie weiß, wie ich an ihm hänge.«
»Mein Gott, daß du dich wegen diesem diebischen kleinen Gassenjungen so aufregen kannst!«
Ich schlug sie ins Gesicht. Noch niemals hatte ich so etwas getan. Meine Hand schlug einfach zu, noch ehe mir bewußt wurde, was ich da tat.
Sie wich zurück und sagte wütend: »Das werde ich dir nie verzeihen!«
»Das ist mir egal. Ich werde es jederzeit wieder tun, wenn du noch einmal so etwas sagst.« Ich packte sie an beiden Schultern. »Willst du mir nicht endlich glauben? Alles, was hier geschieht, ist Teil eines Plans, um mich zu quälen. Ich bilde mir das nicht etwa ein, ich weiß es. Ich weiß, daß die Gräfin hinter diesen angeblichen Diebstählen steckt, daß es ihre Schuld ist, daß das Wandbild zerbrochen und der Brief an Irene geschrieben wurde –«
»Der Brief?« Sie machte sich aus meinem Griff frei.
»Das weißt du wohl nicht? In dem Brief wurde Dominicks Frau vor mir gewarnt – ohne daß mein Name dabei erwähnt wurde.«
»Und wahrscheinlich war er anonym.«
»Ja.«
»Wie dumm – die Polizei hätte doch feststellen können, von wem er kam.«
»Irene hat den Brief vernichtet.«
Mit blasierter Stimme sagte sie: »Na, da bist du selber dran schuld. Es ist das Dümmste was man tun kann, sich mit einem verheirateten Mann einzulassen.«
»Ich habe mich nicht –« begann ich. Doch dann gab ich es auf. »Was hat das denn für einen Sinn! Ich habe genug davon, ich bin es müde, die Leute immer von der Wahrheit überzeugen zu wollen.«
Sie blickte mich mit einem seltsam forschenden Blick an.

»Vielleicht sehen wir anderen die Wahrheit, und du bist es, die sie nicht sieht – oder nicht will oder kann.« Sie glitt an mir vorbei. Ihr Duft hing wie eine Wolke von Sandelholz im Zimmer. Sie blieb vor dem Nachttisch stehen, und spielte mit einer kleinen Meißner Porzellandose. »Es gibt eine viel einfachere Erklärung für all das. Du bist eifersüchtig. Stimmt's? Gib's ruhig zu: Du bist selbst in Max verliebt.«

Ich lachte, ließ sie in meinem Zimmer stehen und ging nach unten.

Im Garten war es dunkel und still und so weltabgeschieden wie in einem Klostergarten. Es wäre ein wunderbarer Ort zum Nachdenken gewesen – wenn ich nur gewußt hätte, wo ich anfangen sollte.

19

Am Morgen ging mein Vater früh in sein Studio und hängte das Schild »Bitte nicht stören« an die Tür. Das Mittagessen mußte Peppina ihm auf einem Tablett bringen. Am Nachmittag wollte er nach Avignon fahren, um sich mit einem Künstler zu treffen, einem sehr alten Mann, der vor etwa fünfzig Jahren Porträts der Familie d'Arachenne gemalt hatte.
Ich hätte eigentlich wissen müssen, daß es keinen Zweck hatte, mit Vater zu sprechen, wenn er beschäftigt war. Aber ich wartete schon seit dem Frühstück auf eine Gelegenheit, ihn zu sehen, und jetzt konnte ich es einfach nicht noch länger hinausschieben. Ich war entsetzlich nervös.
Als ich zu ihm ins Studio kam, war er gerade dabei, seine Papiere zu ordnen, die er nach Avignon mitnehmen wollte.
»Ich muß mit dir sprechen, Vater.«
»Aber bitte nicht jetzt.«
»Doch, ich muß.«
Er blickte mich stirnrunzelnd an. »Ich bin um fünf Uhr zurück. Du kannst heute abend mit mir sprechen.«
»Bitte, hör mich an. Ich werde alles ganz schnell erzählen.«
»Wenn du mehr Wirtschaftsgeld haben willst . . .«
Der Blick, den ich ihm zuwarf, schien zu genügen. Er fügte leicht beunruhigt hinzu: »Also los, dann fang an. Doch mach es bitte kurz.« Er wischte etwas Zigarettenasche von seinem Hemd und langte nach seinem Mantel.

»Zuerst mußt du mir aber versprechen, daß du dich nicht weigerst zuzuhören, wenn ich Nicki erwähne.«
»Wenn du vorhast, mich zu bitten, meine Meinung zu ändern –« begann er.
»Das werde ich nicht. Nicki ist dabei nur Nebensache.« Ich rückte meinen Stuhl dicht an ihn heran. Wenn er weggehen wollte, bevor ich fertig war, konnte ich ihm den Weg versperren.
Zuerst erinnerte ich ihn an die beiden Diebstähle, deretwegen Nicki verdächtigt worden war. Dann erwähnte ich schnell, ehe er Zeit zu einem Einwand hatte, das zerbrochene Wandbild. »Francis hat mit mir nicht darüber gesprochen, doch ich glaube nicht, daß er es für ein zufälliges Unglück hält.«
»Natürlich war es das. Es war reine Nachlässigkeit, daß er sich nicht vergewissert hat, ob der Tisch auch stabil genug war.«
»Man hat unter den zerbrochenen Mosaiksteinchen meinen Ring gefunden.«
»So?« fragte er zerstreut. »Dann solltest du keinen Schmuck tragen, wenn du in der Werkstatt arbeitest!«
»Ich habe keinen getragen. Ich hatte den Ring auf meinen Frisiertisch gelegt.«
»Du glaubst vielleicht, es getan zu haben. Wirklich, Rachel, was soll es denn bedeuten, wenn dein Ring unter den zerbrochenen Mosaiksteinen gefunden wird?«
»Frag doch Francis, ob er der Ansicht ist, daß es reiner Zufall war!«
»Wenn er etwas anderes dächte, hätte er es mir gesagt. Was willst du überhaupt damit sagen? Er hat das verdammte Bild nicht mit Willen kaputtgemacht.«
»Er könnte aber glauben, daß jemand anderer es getan hat.«

Er blickte mich zweifelnd an. »Wer? Und warum?«
»Aus Neid. Und daher bin ich die einzige Verdächtige.«
Er fingerte an den Papieren auf seinem Schreibtisch herum. »Ich habe noch nie so einen Blödsinn gehört.«
»Und dann«, fuhr ich fort, »war da der anonyme Brief an Dominicks Frau.«
»Welcher Brief?«
»Jemand hat ihr geschrieben, daß Dominick sich mit einem Mädchen abgibt, das nicht gut für ihn ist.«
»Sicher ohne einen Namen zu nennen.«
»So ist es.«
»Warum schaust du mich denn so an, als ob mir ein Licht aufgehen müsse? Mir will das nicht in den Kopf. Dominicks Frau hat einen anonymen Brief bekommen. Was soll ich mir denn daraus zusammenreimen?«
»Ich weiß, daß dieser Brief sich auf mich bezog.«
Er rang die Hände. »Du lieber Himmel! Wo hast du denn deine Überempfindlichkeit her? Sicher nicht von mir oder von deiner Mutter. Um Himmels willen, Mädchen, nimm doch Vernunft an! Ein junger Mann in Dominicks Stellung, mit einer großen Karriere vor sich, mit Begeistertem Publikum und einer in die Brüche gegangenen Ehe muß doch die Frauen in Scharen anziehen, die sich darum reißen, die zweite Mrs. Dominick Rond zu werden.«
Ich sagte verzweifelt: »Ja, begreifst du denn immer noch nicht!«
Er zählte alles, was ich ihm gesagt hatte, an den Fingern auf. »Nicki ist zweimal beim Stehlen erwischt worden – ein Mosaikbild ist zerbrochen – Irene Rond hat einen anonymen Brief bekommen. Wo ist der gemeinsame Nenner?«
»Hier«, sagte ich. »Ich bin es.«
Seine Stimme dröhnte. »Du? Was zum Teufel . . .«

»Bitte, explodier nicht, Vater, sondern hör mich an. Es gibt noch etwas, was mich veranlaßt zu glauben, daß all diese Dinge bewußt arrangiert worden sind, um mir zu schaden.« Dann erzählte ich ihm schnell von dem Gespräch, das ich am letzten Abend auf der Terrasse von Sonnengarde mit angehört hatte.
Er hörte es sich einigermaßen ruhig an, und als ich fertig war, merkte ich, daß er mich sehr besorgt anblickte.
»Jetzt siehst du doch ein, Vater, daß ich –«
»Du hast ein Gespräch mitangehört und nur den Schluß mitbekommen. Du hast eine private Unterhaltung gestört und die Gräfin beschuldigt –«
Das hatte ich ihm noch gar nicht gesagt. Ich starrte ihn an. »Woher weißt du –?«
»Lucia hat es mir im Vertrauen gesagt. Sie war sehr beunruhigt deinetwegen.«
»Sie wird dir kaum alles gesagt haben.«
»Doch – sie hat mir genau gesagt, was geschehen ist.«
»Ich bin davon überzeugt, daß sie es nicht getan hat«, sagte ich heftig, »denn dann wärst du nicht so gelassen.«
»Ich habe keinen Grund, an ihrer Erzählung zu zweifeln. Immerhin ist sie ja von niemand gezwungen worden, es mir zu sagen.«
Ich fragte: »Was hat sie dir denn gesagt?«
»Daß die alte Gräfin Max sehr liebgewonnen hat und Lucia kennenlernen wollte, weil er sich für sie interessiert. Sie hat nach ihr geschickt, und du bist zum Schloß gegangen, um nach Nicki zu suchen, und hast dabei ihr Gespräch mitangehört und etwas völlig Unsinniges hineingelegt.«
Ich hob meine Hand und ließ sie auf den Tisch fallen. »Aha!« sagte ich. »Welch herrlich einfache Erklärung!«
»So ist es. Die Gräfin ist alt und einsam, und sie hat

großes Interesse an Max und Lucia. Alte Leute werden oft sentimental. Sie hofft, daß die beiden heiraten werden.«

»Hofft? Das ist milde ausgedrückt. Sie benutzt Max und Sonnengarde als Bestechung für Lucia, um mir zu schaden. Ich soll aus Issandre verjagt werden. Ich soll –«

»Meine Liebe«, sagte mein Vater mit besorgniserregender Sanftheit, »du hast einen schlimmen Schock erlebt als Paul starb. Ich glaube, ich habe damals gar nicht begriffen, wie sehr es dich getroffen hat. Die übrige Familie hat nichts von deiner Affäre mit Paul gewußt. Ich dachte das Richtige zu tun, indem ich dich dazu überredet habe, nicht davon zu sprechen. Vielleicht war das falsch. Du bist ja von Natur aus mitteilsam, und es hat dir nicht gut getan, dich so zurückhalten zu müssen. Uns allen ist aufgefallen, daß du dich in diesen Tagen merkwürdig verhalten hast.«

Ich schrie ihn wütend und verbittert an: »Wer würde sich denn nicht merkwürdig verhalten, wenn ihm all das geschehen würde, was mir geschehen ist? Vater, kannst du denn nicht begreifen, daß andere Menschen dazu verleitet wurden, mir zu schaden? Ich bin diejenige –«

»Hör jetzt auf!«

»Nein, ich höre nicht auf!« Ich beugte mich über den Schreibtisch und schrie: »Du willst mir einfach nicht zuhören! Warum? Glaubst du, ich bin verrückt?«

Ich erschrak, als ich Vaters Blick sah. Es geschah selten, daß er seelischen Schmerz empfand. »Natürlich bist du nicht verrückt. Ich glaube, daß dieser – dieser Kummer durch den Schock ausgelöst wurde und vorübergehen wird.«

Ich flüsterte entsetzt: »Es ist selten, daß du einen falschen Ausdruck verwendest, Vater. Du meinst nicht ›Kummer‹, du meinst –«

»Bitte, versuch nicht, mir etwas in den Mund zu legen. Ich meine, was ich gesagt habe. Doch ich warne dich, Rachel. Wenn du nicht acht gibst, kann sich das zum Verfolgungswahn entwickeln.«
Ich schoß von meinem Stuhl hoch. »Sag das nicht! Du darfst das nicht sagen!«
Mein Kopf dröhnte, und ich spürte tausend Nadelstiche auf der Haut.
Er stand auf, kam zu mir und legte mir beide Hände auf die Schultern. »Ich werde sehen, daß Courcelle sich um dich kümmert. Er ist einer der führenden Spezialisten in Avignon und –«
»Ich brauche keinen Arzt!«
»Es ist mir gleich, ob du einen willst oder nicht. Es muß etwas geschehen, zu deinem Besten«, sagte er freundlich. »Ich kann nicht zulassen, daß meine eigene Tocher einen Nervenzusammenbruch bekommt.«
Ich sagte traurig: »Du tust alles, um diesen Nervenzusammenbruch herbeizuführen.«
»Das tue ich nicht. Und wenn du wieder ganz die alte bist, wirst du das auch einsehen. Vielleicht brauchst du nur eine kurze Behandlung.«
»Ich lege mich nicht auf die Couch eine Psychoanalytikers.«
Er sagte beschwichtigend: »Ich habe dir schon erklärt, daß du zu empfindlich bist. Daher ist alles so gekommen. Du bist in diesen Zustand geraten, weil eine alte, kränkliche Frau Drohungen gegen dich ausgesprochen hat, nachdem ihr Sohn getötet wurde. Wir alle tun in unserem Gram törichte Dinge. Kannst du dich nicht mehr daran erinnern, wie ich mich tagelang eingeschlossen habe, als Mutter starb, und eine Flasche nach der andern geleert habe? Doch ich bin damit fertiggeworden. Die alte Gräfin hat diese Drohungen als Ventil gebraucht. Du hingegen

hast alles hinuntergeschluckt und einen Korken daraufgesetzt. Das ist so gefährlich, als würde man einen Vulkan verschließen.« Er legte den Arm um mich und blickte ungeduldig auf die Uhr. »Ich muß jetzt gehen, sonst komme ich zu spät zu meiner Verabredung. Heute abend können wir aber weiter darüber sprechen. Mach dir keine Sorgen. Du wirst dich jetzt sicher schon besser fühlen, weil du dich ausgesprochen hast.«
Er ging auf die Türe zu. Als er sie öffnete, sagte er über die Schulter: »Wenn Max kommt, dann sag ihm, daß ich nach Avignon gefahren bin und laß ihn in mein Studio. Er kann hier vielleicht etwas für mich tun – zum Beispiel dort den Haufen Notizen aussortieren. Und frag ihn, ob er zum Essen bleiben will.«
Zum Glück hörte er nicht mehr, wie ich laut auflachte. Er hätte es sonst als Beweis dafür angesehen, daß ich nicht mehr ganz normal war. Ich ließ mich auf seinen Sessel fallen, legte mein Gesicht auf einen kühlen Papierstoß und lachte und weinte, bis ich völlig erschöpft war.
In der Ferne hörte ich jemand nach mir rufen. Ich kümmerte mich nicht darum. Niemand kam ins Studio, um mich zu stören.
Dominick hatte gesagt: »Geben Sie mir ein Jahr.«
Gib ihm ein Jahr. Sein Jahr. Meine Zuflucht. Ein Jahr, um dem raffinierten Würgegriff zu entkommen, den sie bei mir angesetzt hatten. Sie? Monique d'Arachenne und Max Lambert, die wie ein dämonisches Gespann zusammen arbeiteten.
Und Vater hatte gesagt: »Frag Max, ob er zum Essen bleiben will.«
Ich hatte jedes Gefühl für Zeit verloren. Als ich ruhiger geworden war, richtete ich mich auf, putzte mir die Nase und wischte die Tränenspuren von meinem Gesicht. Doch ich verließ das Studio nicht.

Ich war innerlich ganz leer. An dem Leben ringsum hatte ich keinen Anteil mehr. Wahrscheinlich hätte es eine Menge zu tun gegeben. Aber auch das schien mich nichts mehr anzugehen. Vater und ich sprachen nicht mehr die gleiche Sprache. Vater – der immer so fürchterlich logisch und klar dachte und doch nie die Wahrheit traf.

Als ich ein Kind war und wir noch am Wandsworth Common wohnten, hatten wir eine Putzfrau, die voll von Altweiberrezepten und Altweibersprüchen war. Einen davon wiederholte sie so oft, daß ich ihn wie ein Papagei auswendig lernte und nie mehr vergaß. »Es ist niemand so blind wie der, der nicht sehen will«, murmelte sie manchmal, wenn sie sich über etwas geärgert hatte. Es gab niemanden, der so blind war wie mein Vater – bei aller Logik seiner Argumente. Natürlich war es das Einfachste zu glauben, daß ich dem Verfolgungswahn nahe war und alle meine Erlebnisse nur in meiner krankhaften Einbildung bestanden, hätte ich mich nicht so genau an Monique d'Arachennes Worte erinnert, als sie mich aus Sonnengarde verbannte – Worte, die von kaltem Haß und nicht vom Gram diktiert waren.

Meine Bestrafung wurde leidenschaftslos in Szene gesetzt, es war psychischer Terror, und insofern waren meine Ängste psychischer Natur. Aber wenn ich nicht daran zerbrach – würde sie in ihrer Rachsucht nicht doch Gewalt anwenden? Und wenn, dann gegen wen? Gegen mich oder die, die ich liebte?

»Sie, Sie«, sagte ich immer. Doch war es nicht ebensogut möglich, daß die Worte der Gräfin d'Arachenne, wie mein Vater meinte, tatsächlich nur eine Folge ihres Grams und ihrer Verzweiflung waren? Daß in Wirklichkeit die Gefahr von Max kam?

Je mehr ich darüber nachdachte, desto einleuchtender erschien es mir. Ein Mann mit dem fanatischen Glauben an die absolute Wahrheit, ein Mann, der in seinem Urteil hart und in seinem Haß stark war, würde viel eher zur Gewalt greifen als eine zerbrechliche alte Frau. Zwecklos zu sagen: »Aber ein Mann wie Max, intelligent und klar denkend, würde sich nicht so verhalten.« Die Tatsache blieb bestehen, daß es Menschen gab, die sich so verhielten.

Ich hatte in den letzten Minuten mechanisch die Seiten eines alten illustrierten Werkes über die Geschichte Frankreichs unter Ludwig XIV., dem Sonnenkönig, durchgeblättert. Ein Blatt mit kolorierten Abbildungen fesselte mich besonders. Es zeigte die Wappen aller großen Familien Frankreichs. Ich überflog die Schilde, Vögel und Hirsche in den heraldischen Farben – und stutzte bei den letzten Wappen: Ein Einhorn mit flatternder Mähne und silbernem Horn! Ein Einhorn mit dem Gesicht eines Menschen. Es war das Wappentier auf dem Wagen, den ich damals in Maladieu gesehen hatte – das Wappentier der d'Arachennes.

Nach der dumpfen Verzweiflung, die ich zuvor empfunden hatte, ließ diese Entdeckung mein Herz schneller schlagen. Ich hatte etwas sehr Wichtiges gefunden, das erste Glied in der Kette der Ereignisse, die sich seit jener Nacht zugetragen hatten.

Der Fremde dort oben auf der einsamen Felsenstraße, der sich selbst als Arzt bezeichnet hatte, war mit einem Wagen gefahren, der nur einem Mitglied der Familie d'Arachenne gehört haben konnte. Und in der Nacht, als das Fest in Issandre stattfand, war mir dieser Wagen zum Greifen nahe gewesen, und um ein Haar hätte ich den Fahrer erkannt – wenn Max mich nicht zurückgehalten hätte.

Ich riß die Seite heraus – obwohl ich natürlich genau wußte, daß ich das nicht durfte –, faltete sie zusammen und steckte sie in die Tasche meines Kleides. Dann ging ich hinaus, verschloß die Tür des Studios und versteckte den Schlüssel am gewohnten Platz unter einem roten Stein hinter dem Lilienbeet.

Peppina lief aufgeregt herum. Sie suchte nach Nicki. »Er versteckt sich«, sagte sie traurig. »Er glaubt, daß wir alle böse mit ihm sind, wie sein Papa.«

»Vielleicht ist er nur zur Villa Oisans gegangen, um mit Eugène und Jacques zu spielen«, sagte ich, und statt ihr beim Suchen zu helfen, ließ ich sie stehen. Zu sehr beschäftigte mich der Gedanke, warum der Mann, der in Maladieu angehalten hatte, um zu helfen, Paul nicht erkannt hatte. Er hatte sogar behauptet, ihn nicht zu kennen.

»Rachel«, rief Peppina. »Rachel.«

»Ich hab' jetzt keine Zeit«, rief ich ihr zu und lief zurück ins Studio.

Irgendwo im Text fand ich vielleicht einen Hinweis auf die Wappen der großen Familien. Was ich damit anfangen wollte, wußte ich selbst noch nicht, aber finden mußte ich die Stelle.

Ungeduldig schloß ich die Studiotür auf, ging wieder zum Schreibtisch, nahm das Buch und suchte im Inhaltsverzeichnis.

Der Absatz, den ich schließlich fand, war kurz. Das Banner mit dem Wappen der d'Arachennes war erstmals gegen die Engländer in der Schlacht von Agincourt ins Feld geführt worden.

Seit damals führte es die Familie als Hauswappen. In Stein zierte es den Eingang ihres Pariser Hauses, auf dem Grabmal des Auberon d'Arachenne in der Kathedrale von Chartres war es eingemeißelt, auf die Türen ihrer Automobile war es aufgemalt, und . . . ›es prangt in glänzendem Metall als Kühlerfigur auf einem Mercedes.‹

Ich legte das Buch zurück auf den Schreibtisch. Durchs Fenster sah ich Francis und Elise im Garten. Er wischte etwas von ihrer Wange, wahrscheinlich Zementstaub. Wer hatte den Wagen mit dieser Kühlerfigur die Straße nach Maladieu hinaufgefahren? Natürlich konnte auch alles nur Zufall sein. Ich wußte nicht, ob diese Kühlerfiguren von jedermann gekauft werden konnten. Das mußte ich noch herausbekommen. Aber wahrscheinlich durften nur die d'Arachennes dieses Einhorn führen. Und wenn ich feststellte, daß es so war? Sollte ich nach dem Besitzer des Wagens suchen und ihn fragen, warum er mir nicht gesagt hatte, daß er Paul kannte? Und wo würde all das enden?

20

Eine lange himmelblaue Dauphine bog in die Einfahrt. Ich kümmerte mich nicht weiter darum, denn es kamen viele Besucher, um sich die Mosaiken anzusehen. Der Wagen fuhr jedoch nicht links zur Werkstatt, sondern auf das Haus zu.

Ich sah, wie eine Dame ausstieg und auf die Klingel drückte. Sie wartete, blickte sich ungeduldig um und spähte dann durch die offene Tür in die Halle.

Vermutlich war wieder einmal niemand im Haus. Ich lief schnell über den Rasen auf sie zu. Die Dame trug ein Kleid in einem satten Rosa und sehr elegante Krokoschuhe. Es war Dominicks Frau.

Im selben Augenblick, als ich sie erkannt hatte, drehte sie sich um und sah mich. »Mrs. Rond . . .«

Sie blickte mich kühl an. »Guten Abend! Ist Dominick da?«

»Leider nein. Aber vielleicht kann ich Ihnen helfen?«

Zu meiner Überraschung lächelte sie. »Ich war damals in Avignon nicht sehr nett zu Ihnen.« Sie machte ein paar Schritte zur Veranda hin und begann, Cléry zu streicheln, die auf dem Geländer saß.

»Mrs. Rond, ich glaube –«

Sie unterbrach mich. »Ich bin eigentlich gekommen, um Sie zu sehen und nicht Dominick.«

»Den ganzen Weg von Paris her? Da müssen Sie aber sehr müde sein.«

»Ach, ich bin ohnehin gerade in der Gegend.«

»Bitte, setzen Sie sich doch. Ich darf Ihnen sicher eine Tasse Tee bringen.«

Sie ließ sich sehr anmutig auf einen der Rohrstühle nieder.
»Wenn es Ihnen nichts ausmacht – mir wäre etwas Kühles lieber, Zitronen- oder Orangenlimonade. Aber das eilt nicht. Ich möchte zuerst mit Ihnen sprechen. Wollen Sie sich nicht zu mir setzen? Es macht mich etwas nervös, wenn Sie stehen.«
Ich setzte mich.
Sie wandte sich von Cléry ab, die gekränkt abzog. Lucias Fächer lag auf dem Tisch. Irene nahm ihn in die Hand, öffnete ihn und begann sich zu fächeln. »Lieben Sie Dominick?«
O Gott, nicht noch einmal dieselbe Geschichte!
»Ich habe Ihnen damals an dem Konzertabend die Wahrheit gesagt.«
»Oder liebt er Sie? . . . Sie müssen mir nicht antworten, ich weiß es auch so. Er hat es mir ja deutlich genug gesagt.« Sie winkte ab, als ich protestieren wollte.
»Also gut, er liebt sie. Ich möchte Sie ein paar Dinge fragen. Zuerst: haben Sie Verständnis für Musik? Sind Sie in der Lage, stundenlang Musik zu hören und hinterher mit ihm endlose Diskussionen darüber zu führen?«
»Ich verstehe nichts von Musik«, sagte ich, »und das ist auch ganz unwichtig. Ich habe wirklich kein Interesse an Dominick. Aber er ist hierhergekommen, um dem Musikbetrieb zu entfliehen – er will auch nicht über Musik sprechen, das hat er mir selbst gesagt, Mrs. Rond.«
»Das ist nur eine vorübergehende Laune. Dominick braucht die Musik wie die Luft zum Atmen. Und noch etwas« – Sie legte den Fächer wieder auf den Tisch, und ihre Finger verkrampften sich nervös. »Wer Dominick heiratet, muß mit den Agenten verhandeln können. Er haßt die geschäftliche Seite seines Berufes.«
Cléry sprang mit einem großen Satz in meinen Schoß. Ich

streichelte sie zerstreut. »Warum erzählen Sie mir das alles? Es ist gar nicht nötig –«

»O doch. Ich möchte, daß Sie das alles wissen. Dominick glaubt, daß er Sie liebt – Sie müssen das auch einmal von meiner Seite aus sehen. Vielleicht können Sie sich das nicht vorstellen – aber es besteht die Gefahr, daß ich ihn verliere. Er läßt nicht locker, wenn er etwas will. Sie könnten eines Tages nachgeben. Ich möchte nicht gegen Sie kämpfen müssen, und Sie würden mit ihm nicht glücklich werden.«

»Ich werde nicht nachgeben.«

Sie blickte mich scharf an. Dann lehnte sie sich wieder an das grüne Leinenkissen. »Ich führe mit Dominick keine normale Ehe. Wir leben wie zwei Menschen, für die die Zeit der körperlichen Liebe längst vorbei ist. Gegenseitige Zuneigung, o ja, mit dem Bewußtsein, daß es niemals Kinder geben wird, niemals ein richtiges Familienleben.«

»Aber Sie lieben ihn trotzdem?«

»Das überrascht Sie? Ja, ich liebe ihn. Ich habe die Hölle erlebt – eine Hölle, wie sie jede normale Frau in solch einer Ehe durchleiden müßte. Wir haben uns schon mehrmals gestritten und getrennt. Aber wir sind immer wieder zueinander zurückgekehrt. Ich weiß heute, daß ich lieber mit Dominick lebe, so wie er nun einmal ist, als ohne ihn.« Sie schloß für eine Sekunde die Augen. »Ich mußte Ihnen das einmal sagen. Und nun liegt alles bei Ihnen, Rachel – er nennt Sie immer ›Rachel‹. Ihn mir wegzunehmen, wäre ganz leicht. Vielleicht würde ich wie eine Löwin um ihn kämpfen. Vielleicht wäre ich aber auch zu stolz, um einen Mann zu kämpfen, der mich nicht mehr haben will. Ich weiß nicht, wie ich reagieren würde.«

»Ich werde Ihnen Dominick niemals wegnehmen.« Und

offen fügte ich hinzu: Ich könnte ihn niemals so lieben wie Sie. Wenn Sie hierhergekommen sind, weil Sie vor mir Angst hatten – Sie müssen mich wirklich nicht fürchten.«

Über ihr Gesicht ging ein kurzes Leuchten und ließ es weich und fast liebenswürdig erscheinen. »Ich glaube Ihnen«, sagte sie. »Und ich verstehe nicht, wer so gemein sein konnte, mir diesen Brief zu schicken. Denn es war gemein!«

»Dominick hat mir gesagt, daß Sie ihn vernichtet haben.«

»Ich habe ihn eines Morgens aus meiner Handtasche genommen, in kleine Stücke zerrissen und in die Seine geworfen.« Sie meinte, mir damit etwas Erfreuliches gesagt zu haben und lächelte. »Kann ich jetzt etwas zu trinken bekommen?«

»Aber natürlich.«

Ich ging in die Küche. Als ich die Flasche, das Glas und die Eiswürfel auf das Tablett stellte, fragte ich mich, ob Irene und Dominick ihre Probleme würden jemals lösen können. Konnte Irene als normale Frau diese Beziehung ohne jede körperliche Liebe ertragen? Oder würde es eines Tages doch zum endgültigen Bruch kommen?

Ich wußte es nicht, wußte nur, daß die Götter es gut mit Dominick meinten. Er hatte seine Karriere und seine Musik. Niemand konnte sie ihm nehmen. Und darauf allein kam es ihm an. Leid tun konnte einem nur seine Frau.

Irene und ich tranken Limonade und unterhielten uns wie zwei gute Bekannte über alle möglichen Dinge, vermieden es jedoch peinlich, Dominick zu erwähnen.

Erst als sie aufbrach, sagte sie: »Erzählen Sie ihm ruhig, daß ich hiergewesen bin. Und sagen Sie ihm auch, daß ich im ›Parthenon‹ in Issandre wohne.«

»Er wird Sie ganz sicher besuchen«, sagte ich. »Ganz sicher!«
»Der Brief war gemein.« Sie streichelte kurz meine Hand. »Sie sind aufrichtig und lieb. Wenn Sie einmal nach England kommen, müssen Sie mich besuchen.«
»Das mache ich gern.« Wir reichten uns die Hand und lächelten uns zu.
Sie wandte sich um und stieg in ihren Wagen. Die Tür schloß sich, und die blaue Dauphine glitt den Fahrweg hinunter, als habe sie Flügel.

»Rachel, wo bist du denn?«
Irene war schon eine Weile fort, und ich lag unter dem Walnußbaum, so daß man mich vom Haus aus nicht hatte sehen können. Ich dachte immer noch über das Wappentier der d'Arachennes nach.
»Rachel!«
Ich kam aus meinem Versteck hervor und sah Peppina in der Einfahrt stehen.
»Was ist denn los?«
»Ich kann Nicki nirgends finden. Er hat heute zu mir gesagt: ›Ich will nicht in das Gefängnis gehen.‹ So nennt er diese Anstalt. Er sagte: ›Ich laufe fort.‹ Ich habe ihn ausgelacht und ihm gesagt, er soll nicht so dumm sein, denn wir hätten ihn doch alle lieb. Er sagte: ›Rachel hat gesagt, daß sie mich nicht fortläßt. Sie hat es versprochen, aber sie hat es nicht ernst gemeint.‹ Und nun ist er fortgelaufen. Ich weiß, daß er weg ist! Ich habe überall nach ihm gesucht. Oder meinst du, daß Monsieur George ihn vielleicht im Wagen mitgenommen hat?«
George war vor dem Tee fortgefahren und hatte Dominick mit nach Les Saintes Maries genommen. Dort hatte sich der große Cellist Scaram zur Ruhe gesetzt. Dominick wollte ihn sehen. Ich wußte genau, daß sie Nicki nicht

mitgenommen hatten. Aber seit Stunden hatte ihn niemand gesehen, und jetzt war es schon halb sechs.
Da er von Natur aus ängstlich war, entfernte er sich nie weit vom Garten, außer wir wußten, wo er hinging. Und er hatte nichts davon gesagt, daß er auf den Hügel hinaufgehen wollte, um mit Jacques und Eugène Cambé zu spielen.
Ich holte die anderen aus der Werkstatt, damit wir gemeinsam nach ihm suchen konnten. Wir schauten in jedes Zimmer im Haus, hinter jeden Busch im Garten und jeden Baumstamm im Olivenhain. Dann riefen wir in der Villa Oisans an, doch er war nicht dort. Nun durchkämmten wir das Feld hinter dem Haus. Es war ja möglich, daß er im hohen Gras eingeschlafen war.
Ich hatte schon fast den Kamm des Hügels erreicht, da kam mir Max entgegen. Er blieb vor mir stehen und sagte mit Nachdruck: »Sie müssen jetzt mit mir kommen!«
Ich fiel ihm ins Wort. »Nicki ist weg!«
»Der wird schon wieder auftauchen. Bitte, kommen Sie mit –«
Ich sagte wütend: »Ihnen ist es natürlich ganz gleich, ob er wieder auftaucht oder nicht.«
Er hatte mich am Handgelenk gepackt. Nun ließ er mich wieder los. »Also gut. Ich werde Ihnen beim Suchen helfen. Aber dann werden Sie das tun, was ich sage. Wo haben Sie ihn gesucht?«
»Überall.«
Er sagte ungeduldig: »Natürlich haben Sie nicht überall gesucht, denn sonst hätten Sie ihn gefunden. Gut, suchen Sie hier, und ich werde oben auf dem Hügel nachsehen. Vielleicht steckt er irgendwo in den Weinbergen.«
Elise, Francis, Peppina und ich beratschlagten gemeinsam, wo überall wir suchen wollten, und begannen dann getrennt mit der systematischen Suche.

Lucia lag unter dem Walnußbaum und hatte die Augen geschlossen. Als Francis ihr zurief, sie solle aufstehen und mitsuchen, drehte sie sich auf den Bauch und drückte das Gesicht ins Gras.

Es war ganz sinnlos, sie nochmals zu bitten. Wahrscheinlich hing sie wieder einmal ihren Träumen von Sonnengarde nach.

Ich hatte den ganzen Weinberg durchsucht. Nicki ging manchmal dort hinauf, sah den Weinbauern zu und naschte Trauben. Ich fragte die Leute: »Haben Sie Nicki gesehen?«

Sie hörten auf zu singen und sagten, daß sie ihn den ganzen Tag noch nicht gesehen hätten.

Ich sagte mir, daß noch gar kein Grund bestand, in Panik zu geraten, doch kaum hatte ich das gedacht, bekam ich auch schon schreckliche Angst. Was sollten wir tun, wenn wir ihn bis zum Anbruch der Dunkelheit nicht gefunden hatten? Man müßte die Polizei alarmieren, und das wäre schlimm für Nicki.

Schließlich geriet ich auf den Weg, der oben auf dem Hügel um den Weinberg herumführte. Die Gebäude, wo der Wein gekeltert, abgefüllt und gelagert wurde, kamen in Sicht. Edouard Cambè grüßte mich. Nein, er hatte Nicki nicht gesehen, allerdings sei er den ganzen Nachmittag in seinem Büro über Rechnungen gesessen.

Plötzlich fiel mir etwas ein. »Die Gewölbe! Er war ja ganz weg damals, als Sie sie ihm gezeigt haben. Könnte er sich nicht dort unten irgendwo versteckt haben?«

Wir gingen über den Hof. Die große Tür des Gebäudes stand offen, und der kräftige Geruch der Trauben kam in ganzen Schwaden auf mich zu. Wir gingen in den ersten Raum. Einige der Männer erkannten mich. Ich fragte sie: »Haben Sie Nicki gesehen?« Und wieder bekam ich zur Antwort: »Nein, Mademoiselle.«

»Trotzdem«, sagte Monsieur Cambé. »Wir müssen ganz sicher sein. Er kann irgendwo hineingeschlüpft sein, ohne daß es jemand gemerkt hat. Er ist ja so klein.«
Wir gingen durch einen Torweg zu den Keltern. Hier füllten Männer die Ernte des Tages in die Weinpressen. An einer der Pressen lehnte eine Leiter. Ich dachte mit Entsetzen, daß Nicki dort hinaufgeklettert sein könnte, als der Raum gerade leer war. Und oben könnten ihn die Weindünste bewußtlos gemacht haben und er könnte in das Faß gefallen sein.
»Monsieur Cambé«, begann ich und starrte auf die Leiter. »Wenn Nicki –«
»Ach, da machen Sie sich mal keine Sorge. Die Leute sind den ganzen Tag über hier gewesen und hätten ihn gesehen, wenn er versucht hätte, dort hinaufzusteigen. Außerdem würde er so etwas gewiß nicht tun, er ist ja nicht dumm. Und jetzt sehen wir einmal unten im Keller nach.«
Die Steinstufen waren durch die Füße vieler Generationen von Weinbauern ausgetreten. Ein süßer, modriger Geruch hing in der Luft.
Und dann hörte ich eine klare, hohe Jungenstimme. »Ich bin überhaupt nicht schläfrig, und ich kann sehr gut selbst gehen.«
»Ich trage dich ja nicht deswegen«, hörte ich die energische Stimme von Max sagen, »sondern weil du mir möglicherweise sonst davonläufst. Und ich habe im Augenblick absolut keine Lust zum Versteckspielen.«
Max erschien, den strampelnden Nicki im Arm.
»Sie haben ihn gefunden«, schrie ich unnötigerweise.
»Nein, nicht ich«, sagte Max. »Der Kellermeister hat ihn hinter einigen Fässern entdeckt. Ich nehme an, er hat schon ziemlich früh Geschmack am Wein gefunden.«
Nicki strampelte.

»Lassen Sie mich herunter! Ich komme mir ja ganz blöd vor, wenn ich getragen werde.«
»Du kämst dir noch viel blöder vor, wenn du dich in diesem Labyrinth von Keller verirren würdest.«
»Was ist ein Labyrinth?«
Max wandte sich an mich: »Das können Sie ihm später erklären.« Er ging ins Freie, und ich folgte ihm.
Elise lief uns entgegen. »Hast du auch hier nachgesehen?« Nun sah sie Nicki. »Ihr habt ihn gefunden! Dem Himmel sei Dank. Mein Schatz, warum hast du uns soviel Angst gemacht? Max, wo haben Sie ihn gefunden?«
»Unten, zwischen den Weinfässern.«
»Da hätte er die ganze Nacht sein können, ohne daß wir ihn –«
»Aber jetzt ist er da, und es ist nichts passiert.« Ich sagte es betont munter, um meine Erleichterung zu verbergen.
Ich nahm Nickis Hand. »Wir gehen jetzt heim.«
Er sperrte sich. »Nicht zu Papa. Bitte, nicht zu Papa. Er ist sicher böse auf mich.«
Ich beruhigte ihn. »Papa weiß gar nicht, daß du fort warst.«
Max griff ein und nahm ihn mir von der Hand. »Elise soll ihn nehmen.«
»Ich will nicht mit Elise gehen! Ich will bei Rachel bleiben.«
»Rachel kommt später zu dir«, sagte Max. »Du hast mir einmal gesagt, daß du sieben bist. Das ist schon beinahe erwachsen; deswegen mußt du dich auch so benehmen.« Seine Stimme war bestimmt, doch nicht unfreundlich.
Ich sagte: »Wir gehen doch alle denselben Weg.«
»Nicht Sie. Sie kommen jetzt mit mir – hier herunter.« Er drängte mich zu dem Weg zwischen den Weinbergen, der zur Straße führte.

Nicki schlüpfte schnell an meine Seite. »Ich komm' auch mit.«
Max nahm ihn bei der Schulter und schob ihn fort. »Geh mit Elise«, sagte er.
Sie blickte ihn fragend an, nahm Nickis Hand und sagte: »Komm, Francis braucht ganz schnell Hilfe in der Werkstatt. Ich mach' mit dir ein Wettrennen den Hügel hinunter.«
Ich sah zu, wie sie beide zwischen den Weinbergen hinunterrannten. Dann drehte ich mich zu Max um. »Warum haben Sie mir geholfen, Nicki zu suchen?«
Er sagte erstaunt: »Wie können Sie fragen! Wenn jemand verschwunden ist, muß man ihn doch suchen.«
»Eigentlich wollten Sie gar nicht, stimmt's? Ich meine, mir helfen. Außer – Sie hatten einen triftigen Grund dafür.«
Er sagte energisch: »Jetzt machen Sie mal halblang, Rachel!«
Seine saloppe Ausdrucksweise hatte eine merkwürdige Wirkung auf mich. Mir war, als könne ich endlich wieder frei atmen.
»So«, sagte er. »Sie und ich fahren jetzt nach Maladieu.«
Ich blieb mit einem Ruck stehen.
»Auf gar keinen Fall!«
»Doch, Sie kommen mit.«
»Können Sie mich denn nicht in Ruhe lassen? Ich bin Ihnen natürlich sehr dankbar, daß Sie Nicki gefunden haben, aber Dankbarkeit darf man auch nicht überstrapazieren . . .«
»Ich hatte gehofft, ich könnte sie mir verdienen.«
Ich blickte ihn ärgerlich an. »Indem Sie mich nach Maladieu bringen? Ich wünschte, die Erde würde sich auftun und diesen Ort verschlingen.«
»Wenn sie das täte, wäre kein Beweis mehr vorhanden.«

»Kein Beweis wofür?« fragte ich ungeduldig. »Daß ich Pauls Tod verursacht habe?«
»Kein Beweis, daß Sie es nicht taten.«
Ich schluckte und starrte ihn ungläubig an. »Meinen Sie das wirklich? Sie wollen sagen, daß Sie glauben –«
»Haben Sie immer noch nicht verstanden?« fragte er rauh. »Ich bin auf Ihrer Seite.«
»Sie sind – auf meiner Seite?«
»Das sagte ich eben.«
»Sie – Sie müssen mich ja nicht anschreien.«
»Entschuldigen Sie. Ich ärgere mich nur über mich selbst.«
»Nun reden Sie schon weiter!«
»Das geht nicht. Ich weiß noch nicht genug. Nur eines: daß wir uns jetzt auf den Weg machen müssen. Hoffentlich sind wir nicht schon zu spät dran.«
Ich hatte keine Gelegenheit mehr, ihn zu fragen. Wir liefen den Hügel hinunter, als gelte es unser Leben. Die Männer in den Weinbergen starrten uns nach.
Dann erreichten wir die Straße, und ich konnte meine Gedanken soweit sammeln, daß sich mein Argwohn leise wieder meldete. Vielleicht war dies eine Falle, und es war dumm von mir, Max zu trauen. Aber in einem Winkel meines Herzens hielt sich hartnäckig die Hoffnung: »Er hat gesagt, daß er auf meiner Seite ist. Er könnte es ernst meinen. Es könnte immerhin sein . . .« Und diese Chance wollte ich nutzen.
Die Sonne stand inzwischen tiefer. Sie schien auf den Kühler und blendete mich. Max öffnete die Wagentür und schob mich hinein. Dann stieg er selbst ein und setzte sich hinters Steuer. »Vielleicht«, sagte ich und schaute auf seine kräftige Hand, die den Starterknopf drückte, »können Sie mir jetzt sagen, weshalb Sie mich nach Maladieu bringen wollen?«

»Um jemand zu suchen«, sagte er. »Den einzigen Menschen, der die Wahrheit beweisen kann.«
»Daß nicht ich bei Paul im Wagen war?«
»Ja.«
»Sie glauben mir also? Max, Sie glauben mir wirklich?«
Er mußte die Freude in meiner Stimme gehört haben. Ich flüsterte: »Wer?«
»Sie meinen, wer beweisen kann, daß ich unrecht hatte und Sie um Verzeihung bitten muß?«
»Ach, lassen Sie doch die Verzeihung! Wer ist es?«
»Sie werden es selbst sehen, wenn wir nicht zu spät kommen.«
Verkrampft und nervös saß ich neben ihm. Ich hätte soviel zu fragen gehabt und wußte nicht, wo anfangen.
»Bitte erzählen Sie mir wenigstens irgend etwas.«
Doch er gab mir keine Antwort.
»Warum fahren wir nach Maladieu?«
»Das habe ich Ihnen doch schon gesagt. Um den einen Menschen zu finden, der nicht nur beweisen kann, daß ich nicht recht hatte, sondern Ihnen auch unrecht tat. Fragen Sie jetzt bitte nicht weiter. Ich will nicht geheimnisvoll tun; aber erst müssen wir sehen, was dort oben geschieht.« Er deutete mit dem Kopf auf den verhaßten Ort.
Ich saß schweigend neben ihm. Er hatte gerade gesagt, daß er mich um Verzeihung bitten müsse. Würde es einfach sein, ihm zu verzeihen? Etwas in mir sträubte sich dagegen. Wenn ich keinen Grund mehr hatte, ihn zu hassen – dann mußte ich ihn lieben. Und davor hatte ich Angst. Es bedeutete neue Schmerzen.
Wir fuhren die steile Straße, die nach Maladieu führte, hinauf, vorbei an der Hostelrie Sainte Bérénice. Ich schaute zurück und sah, daß keine Gäste im Garten saßen.

Aber nagelneue blaugelbe Schirme standen da und strahlend weiß lackierte Tische. Der Garten war gepflegt. Ich fragte mich, wieviel das alles wohl gekostet haben mochte. Gaston Bigorne war nirgends zu sehen.
Die Straße verengte sich, und vor uns ragte die Felsenfestung in den Himmel.
Die Touristen waren schon alle fort. Max stellte den Wagen neben der zerklüfteten Felswand ab. Wir stiegen aus, und er streckte mir die Hand hin.
»Es tut mir leid, wenn Sie mir nicht trauen. Aber Sie müssen es versuchen. Kommen Sie!«
Wir betraten den einstigen Hof der Troubadoure. Mich fröstelte. Es war ziemlich hell, denn irgendwann hatten die Feinde Maladieus den großen Torweg gesprengt. Unsere Schritte hallten, als wir durch einen hohen Gewölbebogen in den nächsten Hof kamen. Hier war es dunkel. Wir hörten das Flattern der Fledermäuse, die wir aufgescheucht hatten.
Als Kinder hatten wir im äußeren Hof gespielt, waren aber davor gewarnt worden, weiter nach innen zu gehen, wo die Höhlen begannen. »Sie gehen tief unter die Erde«, hatte meine Mutter gesagt. »Und wenn ihr euch dort verirrt, kann es Stunden dauern, bis man euch findet.«
Max ging vor mir. »Bitte, trödeln Sie jetzt nicht herum!«
Wir waren am anderen Ende des Hofes der Seigneurs angekommen. Hier begannen die Höhlen. Ich stand zögernd am Eingang. »Da gehe ich nicht hinein!«
»Sie sind bei mir völlig sicher.«
So sicher wie ein Kaninchen ohne Erdloch. Ich hätte mich umdrehen und schnell wieder zurück ins Helle laufen sollen. Doch es war schon zu spät. Max ergriff meine Hand und zog mich zum Eingang der Höhle.
»Ich habe gesagt, daß ich dort nicht hineingehe!«

»Seien Sie still!«
Er hatte wahrscheinlich gedacht, daß ich schreien würde, denn seine andere Hand legte sich über meinen Mund. Ich drehte den Kopf weg, doch er hielt mich immer noch an der Hand, und sein Griff war so fest, daß es keinen Sinn hatte, sich zu wehren.
»Ich muß Ihnen wohl erst beweisen, daß ich Ihnen nichts tun will. Und zwar so . . .« sagte er.
»So«, wiederholte er, und zum zweitenmal, seit ich ihn kannte, küßte er mich. Seine Lippen waren kühl und berührten mich nur leicht, und seine sanfte Umarmung schien zu bekräftigen, daß er mir nichts tun wolle.
Mehr geschah nicht. Ich wagte nicht, auch nur ein wenig Gefühl zu zeigen. Meine Arme blieben unten, meine Lippen geschlossen. Nur jetzt nicht durch eine unbedachte Bewegung meine Liebe verraten! Max wollte ja nichts weiter, als mich in Sicherheit wiegen. Hoffentlich merkte er nicht, wie mein Herz klopfte.
Er ließ mich sanft wieder los. Ich lehnte mich gegen den Felsen, und mir war, als habe man eine Tür geöffnet, und das Licht des Mondes glänzte herein. Max glaubte mir! Ich brauchte nicht mehr Angst zu haben. Daß ich mehr von ihm wollte, mir sein Glaube an mich nicht genügte, mußte mein Geheimnis bleiben. Immerhin hatte auch ich ihm mißtraut. Auf mehr als gegenseitiges Vertrauen konnte ich wohl nicht hoffen. Es war Lucia, die ihm nahestand, nicht ich.
Lucia und Max . . . Doch wenigstens haßte er mich nicht mehr; damit mußte ich mich zufriedengeben.
Max ging vorsichtig in das Dunkel hinein, doch ich lehnte immer noch an der Felswand.
»Wo sind Sie, Rachel?«
Nun ging ich tastend seiner Stimme nach, mit vorgestreckten Händen, bis ich den rauhen Stoff seines Mantels

unter den Fingern fühlte. Dann hörte ich ein metallisches Klicken. Das Flämmchen seines Feuerzeugs erleuchtete schwach die Höhle.

Zuerst dachte ich, sie sei leer, wie die anderen Höhlen auch. Als meine Augen sich an das Dämmerlicht gewöhnt hatten, entdeckte ich jedoch in einer dunklen Ecke eine Art Lager. Ich ging näher und schaute es mir an. Die Matratze war kümmerlich, das Bettuch ungebleicht. Eine blau-rote, dicke Wolldecke lag am Fußende, und daneben stand eine große Kiste.

Das Flämmchen des Feuerzeuges erlosch, ehe ich hatte feststellen können, was sich in der Kiste befand. »Jemand schläft hier«, sagte ich. »Doch wie ist das möglich? Die Luft . . .«

»Ssst, seien Sie leise«, flüsterte Max. »Und wenn Sie mir versprechen, sich langsam zu bewegen, zeige ich Ihnen, wie es möglich ist, hier zu leben und zu atmen.«

Er ging langsam voraus und suchte tastend den Weg. Wie tief diese Höhlen wohl waren, und was sie im Lauf der Jahrhunderte wohl alles gesehen hatten? Mir schien es, als gingen wir bergab, immer tiefer in die Erde hinein.

Einmal oder zweimal stolperte ich und wäre hingefallen, wenn Max mich nicht aufgefangen hätte.

»Es ist furchtbar stickig hier.«

Er lachte leise. »Der Geruch von Jahrmillionen.«

Wahrscheinlich dauerte unsere Wanderung durch die Höhlen nur ein paar Minuten, doch ich hatte den Eindruck, als seien Stunden vergangen.

Als Max schließlich stehenblieb, roch ich noch etwas anderes. »Merkwürdig, es riecht hier, als ob jemand kocht oder brät . . .«

»Stimmt genau. Als ich zum erstenmal hier war, ist mir das auch schon aufgefallen.«

»Woher kann das nur kommen?«
Ich hörte ein leises Scharren, als ob ein Stein bewegt würde, und dann sah ich Licht – kein Tageslicht, sondern künstliches Licht, das in einem Raum brannte.
Behutsam tastete ich mich weiter bis zu einer Öffnung in der Felswand. Ich spähte durch und glaubte meinen Augen nicht zu trauen. Aufgeregt stieß ich hervor: »Das gibt's doch nicht!«
Max hielt mir die Hand über den Mund. »Ich habe Ihnen doch gesagt, daß Sie leise sein sollen!«
»Das ist ja eine Küche! Und dort ist . . .« Ungläubig starrte ich hinein.
Gaston Bigorne und seine Frau saßen gebückt auf zwei Stühlen. Sie schnitt Karotten und warf sie in eine Schüssel. Ihr schwarzes, strähniges Haar fiel über ihr vergrämtes Gesicht. Die beiden stritten sich offenbar. Ich konnte nicht genau hören, was sie sagten, denn die Küche war groß, und sie saßen am äußersten Ende.
Max beugte sich über mich, um sie ebenfalls beobachten zu können.
»Die Küche der Hostellerie muß in den Felsen hineingebaut sein«, flüsterte ich.
Seine Hand griff an mir vorbei und rückte den Stein wieder an seinen Platz. Wieder klickte das Feuerzeug.
»Aber wer schläft hier?«
»Verdammt, mein Feuerzeug geht nicht mehr. Rachel, wo stecken Sie denn? Halten Sie sich an meinem Mantel fest. Der Weg zurück hat's in sich. Überall stehen Felskanten heraus, und wenn Sie nicht aufpassen, können Sie sich den Kopf ganz schön anschlagen.«
Wir schwiegen, bis wir wieder draußen auf dem kleinen Hof waren. Ein sanfter Wind wehte. Er war warm und trug Thymianduft mit sich.
»Jetzt sagen Sie mir endlich«, drang ich in ihn, »wer

schläft denn in dieser schrecklichen Höhle? Und warum haben Sie mich hierhergebracht?«
»Später, später!« Er ging auf seinen Wagen zu. »Los, steigen Sie ein.«
Als wir bei der Hostelrie vorbeikamen, blickte ich hinüber.
»Lebt tatsächlich jemand in dieser schrecklichen Höhle?« fragte ich noch einmal. »Und bekommt er nur Licht und Luft über dieses Loch in Monsieur Bigornes Küche? Reicht man ihm dort seine Nahrung hinein?«
»Vielleicht.«
»Sie könnten mir doch sagen, was –«
»Was das alles mit Ihnen zutun hat? Das werden Sie schon noch sehen.«
»Wohin fahren wir jetzt?«
»Das ist jetzt die fünfte Frage!« Daß er so leichthin sprach, machte die Tortur dieser Fahrt erträglicher. »Haben Sie noch nicht gemerkt, daß ich Ihnen erst etwas sagen will, wenn ich selber genau Bescheid weiß?«
»Dann sagen Sie mir wenigstens, wohin wir jetzt fahren.«
»Nach Sonnengarde«, sagte Max.

21

Es war zermürbend, daß Max nicht mit der Sprache heraus wollte. Aber schließlich fand ich mich ab damit, und wir fuhren schweigend weiter.
Ich versuchte, nicht an die Fragen zu denken, die Max mir nicht beantwortet hatte. Allmählich kam es mir vor, als spiele ich eine Rolle in einem Theaterstück, dessen Inhalt ich nicht kannte.
Als der Wagen in die Toreinfahrt des Schlosses einbog, begann ich zu protestieren.
»Max, bitte, lassen Sie mich hier. Wenn die Gräfin mich sieht, gibt es wieder eine Szene! Ich kann das nicht noch einmal mitmachen.«
»Ich glaube kaum, daß sie heute an ihrem Fenster sitzt. Und außerdem bin ich ja bei Ihnen.«
»Soll das ein Trost sein?« Aber es beruhigte mich tatsächlich.
Ohne zu antworten, parkte er den Wagen unter den Ulmen. Er legte seine Hand leicht über die meine. »So, nun steigen wir aus. Aber vorsichtig! Machen Sie die Tür leise zu.«
Ich blickte mich schnell um. Links von der Einfahrt war ein mit Büschen eingefaßter schmaler Weg. Ich glaubte, dort einen Wagen zu sehen. Wohin Max mich bringen würde, wußte ich nicht, doch ich stellte keine weiteren Fragen. Ohne Widerspruch ging ich neben ihm her, bis zu dem alten Brunnen.
»Hier können wir uns unterhalten«, sagte er.
Ich setzte mich ins Gras, Max auf den Brunnenrand. Er zündete sich eine Zigarette an. Sonnenlicht drang durchs

Laub der Bäume, und irgendwo zwitscherte leise ein Vogel.

Schließlich brach ich das Schweigen. Mir brannte eine Frage auf der Seele, ich konnte sie nicht länger zurückhalten. »Sie glauben jetzt wirklich, daß ich nicht bei Paul war, als er starb?«

»Das habe ich Ihnen doch schon gesagt.«

»Aber es war jemand dort, und Sie wissen, wer es war.«

»Vielleicht.«

»Fangen wir von vorn an. Sie sind im Schloß geblieben, weil Sie den Verdacht hatten, daß ich schuld an Pauls Tod sei. Sie wollten mich für meine vermeintliche Rachsucht büßen lassen.«

»Ich bin weiß Gott kein Engel«, sagte er heftig, »aber quälen wollte ich Sie wirklich nicht. Ich bin nur hiergeblieben, weil ich die Wahrheit herausbekommen wollte. Wäre der Unfall nur die Folge eines Streites zwischen Ihnen und Paul gewesen, dann hätte ich mich damit zufriedengegeben und wäre gegangen. Wenn jedoch jemand versucht hatte, Paul absichtlich zu töten, dann wollte ich herausfinden, wer es war und weshalb er es getan hat. Eines müssen Sie mir glauben – ich wollte weder Ihnen noch irgend jemand anderem schaden. Ich wollte nichts als die Wahrheit.«

»Aber es gab jemand, der mehr wollte. Jemand wollte mich vernichten. Das wissen Sie doch, nicht wahr?«

»Ich weiß einiges«, sagte er. »Nur habe ich es zu spät erfahren.«

Ich warf ihm einen raschen Blick zu. »Sie wissen, daß jemand um jeden Preis Nicki als Dieb hinstellen wollte, daß jemand Francis Wandbild zerstörte und meinen Ring unter die zerbrochenen Mosaiksteine gelegt hat, damit ich verdächtigt würde? Sie wissen auch von dem Brief an Dominicks Frau?«

»Ja.«
»Sie wissen das alles? Und Sie haben zugelassen, daß es geschieht?«
»Warten Sie doch einen Augenblick!«
Ich schnitt ihm das Wort ab. »Wenn Sie das wissen, Max, dann sagen Sie es bitte meinem Vater. Er glaubt nämlich, daß ich verrückt bin und mir alles nur eingebildet habe. Ich habe ihm gesagt – ich mußte einfach mit jemand darüber sprechen –, daß ich glaubte, Pauls Mutter würde die Biographie ihrer Familie aus einem einzigen Grund schreiben lassen: Damit Sie Zugang zu unserem Haus bekämen. Wirklich schaden konnte sie mir nur, wenn sie einiges über mich und die Menschen erfuhr, an denen ich hänge. Jemand mußte in unsere Familie eindringen. Sie –«
»Mein Gott, ich hatte doch nur Mitleid mit ihr! Sie war verzweifelt in ihrem Gram, und sie war einsam. Ich habe versucht, sie wieder für die Außenwelt zu interessieren, sie von ihrem Leid abzulenken. Ich hatte auch den Eindruck, daß es mir gelungen war – denn sie hatte begonnen, Anteil an anderen zu nehmen. Das schienen mir die Fragen zu beweisen, die sie mir über Ihre Familie stellte.«
Ich sagte zornig: »Und sie hat das, was sie von Ihnen erfuhr, benutzt, um mir und einem Kind zu schaden – Nicki. Das werde ich ihr nie verzeihen!«
Max sagte sehr ruhig: »Ich glaube, wenn Sie sie jetzt sehen könnten, würden Sie ihr auch das verzeihen.«
»Aber Sie haben ja nicht nur das getan! Sie haben ihr auch geholfen. Sie brauchte schließlich jemand, der ihre Befehle ausführte.«
Er sah mich bestürzt an. »Du lieber Gott, Sie glauben doch nicht, daß ich dafür verantwortlich bin? Die ganze Zeit –« Er brach ab. »Natürlich, in gewisser Weise war ich

daran schuld. Da haben Sie recht. Ich habe über Ihre Familie gesprochen, auch einigen Klatsch erzählt.« Er fuhr sich mit der Hand durchs Haar. »Und nun muß ich dafür sorgen, daß Sie mir wieder glauben. Obwohl – wenn ich daran denke, wie wenig ich Ihnen Glauben geschenkt habe, dann verdiene ich soviel Großmut gar nicht.«
Ich winkte resigniert ab.
»Aber wenn – wenn Sie es nicht waren –, wer hat denn dann der Gräfin geholfen?«
»Gaston Bigorne«, sagte er.
Mir fielen die neuen Gartenschirme ein, die weißlackierten Tische, der gepflegte Rasen und die Blumen in den frisch angepflanzten Beeten.
Ich hatte Max gehaßt, weil er mir nicht geglaubt hatte. Aber auch ich hatte ihm nicht getraut – und ich traute ihm auch jetzt noch nicht ganz. Zu sehr war ich verletzt worden. Und es gab noch so viel, was geklärt werden mußte.
»Vergessen Sie Gaston Bigorne zunächst einmal«, sagte Max. »Ich möchte mit Ihnen über Paul sprechen.«
Ich zuckte nicht mehr zusammen, wenn sein Name genannt wurde.
»Sie haben ihn vielleicht geliebt«, sagte Max. »Aber Sie haben ihn nicht wirklich gekannt.«
»O doch! Er war faul und vergnügungssüchtig, das hat er mir ja selbst gesagt. Er war sehr aufrichtig.«
»Genau das war er nicht.« Dann sagte er behutsam: »Zerstöre ich eine Illusion, Rachel? Das täte mir leid. Aber Sie müssen alles wissen. Paul steckte bis zum Hals in Schwierigkeiten.«
Ich blickte ihn fragend an.
»Er hat sich Geld angeeignet – eine große Summe. Die Banque d'Arachenne war auf gewisse Unregelmäßigkeiten aufmerksam geworden. Schließlich entdeckten die Detektive der Bank den Schuldigen.«

»Doch nicht Paul? O nein, nicht Paul!«
Man brauchte mir nicht zu antworten. »Der Tag, an dem der alte Fabian begraben wurde, war auch der Tag der Abrechnung mit Paul«, sagte er. »Sie waren alle da, Artois, der Präsident der Bank, Louis und Gérard, seine beiden Söhne. Weil unsere Familien eng befreundet waren, habe auch ich davon erfahren. Sie sagten: ›Auf gar keinen Fall darf es einen öffentlichen Skandal geben.‹«
»Und die Gräfin? Ihr mußte man es doch ebenfalls sagen.«
»Sie haben es ihr verheimlicht – man wußte nicht, wie sie darauf reagieren würde. Sicher hätte sie felsenfest an die Unschuld ihres Sohnes geglaubt. Und es mußte schnell und energisch gehandelt werden, sollte der Ruf der Bank nicht leiden.«
»Als sie hier beim Begräbnis von Fabian d'Arachenne zusammenkamen, trieb wohl alles dem Höhepunkt zu.«
»Genauso war's – in der Nacht nach dem Begräbnis, als die Gräfin von einem Arzt versorgt und zu Bett gebracht worden war. Artois und seine Söhne riefen Paul in die Bibliothek und zwangen ihn, die Wahrheit zu sagen.
»Er hatte aber doch auch eigenes Geld! Jedenfalls hat er mir das erzählt.«
»Nicht genug. Er wurde erpreßt.«
»Aber – das kann doch einfach nicht wahr sein. Er wirkte immer so souverän, gar nicht so, als habe er Angst.«
»Er hatte die Gabe, unangenehme Dinge verdrängen zu können. Wahrscheinlich dachte er, daß jede Zahlung die letzte sei. Ich kannte ihn sehr gut, Rachel. Er war immer ein großartiger Optimist. Er glaubte an sein Glück wie ein König an sein Gottesgnadentum.«
»Wer hat ihn erpreßt?«
»Er hatte eine sehr schöne Geliebte, die mit einem Rauschgiftsyndikat in Verbindung stand. Ich bin davon

überzeugt, daß Paul nichts davon wußte, bis einige der Mittelsmänner verhaftet wurden. Es ist aber auch möglich, daß er selbst die Finger drin hatte. Deshalb tat einer der Männer, die nicht erwischt worden waren, das Naheliegendste: er erpreßte Paul – als Preis für sein Stillschweigen.«

»Und wenn seine Familie daraufgekommen wäre, dann wäre Paul eingesperrt worden. Einfach unvorstellbar – Paul im Gefängnis.«

»Ins Gefängnis hätten sie ihn nicht gehen lassen, dazu war ihnen ihr Ruf zu wichtig. Und eine Bank kann sich keinen öffentlichen Skandal leisten. Die Männer der Familie hatten alles genau geplant. Sie wollten das Geld aus ihrem eigenen Vermögen zurückbezahlen. Paul sollte verschwinden, einen anderen Namen annehmen, eine völlig andere Person werden. Und dann sollte er das Land verlassen.«

»Und er war damit einverstanden?«

»Er hatte gar keine andere Möglichkeit. Er war auf ihre Gnade angewiesen und wußte es. Man traf sorgfältige Vorkehrungen, um ihn aus Frankreich hinauszubringen – selbstverständlich mit reichlich Geld in der Tasche. Vom Schloß aus war das natürlich nicht in Szene zu setzen, denn dort konnte man niemand trauen, vor allem nicht den Angestellten. Also sollte Paul zu einem abgelegenen Ort kommen. Von diesem Augenblick an war er dann nicht mehr Paul d'Arachenne. Der war tot.«

»Er ist nach Maladieu gefahren.« Ich blickte Max ins Gesicht. Er wirkte nicht mehr so ernst und energisch, sondern eher traurig. Was hatte er mir früher einmal gesagt: »Paul war für mich wie ein Bruder.« Ich fuhr fort: »Also . . . also ist Paul nicht dort hinaufgefahren, um mich zu treffen?«

Er schüttelte den Kopf.

»Aber er hat eine Frau getroffen!« Und dann rief ich zornig: »Sie haben es von Anfang an gewußt!«
»Ich wünschte bei Gott, ich hätte es gewußt. Damals wußte ich nur, daß Paul Gelder veruntreut hatte. Sie hatten es mir kurz mitgeteilt und befohlen, mit niemand darüber zu sprechen. Ich habe Ihnen doch schon gesagt, daß noch nicht einmal die Gräfin davon wissen durfte.«
Ich sagte ungläubig: »Wie konnte man es ihr denn verheimlichen? Er war ihr Sohn –«
»Der in ihren Augen kein Unrecht tun konnte. Sie wagten nicht, sie in ihre Pläne einzuweihen. Sie hätte wie eine Löwin gekämpft und vielleicht den Ruf der Bank aufs Spiel gesetzt, ihren Familiennamen, alles. Also mußten sie auch ihr gegenüber so tun, als ob Paul tot sei. Mitleid konnten sie sich nicht leisten.«
»Wahrscheinlich hätten sie ihr später doch gesagt, daß er noch lebt. Aber verziehen hätte sie nie, daß man ihr so wehgetan hatte.« Nach einer Pause fuhr ich fort: »Und der Mann in Maladieu, der Paul gefunden hat und sagte, er sei ein Arzt?«
»Das war Artois d'Arachenne. Er war nach Maladieu gekommen, weil Paul dort in die Gestalt eines anderen schlüpfen sollte – in sicherer Entfernung von der Gräfin und den neugierigen Augen der Dienstboten.«
»Und als ich zu dem Unfallort kam, wagte er nicht, mir zu sagen, daß er Paul kannte. Es muß für ihn ein furchtbarer Schock gewesen sein, daß Paul wirklich tot war. Fürchterliche Ironie des Schicksals: Das Schauspiel wird Wirklichkeit.« Ich sah Max an. Sein Gesicht war tieftraurig. »Sie haben ihn wirklich gern gehabt, nicht wahr?«
»Als kleiner Junge steckte man ihn ins selbe Internat wie mich, damit ich auf ihn aufpassen konnte. Er war eine Nervensäge, aber schon damals hat er alle mit seinem Charme entwaffnet. Auch in Oxford waren wir zusam-

men. Damals glaube ich, habe ich erstmals gemerkt, daß er völlig unfähig war zu erkennen, daß auch er Fehler hatte. Er tat was er wollte, nahm sich, was er wollte und glaubte an die Unfehlbarkeit von Paul d'Arachenne. Doch auf die Dauer kann man nicht für jemand wie Paul verantwortlich sein, ohne ihn liebzugewinnen. Er war für mich wie ein Bruder, den ich beschützen mußte. Er ging nach Frankreich zurück, um in die Bank der Familie einzutreten, und ich studierte Jura. Doch unsere Familien waren immer noch miteinander befreundet, und so sah ich ihn oft.«

»Und nun will Ihnen die Gräfin ihre Dankbarkeit beweisen und setzt Sie an seine Stelle.«

Er starrte mich an. »Du lieber Gott, wie meinen Sie das?«

»Sie wissen wirklich nicht, was sie vorhat?«

»Wissen Sie es denn?«

»Ja.«

Er blickte mich verblüfft an. »Dann sagen Sie mir's doch!«

»In der Nacht, als Sie mich ertappt haben, wie ich am Fenster lauschte, hörte ich die Gräfin sagen, daß Sie nun, da Paul tot sei, ihr Erbe wären.«

»Wovon zum Teufel reden Sie?«

»Aber ich habe es doch selbst gehört! Sie hat es zu Lucia gesagt.«

»Dann war sie nicht bei Verstand! Sie weiß ganz genau, daß sie keinen einzigen Franc des Familienvermögens an jemand vererben kann, der nicht zur Familie gehört.«

Ich blinzelte ins Sonnenlicht. Was Max mir eben gesagt hatte, überraschte mich nicht mehr. Monique d'Arachenne war durchaus bei klarem Verstand gewesen. Sie hatte Lucia einen Köder hingeworfen, um sie als Verbündete zu gewinnen. Und Lucia hatte die Pläne der Gräfin nicht durchschaut. Ihr ganzes Leben lang hatte sie davon geträumt, Herrin auf Sonnengarde zu werden, und nun sollte es Wahrheit werden. Für sie war es nichts anderes als ihr Recht – das geheimnisvolle angeborene Recht.

Max stand plötzlich auf. »Wir können hier nicht bleiben.«

»Wohin gehen wir?«

»Ins Schloß.«

»Max, bitte nicht!«

»Ins Schloß«, sagte er noch einmal.

22

Es gab einen Seiteneingang ins Schloß, der durch dichte Efeuranken fast vollständig verdeckt wurde. Die Mauern waren nahezu einen halben Meter dick, und als Max die schwere Türe aufstieß, ächzte sie.

Am Ende eines engen Korridors befand sich wieder eine Tür; sie führte in die Haupthalle.

Morven tauchte aus dem Dunkel auf.

Max fragte: »Ist Madame im Salon?«

»Ja, Monsieur. Aber ich glaube, sie empfängt keinen Besuch.«

»O doch, sie wird!« Max legte den Arm um meine Schulter und führte mich auf die großen Doppeltüren zu. Er öffnete sie, ohne anzuklopfen.

Monique d'Arachenne saß aufrecht in dem hohen Lehnstuhl. Ihr Gesicht war kalkweiß und so starr, daß man hätte glauben können, sie sei tot. Sogar die Steine ihrer Halskette schienen wie erloschen.

Lucia stand am Kamin. Wir betrachteten uns wie Fremde. Ihre Augen glitzerten, und ihre feingeschnittenen Nasenflügel bebten wie bei einem Tier, das Gefahr wittert. Sie sah schön aus, primitiv und wild.

Ich sah die Gräfin an und erwartete, daß sie mich auffordern würde, das Haus zu verlassen. Doch sie sagte kein Wort, schien mich überhaupt nicht zu sehen.

Lucia wandte den Blick von mir ab und sah Max. Sie schrak zusammen und machte eine schnelle Bewegung auf die Türe zu.

»Nein, nein, Sie bleiben schön da!« Max hielt sie mit der ausgestreckten Hand zurück.

»Lassen Sie mich geh'n!« Sie blickte zu den Fenstertüren hinüber. Die Läden waren geschlossen, und Max hätte ihr auch dorthin den Weg versperren können.
Er sagte: »Ich habe etwas, das Ihnen gehört«, und steckte die Hand in die Tasche. Als er sie wieder herauszog, kam ein dünnes schwarzes Spitzentuch zum Vorschein – die Mantilla.
»Das habe ich noch nie gesehen . . .«
»Sie haben es oben in Maladieu verloren, als Sie mit Paul dort waren.«
Zum erstenmal zeigte sich bei Monique d'Arachenne eine Spur von Leben. Sie wandte ihren Kopf.
Lucia blickte sie an und dann wieder Max. Sie sagte herausfordernd: »Wie kommen Sie überhaupt darauf, daß ich dort war?«
»Ich habe Sie gesehen.«
»Das konnten Sie gar nicht.«
»Im Wagen, mit Paul zusammen.«
»Ich war nicht –«
»Mein Gott, verlängern Sie diese Tortur nicht noch unnötig durch Ihr Leugnen. Damals wußte ich nicht, daß Sie das waren. Ich dachte – nun, ich dachte, es sei jemand anderes gewesen, mit einer ähnlichen Figur wie Sie und mit einem ähnlichen dunklen Mantel um die Schultern.«
Sie blickte ihn triumphierend an. »Jemand – irgend jemand.«
»Nicht irgend jemand. Sie!«
Ich sah, wie sie erstarrte. Ihre veilchenblauen Augen schossen Blitze. Bevor sie jedoch etwas sagen konnte, fuhr Max fort.
»Sie und ich, wir haben uns während der letzten Wochen öfter gesehen, nicht wahr? Ich bin ein guter Zuhörer – das gehört zu meinem Beruf. Und ich brachte heraus, was ich mir ohnehin schon gedacht hatte – daß Sie Paul in Paris

gekannt haben. Immerhin war seine Familie schon lange mit Ihrer Tante Solange befreundet. Außerdem – was spielte es jetzt noch für eine Rolle, daß Sie ihn gekannt hatten? Die Untersuchungen wegen des Autounfalls waren abgeschlossen. Sie hätten Paris so gern, behaupteten Sie und erzählten mir von den teuren Lokalen, in denen Sie gewesen waren – Lokale, die man nicht ohne Begleitung besucht. Einmal haben Sie auch seinen Namen erwähnt. Manchmal sagt der Gesichtsausdruck mehr als viele Worte. So war es, als Sie Pauls Namen aussprachen. Sie waren nicht nur ›gute Freunde‹, nicht wahr, Lucia?«

Sie sagte hochmütig: »Ihre Folgerungen sind lachhaft. Was oben in Maladieu geschah, hatte nichts mit mir zu tun.«

»Aber Sie waren dort. Soll ich Ihnen sagen, woher ich das weiß?« Er wartete, und als sie nichts sagte, fuhr er fort: »An dem Tag, als wir zum Essen nach Avignon fuhren, ins ›Manoir‹, da zauste der Wind Ihr Haar. Sie sagten mir, Sie könnten es nicht leiden, schlecht frisiert zu sein. Ich schlug vor, Sie sollten doch ein Kopftuch tragen. Sie blickten mich entsetzt an. ›Ich trage niemals Kopftücher‹, sagten Sie. ›Wenn ich mein Haar schützen will, trage ich eine Mantilla. Ich hatte eine sehr schöne, aber bei dem schrecklichen Sturm seinerzeit habe ich sie verloren.‹ Sie glaubten, mir das ohne weiteres erzählen zu können, denn Sie wußten nicht, daß ich die Mantilla gefunden hatte.«

»Und warum sollte das ausgerechnet meine Mantilla gewesen sein?«

»Weil es nicht viele junge Mädchen gibt, die Mantillas tragen. Sie sind zwar recht dekorativ, aber kein Schutz vor dem Regen. Und nun«, sagte er mit scharfer Stimme, »werden Sie mir genau erzählen, was in jener Nacht geschah.«

Sie biß sich auf die Lippen, und in ihre Augen trat ein trotziger Ausdruck. Plötzlich brach ihr Widerstand zusammen. Ich habe nie begriffen, warum sie uns alles erzählt hat. Vielleicht hatte sie Angst vor Max.
»Gut – ich war in dieser Nacht wirklich oben. Was ist schon dabei? Natürlich hatte ich Paul bei Tante Solange kennengelernt.«
Ich schaute zu Monique d'Arachenne hinüber. Ihre weißen, fast durchsichtigen Lider verdeckten die Augen, die Hände krampften sich um die Armlehnen ihres Sessels. Alle Kraft schien aus ihr gewichen.
Lucia nahm die Mantilla und ließ sie durch die Finger gleiten. »Ich mußte Paul unbedingt wiedersehen.«
Max machte eine fast unmerkliche Bewegung auf mich zu. Sein Mantelärmel berührte meinen bloßen Arm. »Sie und Paul hatten eine Affäre«, sagte er zu Lucia. »Er hatte genug von Ihnen, doch Sie nicht von ihm.«
»Sind Sie vielleicht vierunddreißig geworden, ohne sich zu verlieben? Max, wenn Sie jetzt ja sagen, dann lügen Sie!« Es gehört zum Erwachsenwerden.«
Max sagte unbarmherzig: »Wir führen hier keine philosophische Diskussion. Bleiben Sie bei den Tatsachen.«
Lucia hob den Kopf und sagte trotzig: »Warum sollte ich mit irgend jemand über meine Privatangelegenheiten sprechen?«
Ja, warum sollte sie? Auch ich hatte es nicht getan. Die ganze Zeit über, während ich meine heimliche Liebe zu Paul verschwieg, hatte sie ein ähnliches Geheimnis gehütet. Wir waren beide seiner nicht sicher gewesen. Und sie hatte ihm vielleicht noch weniger getraut als ich. Aber sie hatte ein handfestes Motiv, Paul an sich zu binden – Sonnengarde.
Max sagte ungeduldig: »Wenn Sie mir nicht sagen wol-

len, was in jener Nacht geschehen ist, dann werde ich es Ihnen sagen. Und das dürfte die Wahrheit sein.«
Lucias Augen wanderten ruhelos durch den Raum. Als sie dann zu sprechen begann, schien sie ihre Worte nicht an uns zu richten, sondern an die Porträts und die Jadefiguren in der Eckvitrine mit den Goldgirlanden.
»Ich mußte Paul sehen. Wir hatten uns in Paris so nahegestanden . . .« Sie machte eine Pause. »Ja – er war mein Geliebter. Aber ich bin ja nicht dämlich. Ich habe vorher dafür gesorgt, daß er mir die Ehe verspricht – wenn ich auch nicht sehr viel von seinen Versprechungen gehalten habe. Als ich nach Hause zurückgekehrt war, habe ich ihm jedoch geschrieben und Pläne für unsere Hochzeit gemacht. Ich wollte ihn nicht verlieren, nur weil jetzt ein paar hundert Kilometer zwischen uns lagen.«
Sie schaute mich verächtlich an. »Ich wartete nur auf den richtigen Moment, um der Familie alles zu sagen. Dann blieben eines Tages seine Briefe aus. Und das ist der Grund, weshalb ich ihn unbedingt sehen mußte, als er hierherkam. Ich habe in der Sturmnacht den Wagen herausgeholt und kam am Schloß an, gerade als er aus dem Tor herausfuhr. Ich bin ihm gefolgt. Er hat den Wagen an der Straßenecke gestoppt, wo der Weg nach Maladieu abzweigt, und ist ausgestiegen. Er machte einen merkwürdigen Eindruck, als ob er nicht wüßte, wo er hingehen sollte. Er blickte sich ständig um. Einen Augenblick glaubte ich, er habe mich gesehen, und wollte wissen, wer ihm folgte. Dann ging er plötzlich zu seinem Wagen zurück. Ich lief zu ihm hin und stieg ein, bevor er mich daran hindern konnte. So hatte ich ihn noch nie erlebt – so ärgerlich und nervös. Erst versuchte er mich hinauszudrängen, aber das ließ ich mir nicht gefallen. Dann fuhr er los, in Richtung Maladieu. Er war fürchterlich wütend, doch die ganze Zeit hatte ich das Gefühl, daß er vor irgend et-

was Angst hatte, und ich dabei nur Nebensache war. Wir stritten miteinander und wurden sogar handgreiflich, während wir diesen schrecklichen Hügel hinauffuhren. Das war der Augenblick, in dem Sie uns gesehen haben«, sagte sie trotzig zu Max. »Ich erinnere mich daran, daß Ihr Wagen vorbeikam, und daß Sie hupten. Als wir halb oben waren, hielt Paul an und stieß mich hinaus. Er hatte einen so merkwürdigen Blick, daß ich erschrak. Ich fiel hin. Wenn ich mir alle Knochen gebrochen hätte – es wäre ihm egal gewesen. Er schlug die Tür hinter mir zu und raste wie ein Wahnsinniger den Hügel hinauf.« Sie faltete die Mantilla langsam zusammen. »Soviel ich mich erinnere, hat sich Paul mit dem Ärmel in der Mantilla verfangen, als er mich aus dem Wagen stieß. Als – als man ihn gefunden hat, lag das Tuch doch nicht im Wagen? Warscheinlich wurde es mit ihm hinausgeschleudert.«

Max fragte: »Sie haben sicher den Aufprall des Wagens gehört?«

»Bei dem unaufhörlichen Donner? Natürlich nicht. Ich bin so schnell ich konnte zu meinem Wagen gelaufen.«

»Und als Sie später von dem Unglück erfuhren, haben Sie nichts gesagt!«

»Warum sollte ich?«

»Und weil Sie nichts gesagt haben, hatte jemand anderer darunter zu leiden.«

»Wer denn? Wer hatte zu leiden?«

»Rachel hat auch geschwiegen«, sagte Max.

Sie wurde zornrot. Trotz ihrer Verzweiflung war immer noch Hohn in ihrem Blick.

»Du wärst niemals Pauls Typ gewesen – nie im Leben! Warum, er –«

»Wir wollen uns an die Tatsachen halten«, unterbrach sie Max.

»Die Tatsache ist«, sagte ich, »daß ich bezichtigt wurde, mit ihm im Wagen gestritten zu haben.«
Max wandte sich der Frau ihm Lehnstuhl zu. »Ich weiß jetzt«, sagte er zu Monique d'Arachenne, »wer darauf aus war, Rachel zu vernichten und die Beziehungen zu ihrer Familie zu zerstören. Sie, Madame! Möge Gott Ihnen verzeihen. Sie haben jede Einzelheit geplant, um Rachel zu schaden. Ein Mädchen, von dem Sie glaubten, daß es Ihren Sohn getötet hat!«
Die Gräfin saß so steinern da, als habe sie nichts gehört.
Lucia wandte sich ihr zu. »Madame . . .«
Die Stille im Raum war so groß, daß ich meinen eigenen Herzschlag hörte.
Dann wandte die Gräfin ganz langsam den Kopf. Würde sich jetzt ihr ganzer Haß gegen Lucia richten, wie er sich in den vergangenen Wochen gegen mich gerichtet hatte? Mir stockte der Atem.
Plötzlich merkte ich, daß die Gräfin keinen von uns ansah. Sie horchte, den Kopf leicht geneigt. Ich blickte schnell zu Max. Auch er hatte es bemerkt.
Und dann geschah alles in Sekundenschnelle.
Die Stille wurde durch ein Geräusch unterbrochen. Ein Wagen startete mit heulendem Motor. Max reagierte blitzschnell. Er packte mich am Arm, zog mich trotz meines Sträubens zur Tür und stieß sie auf. Monique d'Arachennes Stimme folgte uns, entsetzt und schrill. »Bleiben Sie hier. Um Himmels willen, bleiben – Sie – hier!«
Unsere Schritte dröhnten auf dem Steinboden der Halle. Ich nahm nur undeutlich wahr, daß Morven im Dunkel stand, und daß eine Frau schrill hinter uns herschrie. Ich hörte Lucias Stimme, etwas tiefer, doch wütend und ungeduldig.
Max ließ mich erst los, als wir den Wagen erreicht hatten.

Er riß die Tür auf und gab mir einen unsanften Stoß. Der Wagen machte einen Satz und schoß davon.
»Du meine Güte, was ist denn jetzt wieder los?«
Ich hätte genausogut gegen eine Mauer reden können. Max gab Gas. Wir rasten den Fahrweg hinunter, die Ulmenallee entlang und bogen nach links ein, in Richtung auf Maladieu.
»Aber Max, warum fahren wir denn wieder dorthin?«
»Das werden Sie schon sehen. Sie müssen das mit eigenen Augen sehen, sonst glauben Sie es mir nicht.«
»Was soll ich nicht glauben?«
Ich hatte den Eindruck, daß er mir gar nicht zuhörte. Als wir in die Straße einbogen, die zu der Ruine hinaufführte, stand die Sonne schon tief. Wie eine flammende Blüte schien sie auf einer Felszacke zu stehen. Rotgolden und feurig – Walhall.
Wir jagten die steile Straße hinauf. Mein Herzschlag stockte. Ich hatte Angst, dorthin zurückzukehren. Doch die Straße führte nur dorthin.

23

Max bog in den Felsenhof ein. Bevor er zu sprechen anfing, schaltete er den Motor ab. »Sie bleiben im Wagen.«
»Und Sie?« fragte ich beunruhigt. »Bitte, gehen Sie nicht wieder in die Höhlen – das ist zu gefährlich. Ich weiß nicht, was es ist, aber –«
»Aber Ihr Instinkt sagt es Ihnen?« Er lächelte grimmig. »Instinkt, die Waffe der Frau!«
»Das ist durchaus nicht witzig!«
»Es war auch weiß Gott nicht so gemeint.«
»Dann glauben Sie – daß Gefahr besteht?«
»Macht Ihnen das etwas aus?« Er hatte das Gesicht von mir abgewandt, dennoch merkte ich, wie entschlossen er war.
»Ja, es macht mir etwas aus.«
»Nach all dem, was ich Ihnen angetan habe?«
»Sie wollten mir ja nicht –«
»Ihnen etwas antun? Nein – doch das genügt nicht. Ich habe einen Haufen Fehler, Rachel, und einer ist, daß ich vorschnell urteile und dann blindlings danach handle. Nicht in meinem Beruf, aber leider im Leben – in meinen persönlichen Beziehungen. Mein älterer Bruder hat einmal zu mir gesagt: ›Es muß erst etwas sehr Schlimmes passieren, damit du endlich eine Lehre erhältst!‹«
Ich berührte seinen Arm. »Schon gut, Max«, sagte ich. »Wirklich, es ist alles in Ordnung.«
Er sagte heftig: »So wirklich?« Plötzlich hob er den Kopf und lauschte. Er öffnete den Wagenschlag und sagte: »Tun Sie, was ich Ihnen sage – bleiben Sie hier, wo Sie

sind.« Dann stieg er rasch aus und lief in weiten Sätzen über den Hof.
Als ich den Kopf wandte, um ihm nachzusehen, entdeckte ich, daß direkt vor dem zerborstenen Torbogen, der zum Hof der Troubadoure führte, ein Wagen parkte. Max kletterte über die Stoßstange und stützte sich dabei an der Kühlerhaube ab. Ich sah, daß etwas in der Sonne blitzte: Ein silbernes Einhorn mit dem Gesicht eines Menschen.
Ich rutschte auf den Fahrersitz und starrte darauf, bis mir die Augen schmerzten. Die Stille um mich war unheimlich. Plötzlich sah ich aus dem Augenwinkel, daß sich links von der Palastruine, zwischen den gezackten Felsen, etwas bewegte.
Hoch oben in der Ruine von Maladieu war ein Mann aufgetaucht; er sprang und kletterte über die Felsen. Zweimal blickte er zurück. Einmal stolperte er; danach erhob er sich mühsam, als habe er sich verletzt.
Unwillkürlich stieß ich die Tür auf und stieg aus. Meine Beine zitterten so, daß ich keinen Schritt gehen konnte. Ich lehnte mich gegen den Wagen und starrte entsetzt auf den fliehenden Mann.
Das mußte Gaston Bigorne sein.
Ich hielt den Atem an und beobachtete ihn. Er schien in nordwestlicher Richtung zu laufen. Doch was dann? Ich konnte aus dieser Entfernung sein Gesicht nicht erkennen, doch mich packte die Angst. Ich wußte, daß er auf eine Stelle zulief, an der es nicht weiterging. Dort fiel eine Felswand Hunderte von Metern ins Tal ab. Aber auch nach der anderen Richtung gab es keinen Ausweg. Hier blockierte der Felspalast von Maladieu den Weg.
Ich hörte einen Ruf und drehte den Kopf. Zwei weitere Männer waren in der Burgruine erschienen. Ich konnte ihre Gesichter nicht erkennen, war aber sicher, daß der eine Max war.

Jetzt fühlte ich nicht nur Angst – panisches Entsetzen lähmte meinen ganzen Körper. Die tückischen Felszinnen waren tödlich für jeden, der einen falschen Schritt tat. Das glühendheiße Metall des Wagens brannte auf meiner Haut, doch ich war einfach nicht fähig, mich wegzurühren.
Der fliehende Mann hatte den Fuß der höchsten Zinne erreicht. Ich sah, wie er zögerte, die Höhe abschätzte, und hinaufzuklettern begann. Da oben war er gefangen. Er hätte Flügel haben müssen, um zu entkommen.
Er kletterte, hielt an und schaute hinauf. Der Fels war steil und glatt bis zur Spitze. Der Mann gab noch nicht auf. Er tastete nach einem Halt und versuchte sich hochzuziehen. Dann sah ich, wie seine Hände ins Leere griffen und wie er schwankte. Und nun, da sein Gesicht einen kurzen Augenblick lang von der Sonne beschienen war, erkannte ich ihn.
Ich schrie auf. »Paul!«
Im nächsten Moment hörte ich drei fürchterliche Schreie, die von den Felsen als Echo zurückgeworfen wurden. Beim letzten dieser grauenhaften Schreie verschwand das wirre Knäuel aus Armen und Beinen, der Himmel war leer und nur noch der graue Felsen zu sehen.
Meine Beine trugen mich nicht mehr. Ich sank auf der staubigen Straße zusammen und hielt mir die Augen zu. Wie lange ich so dalag, weiß ich nicht. Ich hatte jedes Gefühl für Zeit verloren.
Jemand faßte mich an und hob mich auf. Max. Er hielt mich fest. »Ich wußte nicht, daß es so enden würde, Rachel . . .«
Wir waren beide unfähig zu sprechen. Ich ließ mir in den Wagen helfen, sah, wie Max um den Kühler herumging, einen Moment zögerte und sich dann hinters Steuer setzte.

Wir fuhren schweigend die Straße hinunter, fort von dem Felspalast. Max ließ mir Zeit mich wieder zu fassen. Ich war ihm dankbar dafür. Es gab so viel, was ich ihn fragen wollte, doch im Augenblick war ich nicht fähig, etwas zu sagen.
Als wir zur Hostellerie kamen, hielt Max an. »Ich werde die Polizei anrufen.«
Erschrocken sagte ich: »Nicht von hier aus. Bitte –, warten Sie doch, bis wir nach Hause kommen. Auf die paar Minuten kommt es jetzt doch nicht mehr an.«
Aber er war schon draußen. »Sie brauchen keine Angst zu haben«, rief er über die Schulter. »Das muß sofort erledigt werden.«
Er verschwand hinter der Türe. Ich sandte ein Stoßgebet zum Himmel: Wenn nur Gaston Bigorne nicht kam, solange ich allein war. Nicht, daß ich ihn gefürchtet hätte. Doch der bloße Gedanke an seine kleinen, lüsternen Augen war mir widerwärtig. Die Tische und die funkelnagelneuen Schirme sahen aus, als stünden sie im Schaufenster eines Einrichtungshauses. Einmal glaubte ich, jemand in der Halle der Hostellerie zu sehen, doch es kam niemand zu mir heraus.
Als Max zurückkehrte und sich hinters Steuer setzte, sagte er: »Die Polizei ist unterwegs. Die Männer vom Unfallwagen werden Paul finden.«
»Er ist tot, Max. Diesmal ist er wirklich tot. Einen Sturz aus dieser Höhe kann niemand überleben.«
»Nein.«
»Haben Sie Gaston Bigorne gesehen?«
»Ja. Ich mußte ihn nach dem Telefon fragen.«
»Haben Sie ihm das gesagt – von Paul?«
»Nur ganz kurz. Er spielt den Ahnungslosen. Die Polizei wird ihn schon ausfragen. Dazu ist sie ja da. Aber Sie müssen jetzt von hier weg. Er gab Gas und bog um die

Ecke der engen Felsenstraße in die Landstraße ein. »Wenn die Polizei mich ausfragen will, soll sie das im Schloß tun«, sagte er.
Ich öffnete mit bebenden Händen das Handschuhfach und nahm eine Gauloise aus einer Packung. Ich fand auch eine Streichholzschachtel, doch meine Finger zitterten so sehr, daß ich die Zigarette nicht anzünden konnte. Max nahm sie und tat es für mich.
»Bitte«, sagte ich, »erzählen Sie mir jetzt alles.«
Max stoppte den Wagen noch einmal, zündete sich auch eine Zigarette an und setzte sich zurück, ohne mich anzusehen. »Sie wissen jetzt, daß in jener Nacht oben in Maladieu ein anderer starb.«
»Und doch habe ich gesehen . . .«
»Was? Pauls Gesicht?«
»Nein, dazu war es zu dunkel. Ich konnte nur erkennen, daß er furchtbar verstümmelt war. Und dann war er ja auch mit einer Decke zugedeckt. Aber ich habe seinen Ring erkannt und die Kleidung, die er trug.«
Max verbesserte mich. »Pauls Anzug, den jemand anders trug.«
»Ja, natürlich. Aber wer war es?«
»Ich weiß es auch nicht. Wahrscheinlich der Erpresser. Artois selbst oder einer seiner Söhne könnte den Mann getötet haben. Vielleicht haben sie ihn irgendwo getroffen, überwältigt, hierhergefahren, vor Pauls Wagen gelegt und getötet und dafür gesorgt, daß er so verstümmelt war, daß niemand mehr beweisen konnte, es sei nicht Paul gewesen. Sie erinnern sich doch daran, daß es Artois selbst war, der seinen Neffen in der Leichenhalle identifiziert hat.«
Es schauderte mich bei dem Gedanken und ich fragte leise: »Und Paul?«
»Nachdem, was Bigorne sagt, kam er heimlich nach

Frankreich zurück und hat seine Mutter besucht – einige Stunden, nachdem ich Sie auf der Terrasse von Sonnengarde entdeckt hatte. Sie ist eine kranke Frau, und er hatte ein großes Erbe zu erwarten – er wollte natürlich nicht riskieren, es zu verlieren. Es muß ein furchtbarer Schock für die Gräfin gewesen sein, als sie ihn plötzlich lebend vor sich sah.«

»Mußte ihr Gaston helfen, Paul zu verstecken?«

»Wahrscheinlich konnte er sich gar nicht weigern. Er war schon viel zu sehr in die Sache verwickelt.«

»Aber sie hätten ihn doch nicht ewig in dieser Höhle verstecken können!«

»Daran hatte sie vorderhand wohl noch gar nicht gedacht.«

Ich sagte erschüttert: »Alles was uns geschehen ist – Nicki, Francis und mir – hat Bigorne auf ihren Befehl ausgeführt.« Ich warf meine Zigarette aus dem Fenster. »Doch woher wissen Sie das alles?«

»Gestern am späten Abend, als Paul seine Mutter besuchte, war ich in der Bibliothek. Ich wollte ein Buch finden, das Ihr Vater brauchte. Ich hörte die beiden sprechen. Zuerst konnte ich nicht glauben, daß es wirklich Paul war. Aber seine Stimme war unverkennbar. Ich wollte sie überraschen, war aber nicht leise genug. Paul hörte mich, geriet in Panik und floh über die Terrasse. Ich hatte nur zwei Möglichkeiten – ihn zu verfolgen oder die Gräfin zu stellen. Ich tat das erstere. Doch Paul war so schnell, daß ich ihn wahrscheinlich nie gefunden hätte, wäre nicht der Saluki der Gräfin gewesen. Er lief bellend hinter ihm her. Paul brachte ihn zum Schweigen, doch inzwischen war ich nachgekommen und folgte ihm bis zu den Höhlen.«

»Haben Sie mit ihm gesprochen?«

»Nein, das wäre zu riskant gewesen. Ich ging zu Bigorne

und zwang ihn, mir alles zu sagen. Monique d'Arachenne hatte ihm einen schönen Preis für seine Dienste bezahlt. Als ich mit ihm fertig war, machte ich Artois einen Besuch. Er lebt etwa fünfzig Meilen von hier. Er war nicht da, als ich kam, doch ich habe ihm eine Nachricht hinterlassen, daß ich ihn dringend sprechen müsse.«

»Sie wollten ihm sagen, daß Paul in Issandre war?«

»Ich wollte ihn fragen, wer in Maladieu gestorben ist.«

»Und haben Sie das getan?«

»Nein. Ich habe ihn nicht zu sehen bekommen. Ich glaube, er war heute nachmittag hier und hat von der Gräfin die Wahrheit erfahren. Er ist Paul auch nach Maladieu gefolgt und vor uns dort angekommen. Daher war er schon in den Höhlen, als wir ankamen.«

»Ahnte Artois, daß Sie alles wußten?«

Max sagte trocken: »Ich weiß es nicht. Wahrscheinlich hat er es gewußt, doch er hatte keine Gelegenheit, es mir zu sagen.«

»Er hätte Ihnen sicher nichts getan.«

»Wenn der Ruf eines großen Bankhauses auf dem Spiel steht, wird ein Mann, der schon einmal getötet hat, nicht davor zurückschrecken, es ein zweitesmal zu tun.«

»Wie war Artois wohl in jener Nacht in Maladieu zumute, als plötzlich ich auftauchte?«

»Schock ist ein milder Ausdruck dafür. Da stand er, hatte einen Unfall vorgetäuscht, die Kleider eines Toten gegen Pauls Kleider ausgetauscht, alles in rasender Eile. Und dann kamen Sie daher. Doch er ist mit der Situation fertiggeworden. Er hat Sie weggeschickt, um Hilfe zu holen, und ist mit dem Mann verschwunden, bevor Sie zurückgekehrt sind. Hätten Sie den Toten genauer angesehen, dann hätten Sie merken müssen, daß es nicht Paul war. Obwohl er sicher dafür gesorgt hat, daß das Gesicht nicht mehr zu erkennen war.«

Ich hätte beinahe gefragt: »Wie kann nur ein kultivierter Mann so etwas tun?« Als ob ich nicht gewußt hätte, daß Menschen in verzweifelten Situationen schlimmer als wilde Tiere werden konnten. Statt dessen sagte ich: »Was haben Sie zu Artois gesagt, als Sie ihn in der Höhle getroffen haben?«

»Glauben Sie denn, daß Zeit dazu war, irgend etwas zu sagen? Wir waren doch aus dem gleichen Grund dort – um Paul zu erwischen. Und was Artois betrifft – mit mir konnte er ja später immer noch fertigwerden. Ich frage mich natürlich auch, was er mit mir gemacht hätte. Schließlich wußte ich eine ganze Menge.«

Darauf gab es keine Antwort. Ich saß neben ihm, die Hände im Schoß verkrampft, und schaute aus dem Fenster. Wie friedlich die Landschaft in der plötzlichen Dämmerung dalag. Und hinter dem Olivenhain war Sonnengarde.

Max sagte: »Wissen Sie, daß das Fest in Issandre eine ganz wichtige Rolle gespielt hat?«

»Als Sie mich von dem Wagen fortzogen – dem Wagen von Artois?«

»Und Sie damit vor dem nächsten Wagen rettete. Und während Sie mich mit den Fäusten bearbeitet haben, redeten Sie von einem silbernen Einhorn auf dem Wagen. Ich erkannte es sofort nach Ihrer Beschreibung – ich kannte Artois d'Arachennes Wagen nur zu gut. Doch warum nur war er dort gewesen – ich meine in Maladieu? Das verstand ich nicht. Damals kamen mir die ersten Zweifel, ob das, war mir bisher so sonnenklar schien, auch stimmte.«

Natürlich mußte das Gespräch auf sie kommen. »Lucia«, sagte ich. »Was ist mit ihr?« Zum erstenmal, seit wir angehalten hatten, wandte ich mich zu ihm und beobachtete sein Gesicht.

Sein Ausdruck verriet nichts. »Es ist besser, ich bringe Sie nach Hause. Sie haben heute abend schon viel zuviel ertragen müssen.« Er startete den Wagen.
»Max –«
»Ja?«
Doch er war mit seinen Gedanken so weit weg, daß ich keinen Mut hatte, weiterzusprechen. Was in diesem einen wunderbaren Augenblick in der Höhle geschehen war, war nur Mitleid mit mir gewesen, er hatte mich beruhigen wollen. Und jetzt dachte er wieder an Lucia.
Als wir vor der Villa Daphnis hielten, erfaßten die Scheinwerfer eine hellblaue Gestalt unter den Olivenbäumen. Ich kannte das Kleid, es gehörte Lucia. Sicher wartete sie auf Max.
Ich fühlte seine Hand auf meinem Arm: »Der Kreis schließ sich, Rachel. Das Schlimmste ist vorbei, und wir haben das Leben noch vor uns.«
Er lächelte mich an.
Wortlos öffnete ich die Wagentür und stieg aus. An der Gartenpforte blieb ich stehen, damit er mich einholen konnte. Im selben Augenblick sah ich, wie er nach der anderen Seite ging – über die Straße, auf den Olivenhain zu.
Er ging zu Lucia. Was sie auch getan hatte – Max liebte sie. Wie kam ich eigentlich dazu, ihr Verhalten zu kritisieren – wußte ich denn, was sie in früher Jugend erlebt und gegen welche Charakteranlagen sie anzukämpfen hatte?
Ich zweifelte nicht daran, daß sein Zorn auf sie vergehen würde. Vielleicht war er eifersüchtig, weil sie von Paul geliebt worden war. Männer hatten Lucia bisher immer verziehen.
Ich ging schnell aufs Haus zu. Auf keinen Fall wollte ich in Versuchung geraten, mich umzudrehen und ihr Zusammensein zu beobachten.

Noch ein paar Stufen, und ich war auf der Veranda und dann in der sicheren Zuflucht meines Zimmers. Aber ich ging nicht weiter. Wie unter einem Zwang drehte ich den Kopf und blickte zurück. Im Licht der Autoscheinwerfer konnte ich sie genau erkennen. Max hielt Lucia beide Hände entgegen, und sie ging auf ihn zu.
Ich drehte mich schnell um und begann zu laufen, die Stufen hinauf und durch die Veranda in mein Zimmer. Ich stürzte hinein und schlug das französische Fenster so heftig zu, daß ich schon dachte, die Scheiben seien gesplittert.
Ich setzte mich aufs Bett und preßte die Hände an die Schläfen. Nun war ich frei. Ich konnte meinem Vater sagen, daß ich mir das alles nicht eingebildet hatte. Ich litt nicht an Verfolgungswahn. Ich hatte nichts mehr zu befürchten. Der Alptraum war vorbei, und ich konnte wieder glücklich sein. Doch tief in mir wollte der Schmerz nicht vergehen. Was hatte Max gesagt? »Wir haben das Leben noch vor uns.« Leben, ja. Doch ein Leben ohne Max, den ich liebte, und der mich verlassen hatte, um zu Lucia zu gehen.
Das Zimmer war dunkel. Ich stand auf und machte Licht. Draußen hörte ich das Schlurfen von Peppinas Pantoffeln auf dem Marmorboden der Halle.
»Rachel, bist du da?«
Die Tür öffnete sich.
Bevor sie etwas sagen konnte, fragte ich: »Wo ist Vater?«
»In seinem Studio, glaube ich. Willst du ihn sprechen?«
»Ja.«
Ich öffnete das französische Fenster und atmete tief die warme Luft ein. Hinter mir sagte Peppina: »Sag deinem Vater, daß er in einer halben Stunde sein Essen bekommt.«

Jemand stand am Geländer der Veranda, den Kopf im Schatten der Weinblätter. Er war zu groß für Francis und zu schlank für Vater.

»Max . . .«

Er sagte: »Ich muß ins Schloß. Ich glaube, man braucht mich dort. Aber ich konnte nicht anders, ich mußte vorher noch zu Ihnen kommen. Entschuldigen Sie, daß ich so plötzlich verschwunden bin. Aber ich mußte doch Lucia sagen, was mit Paul geschehen ist. Hoffentlich habe ich es ihr schonend genug beigebracht.«

Ich ging vor ans Geländer und beugte mich darüber. Die Nähe von Max ließ mich erschauern.

»Sie hat so viel verloren«, sagte er. »In ihren Augen jedenfalls ist es viel.«

»Zuerst Paul –«

»Es war nicht in erster Linie Paul«, sagte Max. »Es war Sonnengarde.«

Die Türme des Schlosses hatte die Nacht verschlungen. Ob wohl Lucia immer noch zwischen den Olivenbäumen stand und ihrem Verlust nachtrauerte? Oder hatte sie vielleicht doch etwas für Max empfunden? Ich stand angespannt und schweigend neben ihm und hatte Angst, eine Frage zu stellen, die mir die gefürchtete Antwort bringen würde. So beschloß ich, gar nichts zu sagen.

Es hatte keinen Zweck. Ich mußte einfach wissen, was sie einander bedeuteten, mußte mich selbst quälen. Irgendwann einmal würde ich ohnehin die Wahrheit erfahren, also konnte es genausogut jetzt sein. »Sie . . . und Lucia . . .«

»Lucia wird sich erholen. Sie ist viel zu ehrgeizig, als daß sie nicht eines Tages doch bekäme, was sie will.« Er machte eine Pause. Ich spürte, wie er meinen Arm berührte und mich an sich zog. »Doch was mich betrifft – bekomme ich, was ich will?« Im Schatten der dichten

Weinblätter konnte ich sein Gesicht nicht sehen. »Bekomme ich es?«
»Was wollen Sie denn?«
»Mein Glück.«
»Wie soll ich das wissen?«
»Weil nur Sie es mir sagen können. Aber vielleicht ist jetzt nicht der richtige Augenblick dafür. Wir haben ja noch unser ganzes Leben vor uns. Unser gemeinsames Leben – ja, Rachel?«
Ich brachte kein Wort heraus und stand wie eine Bildsäule, aber mein Herz raste.
»Oder ist auch das wieder ein voreiliger Schluß? Vielleicht bin ich zu eitel und bilde mir nur etwas ein?«
»Nein.«
Da küßte er mich – zum dritten Mal. Und diesmal war es ganz anders als die beiden Male zuvor.